개들이
식사할
시간

강지영 소설

자음과모음

차례

개들이 식사할 시간

장갑 아저씨는 근력이 좋았다. 소형견이지만 제법 살집이 좋은 잡종 시추를 시멘트 바닥에 메어꽂으면서도 그의 숨소리는 한결같았다. 허공에 달랑달랑 매달린 처지였지만, 개는 필사적으로 몸을 바동거리며 앞니를 응등그리고 청록색 안광을 뿜었다. 이렇게 한두 번만 더 시멘트 바닥에 내리치면 숨이 끊어질 것 같은데 장갑 아저씨는 서두르지 않았다. 그는 화투 순서를 기다리는 노름꾼처럼 짐짓 의뭉스러운 미소를 띠며, 기광을 부리는 개를 가만히 들여다보았다. 핏발 선 커다란 눈과 납작하게 썬 양송이 단면 같은 코, 앙다문 이빨과 대걸레처럼 뭉친 털, 엷은 점이 얼룩덜룩한 배를 차례로 훑어본 그는 뜻밖에도 목장갑 낀 손을 뻗어 개의 머리를 천천히 쓸었다. 마치 방금 전 끔찍했던 폭행을 끝으로 전생의 지독한 악연이 풀리기라도 한 듯, 그의 손길은 자못 정성스럽기까지 했다. 불현듯 공격이 멈추고 주인의 손길이 다감해지자 축 늘어졌던 개의 꼬리가 시계추처럼 까딱까딱 움직이기 시작했다. 그러고는 핏물 섞인 분홍빛 침을 질질 흘리며 혀를 길게 뽑아 장갑 아저씨의 팔뚝을 살금살금 핥았다.

"늙은 년이 다 죽어가면서 끔찍이도 밝혀요."

개를 바라보는 장갑 아저씨의 얼굴에 다시 아지랑이 같은 광기가 어룽거렸다. 그는 크게 한 번 코를 들이마신 뒤, 고개를 비틀어 가래침을 뱉어내고는 화투장을 던지듯 개를 바닥에 메어꽂았다. 깨진 정수리에서 덜 여문 자몽 과육 같은 뇌수가 흘러나와 시멘트 바닥을 적시고 비린내를 풍겼다.

"인간이나 짐승이나 앉아서 오줌 싸는 것들은 하나같이 어리석다니까요. 내 말이 참인지 거짓인지 아리까리하지요? 다 겪어보고 하는 말이니까 틀림없어요."

장갑 아저씨가 토치램프에 불을 붙이며 나를 향해 히쭉 웃었다. 그러고는 동의 따윈 필요 없다는 듯이 콧노래를 흥얼거리며 개털을 그슬리는 일에 몰두했다. 비위를 뒤트는 노린내는 끈덕지게 콧구멍을 파고들었다. 지켜보기 곤욕스러운 광경이었지만, 타인의 도움 없이는 대소변조차 해결할 수 없는 징역 같은 몸뚱이였다. 숨을 삼키고 눈을 감았다.

"여봐요, 아드님. 봐주는 사람이 있어야 하는 나도 흥이 날 거 아니에요? 눈 좀 떠봐요."

어느 결에 내게 다가온 장갑 아저씨가 엄지와 검지를 벌려 눈꺼풀을 열었다. 민숭민숭한 눈썹 아래로 사막스럽게 불거진 눈, 끝이 유난히 붉고 알금알금한 매부리코와 얇고 파르스름한 장갑 아저씨의 입술 위로 잠시 노염이 비껴갔다.

"털 벗겨놓으니까 딱 한입거리지요? 도사 한 놈 잡으면 너끈히 마흔 근은 나오는데, 이건 열 근도 될랑말랑 하네요. 그래도 집주인이니까 배받이살은 아드님이 자셔요. 내가 푹 삶아서 자근자근 썹어드릴게."

장갑 아저씨는 토치램프를 내려놓고 부엌칼로 죽은 개의 알몸 뚱이를 득득 긁었다. 미처 타지 못한 짧은 털과 율무만 한 유두 몇 개가 시퍼렇게 벼린 칼날에 묻어났다. 이어 칼끝이 배를 가르자 안감이 붉은 클러치 백처럼 저항 없이 개의 몸뚱이가 열렸다. 그는 군더더기 없는 동작으로 물레 감듯 내장을 끄집어낸 뒤 얌전하게 추슬러 고무 세숫대야에 담았다. 그러고는 갈빗대에 칼집을 넣어 쩍, 소리가 나게 가슴을 뼈개고 수돗물을 틀어 텅 빈 배 속을 씻어냈다.

"아드님, 생간 한번 자셔볼래요? 좀 거시기하다는 사람들도 있긴 한데 가을마다 구충제 한 알씩만 사 먹으면 아무 문제없어요."

장갑 아저씨가 네 다리를 깨끗이 잘라낸 개를 빨래판에 엎어놓고 세숫대야를 뒤적거리며 물었다. 나는 목에 바짝 힘을 줘 미세

하게 턱을 흔들었다.

"얼래, 우리 아드님 때문에 내가 아주 웃겨 죽겠네. 병신이 주면 주는 대로 먹을 것이지 아무려면 내가 못 먹을 거 줄까 봐 그 꼴로 체머리를 흔들어요? 육갑하신다, 정말."

그는 피 묻은 칼끝을 내 쪽으로 흔들며 배릿한 표정으로 웃었다. 그러고는 세숫대야에 칼을 집어 던지고 어정어정 부엌으로 갔다. 마당 한편 철장에 갇힌 도사견 한 쌍이 나를 향해 긴 혀를 빼물고 숨을 헐떡거렸다. 오후 네 시, 개들도 배가 고플 시간이다.

*

어머니의 실종과 재혼 사실을 알게 된 건 작년 겨울이었다. 전화를 걸어 자신을 형사과 실종수사팀 박 아무개라고 밝힌 형사는 다짜고짜 모 대학병원 영안실에 안치된 무연고 변사자가 김덕선 씨와 비슷한 인상착의라고 전했다. 경상도 말씨의 그는 김덕선을 김득슨에 가깝게 발음했고, 순간 나는 어머니가 아닌 중학교 3학년 때 담임선생이었던 '김득성'의 둥긋한 얼굴을 떠올렸다. 그도 그럴 것이 부조금 봉투에는 항상 아버지의 이름이 적혔고, 각종 고지서나 우편물 또한 마찬가지였다. 어머니의 이름은 리투아니아 전통요리나 화성의 자전주기처럼 언젠가 알았지만, 특별히 암기해두어야 할 만큼 자주 사용하는 지식이 아니었다. 때문에 김덕선 이름 석 자는 모른다 해도 사는 데 큰 지장이 없는 정보로 수년 간 전두엽 어딘가에 얌전히 휴면되어 있었다.

"김득순 씨 아들 이강형 씨 맞으시죠? 성동구 홍익동 사시고……."

내가 머뭇거리자 형사는 어머니의 이름과 내 이름, 그리고 집 주소를 주절주절 읊어 김득순의 정체가 입 냄새 지독한 그 옛날의 담임선생이 아닌 어머니란 걸 확인시켜주었다.

"맞긴 한데, 그럴 리가 없어요."

불과 한 달 전 통화를 했을 때만 해도 평소와 다른 낌새는 전혀 없었다. 어머니는 늘 그렇듯 김치며 밑반찬의 잔량을 확인하고, 별 쓸모도 없는데 해마다 택배로 보내는 참기름과 고춧가루는 잘 받았는지, 이번 달 월세 낼 돈은 모자라지 않는지 등을 캐물었다. 나 역시 늘 그렇듯 예, 아니오, 그런 것 같은데요 등의 무성의한 대답을 주뼛주뼛 내놓다, 조만간 한번 내려가겠다는 뻔한 거짓말로 대화를 매듭지었다. 실망한 기색은 없었다. 나는 36년째 무뚝뚝한 아들이었고, 하는 일마다 신통치 않은 근심 보따리였지만, 어머니에겐 구리다고 썽둥 잘라내버릴 수 없는 밑구멍이었다. 유일한 가족인 나와 아무런 갈등이 없는데, 평생을 일군 집과 땅과 이웃이 있는 마을을 떠날 이유는 없었다.

"신고자는 남편 이창갑 씨네예. 신고일은 지지난 주 토요일이고예. 휴대전화는 없으시고, 집 전화만 있으시네예, 뒷자리 팔이육사. 그 번호 안 받으시서 아드님한테 연락드린 긴데, 요즘 왕래가 없으셨나 봐예?"

아버지는 5년 전 간암으로 돌아가셨다. 그 후 왕래가 뜸해진 건 사실이지만, 재혼 사실을 모를 정도로 소원하지도 않았다. 압력밥솥이나 전기담요도 아닌 새서방을 들이면서 외아들인 내게 한마디 통고조차 하지 않을 어머니가 아니었다. 하지만 형사와 이야기를 나눌수록 어머니는 점점 더 낯선 사람이 되어갔다. 지난가을엔 나와 한마디 상의 없이 아버지 산소를 열어 유해를 화장했고, 그 일로 종중 어른과 큰 다툼까지 벌였다고 했다. 두엄 냄새, 아기 울음, 담배 연기, 쓰레기 소각 등의 문제로 이웃과 분쟁도 잦았고, 드잡이 끝에 경찰이 출동한 일도 두 번이나 있었다. 일련의 소동들이 내게 전해지지 않은 건 모두 이창갑의 중재와 배상 덕이었다.

"앙심 품은 사람이 여럿인데 단순 가출이라고 보기 어려운 거 아닙니까?"

"원한 관계가 있다고 해서 다 범죄 대상이 되는 건 아입니더. 뭣보다 저저번 달부터 알츠하이머 약을 드셨다는 걸로 봐서, 더 찾아봐야 하지 않겠습니꺼. 일단 변사자부터 확인하시는 게 좋겠는데예."

치매를 앓는다는 것 또한 새로운 사실이었다. 어쩌면 어머니가 그동안 같은 질문만 반복한 것이 치매 증상 중 하나였을지 모른다. 형사에게 묻고 싶은 말이 많았지만 변사자 확인이 급선무였다. 나는 그와 전화를 끊고, 개점 휴업 상태나 다름없는 피시방을 닫은 뒤 병원으로 차를 몰았다. 도로 사정은 신통치 않았다. 며칠 앞으로 다가온 연휴와 잇따른 폭설, 인근의 스키장 등이 원인일 터였다. 이대로 조촘거리다간 고속도로에서 밤을 맞아야 할지 몰랐다. 나는 쉴 새 없이 종알거리는 내비게이션의 잔소리를 무시하고 국도로 핸들을 틀었다. 고속도로보다는 사정이 나았지만 한 시간 가까이 돌아가는 길이었다. 목이 뻣뻣하고 시야가 아물아물했다. 커피 생각이 간절했지만, 고작 그런 일에 시간을 낭비할 수는 없었다. 어느새 해가 뉘엿해지더니, 이내 보랏빛 땅거미가 내려앉았다. 허수아비처럼 한쪽 어깨가 주저앉은 고향 이정표가 창백한 낯으로 나를 맞이했다.

병원 안치실에서 마주한 시신은 아이스 홍시 정도로 얼어 있었지만 지독한 악취를 풍겼다. 동산 계곡에서 엎어진 채 발견되었다는 노인은 이목구비가 심하게 손상되어 생전의 얼굴을 가늠하기 힘들었고, 손과 발에는 산짐승들의 험악한 이빨 자국이 선명했다. 어디에 시선을 붙여야 할지 몰라 눈을 비비는데, 직원이 손가락을 뻗어 여자의 아래턱을 가리켰다. 성한 곳을 찾기 힘든 얼굴이었지만, 뻥 뚫린 비강 밑으로 꽤 희고 튼튼해 보이는 치아와 분홍색 잇몸이 보였다.

"혹시 틀니 하셨어요?"

직원의 물음에 선뜻 대꾸가 나오지 않았다. 어금니가 아프다며 소다를 한 숟가락씩 입에 물던 어머니가 떠올랐지만, 이후 틀니를 해 넣었는지는 알 수 없었다. 결정적인 공통점이나 차이점을 찾아내야 했다. 내가 아는 한 어머니에겐 큰 점이나 수술 자국, 태생적인 결함은 없었다. 간신히 떠올린 게 관자놀이께 튀튀한 검버섯이었는데, 그 부분의 훼손이 심한 데다 거무죽죽한 시반이 얼굴 전체를 뒤덮고 있어 확인이 불가능했다.

"이분 쌍꺼풀 하셨네요."

내가 얼른 결론을 내리지 못하자 다시 직원이 끼어들었다. 오른쪽 안검은 썩은 토마토처럼 완전히 물크러졌지만, 왼쪽은 쌍꺼풀 수술 자국이 선명한 눈꺼풀의 일부가 손톱만큼 남아 있었다. 그러고 보니 여자는 어머니에 비해 머리숱도 적고 몸집도 왜소했다. 퇴행성관절염을 앓는지 기형적으로 불거진 무릎도 내 기억과 틀어졌다. 들여다보지 않은 몇 년 사이 어머니의 외모가 급격히 변했을 수도 있지만, 평생을 수수하게 살던 사람이 환갑의 나이에 성형수술을 했다는 건 아무래도 자연스럽지 않은 일이었다. 그나마 비슷한 부분을 찾자면 체형에 비해 조금 오목한 쇄골과 새가슴이었는데, 〈우정의 무대〉에서 하얀 암막 스크린 뒤에 인절미 보따리를 든 어머니들의 실루엣이 모두 엇비슷해 보였듯 억지로 찾아내 끼워 맞춘 공통점일 뿐이었다.

어머니일지도 모른다는 생각을 접고 바라보자, 여태 참을 만했던 악취에 새삼 욕지기가 올라왔다. 소매로 코를 막고 고개를 가로젓자, 직원이 시신을 들여놓고 유류품이 든 상자를 꺼내 왔다.

민무늬 금반지, 뒤축이 꺾인 휠라 운동화, 형형색색의 나뭇잎이 조잡하게 프린트 된 솜바지였다. 어머니 또래 여자들이라면 누구나 가지고 있을 법한 특징 없는 물건들이었다.

직원이 내민 확인서류에 사인을 하고 터덜터덜 영안실을 빠져나왔다. 변사자의 신원을 확인했지만 불안의 무게는 줄지 않았다. 계단을 한 칸씩 내려갈 때마다 급강하하는 롤러코스터에 몸을 맡긴 듯, 단전이 자릿했다. 전자바리캉으로 머리를 박박 깎이고 아랫도리가 벗겨진 채 무인가 수용시설에 누워 있는 어머니의 가칫한 얼굴이 머릿속에 그려졌다. 그건 그나마 희망적인 상상이었다. 어쩌면 이름 없는 변사자가 되어 어느 멍청한 불효자의 착각에 한 줌 재가 되었을 수도 있고, 험악한 꼴을 당하고도 아직 발견조차 되지 않은 것인지 몰랐다.

어머니를 찾으려면 더 많은 정보가 필요했다. 언제 어디서 어떻게 왜 사라졌는지를 가장 잘 아는 사람은 새아버지 이창갑이란 작자일 터였다. 집 전화로 통화가 안 됐다면 그의 직장이나 다른 가족이 있는지 알아봐야 했다. 운전석에 앉아 형사에게 전화를 걸었다. 그는 신호가 떨어지자마자 전화를 받았다. 어디서 회식이라도 하는 모양인지 우야우야 소음이 섞여들었다.

"아니라카이 참말로 다행입니더. 기다리다 보면 곧 좋은 소식 있잖겠습니꺼. 그라고 좀 전에 이창갑 씨하고도 통화가 됐는데예, 아까는 모욕 갔다 오시느라 못 받았다고 하시네예. 지금이라도 가신다카는 걸……."

퍼뜩 어머니와 마지막 통화를 했을 때, 몇 차례인가 기침 소리가 섞여든 기억이 났다. 연속극을 틀어놨나 싶었는데, 이제 보니 그 소리의 정체가 이창갑일 수도 있었다. 사내의 말대로라면 이창갑은 지금 집에 있다. 나는 종료 버튼을 눌러 사내의 말허리를 끊었다. 다만 몇 초라도 빨리 그를 만나야 했다. 지체 없이 시동을 걸고 액셀러레이터를 밟았다.

4년 만에 돌아온 고향은 변한 게 없었다. 도로는 여전히 울퉁거렸고, 좀비처럼 어눌한 걸음걸이의 노인들이 신호를 무시한 채 도로를 가로질렀다. 사고에 대비해 좌우를 경계하며 느린 속도로 마을에 들어섰다. 길에서 아는 얼굴이라도 만나면 이창갑에 대한 사전정보를 캘 수 있지 않을까 기대했지만 거리는 한산했다. 추위 탓인지 아이들이 벅적거리지도 않았고, 가겟집과 교회도 간판이 꺼져 있었다. 불빛이라고는 마을회관 마당 가로등뿐이었는데, 마침 누군가 마당을 서성거리는 게 보였다. 차를 세우자 서성거리던 그림자가 나를 향해 걸어왔다.

검고 단단한 실루엣이 서서히 옅어지며 눈에 익은 얼굴이 드러났다. 장갑 아저씨였다. 그는 내가 태어나기 전부터 담 하나를 사이에 둔 이웃이었고, 아버지와는 오랜 술동무였다. 그러면 이창갑이 누구인지, 어머니와의 사이가 어땠는지 알고 있을지 모른다. 차에서 내려 꾸벅 인사를 했다. 못 본 사이 장갑 아저씨의 눈동자는 아무도 찾지 않는 우물처럼 혼탁해져 있었다. 순결을 잃은 처녀와 낡은 두레박, 짓궂은 소년들의 가래침, 누설할 수 없는 비밀과 험담 같은 것들이 일렁이는 얼굴로 그가 나를 말끄러미 쳐다봤다.

"올라가는 길이면 타세요. 여쭐 것도 좀 있고요."

"네, 그러지요."

누구에게도 말을 놓지 않는 습성은 여전했다. 내가 조수석 문을 열자 그가 얌전하게 차에 올랐다. 문득 장갑 아저씨의 목을 감싼 회색 털목도리에 시선이 꽂혔다. 그건 마을회관에서 뜨개질을 배워온 어머니가 작아진 스웨터를 풀어 뻣뻣하게 짠 첫 작품이었다. 그러나 들인 노력에 비해 목도리는 색깔도 충충하고 솜씨가 어눌해 끝으로 갈수록 폭이 좁아지는 불량품이었다. 입성에 신경 쓰지 않는 아버지조차 두르기를 마다한 그것은 몇 해 동안 장롱 이리저리 굴러다니다 자취를 감추었다. 그게 왜 장갑 아저씨의 목에 둘러 있는지 알 수 없었다. 불길한 예감에 팔뚝 위로 오소소 소름이 돋았다. 아무래도 아저씨에게 확인해야 할 것 같았다.

"아저씨, 아저씨 이름이……."

내가 그를 장갑 아저씨라고 부른 건 아버지 때문이었다. 아버지는 잠자는 시간을 빼고는 늘 혀가 꼬부라져 있었고, 부정확한 발음으로 주변 사람들의 이름을 지치도록 부르는 버릇이 있었다.

'강냉이! 이강냉이!'

'강형이요, 아버지. 이강형.'

'누가 아니래? 이, 가앙, 내앵. 쓸데없이 토 달지 말고 장갑이나 불러와. 그놈아 하고 딱 한 잔만 더 할 거야. 딱 한 잔만.'

이강형이 이강냉이 된 것처럼 장갑 아저씨의 진짜 이름도 이장 갑이 아니었을지도 모른다.

"물어보고 싶다는 게 겨우 내 이름이었어요?"

물이끼처럼 미끄덩한 장갑 아저씨의 눈빛이 내 얼굴을 핥았다.

*

장갑 아저씨는 마당을 가로질러 능숙한 솜씨로 현관문 열쇠를 땄다. 아릿한 담배 냄새와 어머니의 화장품 냄새가 설탕과 프림 정도의 비율로 엇비슷하게 섞여 났다.

"내가 먼저 연락을 넣었어야 했는데, 경황이 없었어요. 많이 놀 랄 거 같기도 했고."

신발장 앞은 어머니의 낡은 슬리퍼와 마른 흙뿐인 화분, 쓰러진 장우산 등으로 복잡했다.

"대체 이게 말이 되는 일이에요? 어떻게 둘이 좋아지낼 수가 있 어요? 수십 년을 삼촌, 형수 부르던 사람끼리 다 늙어서 살림을 낸 다는 게 정상이냐고요."

"동네에 우리 좋아지낸 거 모르는 사람 없어요. 우리 아드님 빼 고."

먼저 신발을 벗고 집 안으로 들어간 장갑 아저씨가 기우뚱한 스탠드형 옷걸이에 점퍼를 걸며 능갈을 쳤다. 도무지 믿을 수 없는 얘기였다. 아저씨가 안방 문지방에 엉덩이를 걸치고 담배에 불을 붙였다.

"아무리 생각해도 이건 불가능한 일이에요. 술이라면 진절년덜 머리 나는 우리 어머니가 이제 와서 왜 주정뱅이 전과자랑 살림을 냅니까?"

전과자란 단어가 튀어나오자, 장갑 아저씨의 담뱃불이 새빨갛게 달아올랐다.

"술이야 예전에 형님이 하도 좋아하셔서 받아 마셨던 거지, 나 사실 술 안 좋아해요. 젊어서 억울하게 징역 산 것도 다 술 때문인데, 좋아할 수가 있겠어요. 그래도 이 동네 들어와선 남의 집 빈 나락 하나 거저먹지 않고 착실하게 살았어요. 형님이 그때 입방정만 안 떨었어도 지금껏 사람대접 받았을 거고요."

장갑 아저씨가 뇌꼴스러운 눈으로 안방 문과 천장 사이 액자를 바라봤다. 중년의 아버지가 울산바위를 짚고 폼을 재는 사진이었다. 사진 귀퉁이에 반쯤 잘린 장갑 아저씨의 뒷모습도 보였다.

마을 사람들과 설악산 단체 관광을 갔을 때였다. 3일 밤낮 술에 취해 크렁크렁한 목소리로 어머니를 들볶던 아버지는 저 사진을 찍자마자 맥주와 캡틴큐를 섞어 보리차처럼 꿀떡꿀떡 들이마셨었다. 취한 아버지를 데리고 내려갈 일이 막막했던 어머니는 당장이라도 울음을 터뜨릴 것처럼 하얗게 질려 내 어깨에 몸을 기댔다. 마침 내 옆에 있던 장갑 아저씨가 어머니에게 뭔가를 건넸고, 하필 그 순간을 아버지에게 들키고 말았다. 성큼성큼 다가온 아버지가 어머니의 손목을 꺾었다. 얇은 가제수건 한 장이 흙바닥에 떨어졌다. 장갑 아저씨가 입술을 깃씹으며 아버지의 팔을 잡았다.

"니가 왜 놀래냐? 보리밭에서 과부 끼고 나온 땡중 새끼처럼."

아버지가 벼락같이 장갑 아저씨의 멱살을 틀어쥐었지만, 덩치가 큰 아저씨는 꿈쩍도 하지 않았다.

"하도 땀을 흘리기에, 더위 먹나 싶어서 수건 한 장 드린 거예요. 사람 무안하게 왜 이러세요."

장갑 아저씨가 난처한 얼굴로 나를 내려다봤다. 돌이켜보면 나는 아버지가 아닌 장갑 아저씨 편이었다. 기와를 사다 구멍 난 지붕을 고치고, 창문에 방충망을 쳐주고, 철마다 어머니와 내게 구충제를 사다 내민 사람은 아버지가 아닌 장갑 아저씨였다. 초등학교에 입학하던 무렵 시내 병원에 데려가 포경 수술을 시켜주고 조립식 건담 로봇을 사준 것도, 겨우내 부르튼 어머니의 손을 보고 글리세린을 사 온 것도, 내 앞니를 뽑아주고, 어머니의 음식 솜씨를 칭찬하던 것도 장갑 아저씨였다. 하지만 나는 아버지의 아들이었다. 어느 쪽에도 득이 될 것 없는 그 확고한 관계가 나와 어머니를 침묵하도록 강요했다.

"개소리엔 똥이 약이다, 씹새끼야!"

뒤늦게 달려온 이웃들에게 양손을 제압당한 아버지는 불같이 뻣성을 내며 아저씨를 향해 발길질을 거듭했다. 삼십대의 청년회장도 당해내기 버거운 질투 어린 치기였다. 기어코 청년회장을 떨쳐낸 아버지는 다시 아저씨에게 달려들어 어설픈 동작으로 잽과 스트레이트, 훅을 날렸다. 장갑 아저씨는 요령껏 주먹을 피하면서 틈틈이 등 뒤에서 와들와들 떨고 있는 어머니를 흘끔거렸다. 상대의 여유에 한껏 배알이 돋은 아버지는 뜨거운 콧김을 힝힝 뿜으며, 죽기 살기로 덤볐다. 하지만 덩치로 보나 정신력으로 보나 게임이 되지 않는 두 사람이었다. 약이 오를 대로 오른 아버지는 무기가 될 만한 물건을 찾아 주변을 휘돌아보았다. 마침 등산로 가장자리에는 교체 작업 중인 펜스 자재들이 널브러져 있었다. 아버지가 어금니를 꽉 깨물며 펜스 자재 하나를 집어 들었다. 행여 이마라도 깨질까, 청년회장도 주춤하고 몸을 사렸다.

　"너희 연놈들, 오늘 길송장 되는 날인 줄 알아라."

　이후의 장면은 볼 수 없었다. 보드라운 가제수건이 내 얼굴을 와락 덮친 탓이었다. 나를 끌어안은 어머니의 가슴이 쌔근팔딱 뛰었고, 높낮이가 조금씩 다른 비명들이 귓바퀴로 달려들었다. 서서히 멀어지는 둔탁한 마찰음과 구급차를 부르라는 청년회장의 다급한 목소리, 불안하게 흩어지는 사람들의 발소리로 대략의 상황을 짐작할 뿐이었다. 잠시 후, 가제수건을 누르던 어머니의 손에 스르르 힘이 풀렸다. 등산로를 내리달리는 청년회장의 뒷모습이 보였다. 어딘가 으스러지고 깨졌을 줄만 알았던 장갑 아저씨가 말짱한 모습으로 그 뒤를 따랐다.

"몽둥이 하나 옳게 휘두를 줄 모르는 놈이 무슨 수로 마누라 단속을 하누. 나라도 새 몽둥이가 좋겠구먼."

아랫마을 노파 한 명이 등산로 아래를 내려다보며 혀를 끌끌 찼다. 노파의 몇 마디로 어린 내가 유추해낼 수 있는 건, 아버지가 몽둥이 삼아 펜스 자재를 휘두르다 등산로를 굴렀다는 것 정도였다.

아버지는 장갑 아저씨의 등에 업혀 산을 내려갔다. 미리 불러놓은 구급차가 매표소 앞에서 기다리고 있었다. 아버지는 인제 시내의 정형외과에서 애 낳듯 비명을 지르며 접골을 한 뒤 소주에 진통제 몇 알을 삼키고 잠이 들었다. 넌더리가 났을 법도 한데, 장갑 아저씨는 아무렇지 않은 얼굴로 다시 아버지를 등에 업고 일행이 기다리는 숙소로 돌아왔다. 흥이 깨진 마을 사람들은 애먼 어머니를 향해 눈초리를 곤두세웠고, 아버지의 혈육인 나 또한 아이답게 바짝 주눅이 들어 더 이상 나부대지 못했다.

마을로 돌아오는 길, 아버지는 혼자 두 좌석을 차지하고 코를 골았다. 나는 어머니의 어깨에 기대 땀을 뻘뻘 흘리며 멀미를 달랬다. 눈을 뜨면 앞사람 뒤통수가 뱅뱅 돌았고, 눈을 감으면 시커먼 구렁이가 온몸을 칭칭 감는 것 같았다. 참으려고 노력했지만 결국 예고도 없이 어머니의 연보라색 등산바지에 점심으로 먹은 물냉면과 만두를 토해냈다. 딱한 표정으로 나를 넘겨다보던 부녀

회장이 마른오징어를 입에 물고 있으면 멀미가 가신다고 귀띔을 했다.

버스가 휴게소에 정차하자 어머니는 손가방 위에 내 머리를 누이고 마른오징어를 사러 나갔다. 다른 사람들도 기지개를 켜거나 하품을 하며 뒤를 따랐다. 차가 멈추고 사위가 조용해지자 멀미도 수그러든 느낌이었다. 조금 전 먹은 것을 모두 게워낸 탓인지 입안이 버석거리고 목이 말랐다. 자리에서 일어나 차 안을 훑어보았다. 잠에 푹 빠진 몇 사람 외에는 거의 모든 좌석이 비어 있었다. 음료를 찾아 허청허청 복도를 거슬러 올라갔다. 다행히 장갑 아저씨 음료수 홀더에 사이다 캔이 눈에 띄었다. 딱 한 모금만 마시고 돌려놔야지, 생각하며 걸음을 떼는데 핑크색 장지갑 하나가 발끝에 걸렸다. 신분증 칸을 보니 아저씨 옆 좌석에 앉은 가겟집 과부의 것이었다. 지갑 안에는 만 원권 열 장이 들어 있었다. 그 정도면 한창 유행하던 재믹스 한 대를 살 수 있는 금액이었다.

과부의 아들은 마을에서 유일하게 재믹스를 가진 아이였다. 녀석은 마음에 드는 아이들에겐 공짜로 게임을 시켜줬지만, 제 마음에 들지 않는 아이가 게임기를 빌려달라고 하면 한 시간에 5백 원씩 돈을 받았다. 자존심도 용납하지 않았지만 백 원이 아쉬운 형편에 5백 원을 내고 게임을 한다는 건 사치였다. 하지만 슈퍼보이나 버블버블을 모르고서는 또래 아이들의 대화에 끼어들 수가 없었다. 코흘리개들 사이에 섞여 비석치기나 얼음땡을 하는 한, 치고 빠지고 따먹고 도망치고 쟁취하는, 삶의 다양한 테크닉 같은 건 영원히 배울 수 없을 것만 같았다. 바싹 마른 입안에 쓰디쓴 침이 고였다.

안 된다는 걸 알고 있었지만, 내 손은 어느새 과부의 지갑을 벌려 만 원권을 빼내고 있었다. 매일 현금이 오가는 가겟집 주인에게 돈 십만 원이 대수냐 싶은 생각도 들었고, 애어른 할 것 없이 반말지거리에, 툭하면 잔돈을 몇십 원씩 떼어먹는 과부의 못된 심보도 도둑질을 부추겼다. 나는 창문을 열어 빈 지갑을 내던지고 다시 차 안을 둘러보았다. 푸푸, 입바람을 불며 잠이 든 아버지와 고개를 떨어뜨리고 침으로 티셔츠 앞섶을 평 적신 이장, 수면 안대를 뒤집어쓴 과수원댁뿐이었다. 목격자는 없어 보였다. 나는 잽싸게 두 번 접은 십만 원을 양말 속에 집어넣고 허리를 수그려 자리로 돌아왔다. 곧이어 장갑 아저씨가 담배 냄새를 풍기며 차에 탔고, 소변으로 몸무게를 덜어낸 사람들과 마른오징어가 담긴 비닐을 든 어머니도 돌아왔다. 맨 마지막으로 버스에 오른 건 가겟집 과부였다. 그녀는 퉁탕거리며 자리로 돌아가 가방과 의자 밑을 살피더니, 버스가 출발할 때쯤엔 아무런 양해도 구하지 않고 앞자리부터 다른 사람의 가방과 의자 밑을 뒤스럭거렸다.

다들 불쾌한 기색이 역력했지만, 워럭워럭한 성미를 잘 아는 마을 사람들은 팔짱을 끼고 눈을 내리깔았다. 그러나 나는 달랐다. 가겟집 과부가 내게 가까워질수록 멀미보다 지독한 울렁증이 속을 뒤틀었다. 나는 돈이 든 양말 안쪽이 보이지 않도록 무릎을 꼭 붙이고 눈을 감았다. 어머니가 축축한 내 이마를 휴지로 닦아내며 가늘게 찢은 오징어 한 가닥을 입술 사이로 밀어 넣었다. 어느새 가겟집 과부의 거친 손이 내 무릎과 엉덩이 밑을 훑고 지나가는 게 느껴졌다. 그녀의 머리에서 소각장 근처를 지날 때마다 검은 연기와 함께 뿜어지는 녹은 플라스틱 냄새가 풍겼다.

버스는 이미 고속도로를 달렸고, 지갑은 유아(遺兒)처럼 휴게소에 버려졌다. 유일한 물증은 초등학교 4학년이 가지고 있기엔 지나치게 큰돈이었다. 하지만 과부의 손은 내 양말을 아슬아슬하게 비껴갔고, 그녀는 끝내 증거물을 획득하지 못했다. 빈손으로 자리에 돌아간 과부는 약이 오를 대로 올라 옆자리에 앉은 장갑 아저씨에게 누가 작정을 하고 지갑을 훔친 것 같으니 범인을 색출해달라고 성화를 부렸다.

"우리 중에 그럴 사람도 없고, 있다 해도 누가 훔친 지갑을 건천에 두겠어요? 이럴 땐 간수 못 한 사람이 잘못이에요."

장갑 아저씨는 딱 잘라 그녀의 청을 거절했다.

"왜 잃어버린 사람을 탓한대? 훔쳐간 놈이 개새끼지."

"똥 누다 화장실에 흘렸을 수도 있고, 아까 냉면집에 놓고 왔을 수도 있잖아요. 왜 무조건 남의 손 탔다고만 생각해요? 놈인지 년인지 알지도 못하면서. 그리고 내가 훔쳤어요? 왜 나한테 이럽니까?"

둘의 언성이 서서히 높아졌다. 다들 입을 다물고는 있었지만, 든적스러운 과부보다 아버지의 억지스런 야료도 묵묵히 참아낸 장갑 아저씨에게 안됐다는 눈길을 보냈다.

"어, 잠깐. 그거라면 내가 범인을 알지."

그때 술에 곯아떨어진 줄 알았던 아버지가 부스스 자리에서 일어났다. 아버지는 압박붕대로 칭칭 감은 어깨와 팔로 사람들의 의자를 툭툭 치며 맨 앞으로 나갔다. 장갑 아저씨와 가겟집 과부에게 모아졌던 시선이 아버지에게 옮겨 붙었다. 짐칸에 말아 올려놓은 마이크를 꺼내 입에 바짝 갖다 붙인 아버지가 느닷없이 피식피식 웃음을 터뜨렸다.

"아아, 마이크 테스트. 하나둘, 하나둘, 마이크 테스트. 아, 존경하는 낙하리 주민 여러분, 목격자인 제가 지금 바로 범인을 공개하겠습니다."

어머니가 불안한 눈길로 아버지를 올려다보았다.

"범인은 말입니다, 바로 바로 바로 바로!"

아버지가 고춧가루 낀 이를 훤하게 드러내며 내게 눈을 맞췄다. 화가 난 것도 같고 장난을 치는 것도 같은 눈빛이었다. 휴게소에선 분명 곯아떨어진 줄 알았는데, 아버지라면 샛눈을 뜨고도 자는 척했을지 모른다. 아무리 그렇다 해도 동네 사람들이 모두 지켜보는 가운데 아들의 범행을 폭로하는 것이 아버지에게 무슨 이득이 될까 싶었다.

나는 두 손을 깍지 끼고 기도했다. 나의 추악한 비밀이 탄로 나기 전, 우리를 태운 관광버스가 가드레일을 뚫고 개울로 추락해 한날한시 모두 죽어버리거나, 전원 기억상실증에 걸리기를. 아버지의 입에서 말 대신 커다란 개구리나 나방이 튀어나오기를. 커다란 운석이 지구로 돌진해 오기를. 누군가 애를 낳거나, 춤을 추거나, 사랑을 고백하기를. 그러나 나의 바람과 달리 버스는 억세게 달려 나갔고, 사람들은 초롱초롱한 눈으로 아버지의 폭로를 기다렸다. 나는 너무나 절망적인 나머지 끄응, 신음을 내며 오줌을 찔끔 지리고 말았다. 금세 하얀색 반바지가 오줌으로 누렇게 젖어들었다. 내게 몸을 바짝 붙이고 있던 어머니가 퍼뜩 놀란 얼굴로 내 젖은 사타구니를 더듬었다.

　"이장갑이가 되시겠습니다요. 범죄 없는 우리 마을에 남의 지갑 스리슬쩍 할 사람이 누가 있어요? 전과자 이장갑이밖에 없지. 술 처먹고 친구 대갈빡 뽀개 죽인 놈인데 뭐는 못 하겠어. 안 그래요? 시벌, 나도 무서워서 오줌 지리겠네."

　웅성거리던 사람들이 일순 입을 닫았다. 겁먹은 과부가 장갑 아저씨의 눈치를 살피며 다른 빈자리로 몸을 옮겼다.

　"지금 생각해보니까, 아까 변소에서 흘리고 온 거 같네. 간수 못한 사람이 등신 맞아요."

　가겟집 과부의 비실비실한 목소리가 밀도 높은 침묵에 실금을 냈다.

"제가 그때 아니라고 말씀드렸잖아요, 형님. 재수 없이 누명 뒤집어쓴 거라니까요. 그때는 제 말 믿는다더니, 왜 이제 와서 딴소리를 하셔요?"

자리에서 벌떡 일어선 장갑 아저씨가 물기 어린 목소리로 아버지를 원망했다. 그러거나 말거나 아버지는 빙글빙글 웃기만 했다.

"시시콜콜한 과거지사 들춰내서 뭐하나? 놀러 왔으면 놀고 가야지. 기사님, 주현미 〈쌍쌍파티〉 있지요? 우리 그거나 좀 듣읍시다."

이장이 가슴을 쿵쿵 찧는 장갑 아저씨를 주저앉히고, 운전기사에게 음악을 요청했다. 어머니의 어깨너머로 빼꼼 보이는 아버지의 입술이 초현실주의 화가의 그림처럼 기괴하게 일그러졌다. 아버지가 하품을 하며 다시 자리로 돌아가자, 어머니는 휴게소에서 사 온 포도봉봉의 뚜껑을 따 내 바지 위에 쏟았다. 그러고는 사람들이 다 듣도록 으이구 이 웬수, 하고 머리를 쥐어지른 뒤 호주머니에서 가제수건을 꺼내 바지를 닦았다. 어머니는 다리를 타고 흘러내린 오줌과 음료를 닦으며 양말 속 두툼한 뭔가를 감지했을 테지만 끝내 입을 열지 않고, 돌아오는 내내 지린내 나는 가제수건만 구겼다.

이튿날, 술이 깬 아버지는 전날의 폭로를 전혀 기억하지 못하는 눈치였다. 설탕물을 타 온 어머니에게 푹 잠긴 목소리로 무릎이 까지고 어깨가 뻐근한 이유를 물었다. 어머니는 가랑가랑한 목소리로 또 술 잡숫고 넘어지셨지요, 라고 대답했다. 아버지는 별

의심 없이 고개를 주억거리고는 도지 얻은 논에 피를 뽑으러 나갔다. 점심 무렵엔 미꾸라지 한 바가지를 잡아 와, 추어탕을 끓이게 한 뒤 여느 날처럼 장갑 아저씨를 불러 술을 마셨다. 혹시 아저씨가 부엌칼이나 낫 같은 걸 들고 와 아버지나 어머니에게 앙갚음을 하면 어쩌나 걱정했지만 아무 일도 일어나지 않았다. 그는 평소와 다름없이 아버지의 실없는 농담에 벙긋거리며 웃었고, 잔을 채우고, 한쪽 엉덩이를 들어 방귀를 뀌었다. 아저씨의 들썩한 바지 뒷주머니에 새하얀 가제수건이 비죽 올라온 걸 목격했지만, 어머니가 그랬던 것처럼 나 역시 잠자코 추어탕 냄비가 빌 때까지 숟가락질만 했다.

이제 와 아무리 기억하려 애써도 그때 과부에게 훔친 십만 원의 용처는 불분명하다. 솔직히 죄를 고한 뒤 아저씨나 가겟집 과부에게 두들겨 맞은 것 같지도 않고, 재믹스를 사지도 않았다. 만화방이나 극장을 돌아다니며 야금야금 소진했을 수도 있고, 여드름 난 형들의 주먹에 맥없이 빼앗겼을지도 모른다. 중요한 건 내가 그 돈을 어디에 어떻게 썼느냐가 아니라, 그 돈으로 누군가의 운명이 뒤집혔다는 거였다.

아버지의 폭로 이후, 장갑 아저씨를 대하는 마을 사람들의 태도는 눈에 띄게 달라졌다. 벼를 베고, 사과를 따고, 비닐하우스를 치던 장갑 아저씨의 두툼한 손은 매일 아버지의 잔을 채우는 일에만 사용됐다. 계절이 몇 번 바뀐 뒤에는 시선이 조금 누그러져 드물게 품을 팔 일이 생기기도 했지만, 남과 같은 삯을 받지는 못했던 것 같다. 벌이가 시원치 않자 아저씨는 품팔이를 그만두고 뒤켠에 천막을 지어 개를 잡아 팔기 시작했다. 노상 피비린내와 노린내를 풍기는 아저씨는 마을의 불가촉천민이었고, 언제 칼과 토치램프를 들고 사람들을 덮칠지 알 수 없는 잠든 살인마였다.

아이들의 관심사는 재믹스에서 한마을에 사는 살인마로 옮겨 갔다. 나는 마을에서 장갑 아저씨와 가장 가까이 사는 이웃인 데다, 유일하게 사건의 전말을 아는 아버지의 혈육이었으므로 아이들은 틈만 나면 우리 집을 찾아와 그에 대해 꼬치꼬치 캐물었다. 아는 게 없기는 그 애들이나 나나 마찬가지였다. 하지만 얼결에 화제의 중심이 되고 나니 다시 언저리로 밀려나고 싶지 않았다. 나는 장갑 아저씨의 낫 쥐는 법, 걸음걸이, 손등에 난 기다란 흉터 등을 근거 삼아 매일 한두 가지씩 거짓말을 지어냈다.

"어쩌면 집에서 개만 잡는 게 아닐지도 몰라. 지난번엔 여자 목소리를 똑똑히 들었어. 살려달라고 애걸복걸하는 소리였다니까. 아저씨, 뭐든 시키는 대로 할 테니까 목숨만 살려주세요. 네?"

그날도 아이들은 책가방을 답삭 품에 안고 내 옆에 동그랗게 모여 눈동자에 불을 댕겼다.

"자식, 테레비 소리 갖고 설레발치긴. 쟤가 하는 말 다 뻥이야."

조금 늦게 도착한 과부 아들이 마루에 벌렁 드러누워 웅얼거렸다. 녀석은 모반세력에게 권좌를 빼앗긴 황태자처럼 매사 나를 향해 칼끝을 세웠다. 자칫 경계를 늦추면 녀석은 나를 밀어내고 다시 권좌를 차지할 터였다.

"아니거든? 마당에서 쓰레기 태우는 걸 훔쳐봤는데, 여자 브라자도 섞여 있었어. 그것도 분홍색. 엄창 찍을까?"

거짓말에 생명을 불어넣으려면 더욱 구체적이고 자극적인 거짓말을 보태는 수밖에 없었다. 나는 가운데 세 손가락을 접고 엄지를 입에 댄 뒤 혀끝을 날름 내밀었다.

"혹시 실종된 낙하여고 학생 아닐까? 왜, 목욕탕 간다고 나가서 한 달째 안 돌아온다고 뉴스에 나왔잖아. 우리 누나 친구에 친구라던대."

아이들 중 한 명이 무릎을 가슴에 끌어안고 어깨를 움츠리며 소곤거렸다. 꽤 그럴듯한 추측이었지만, 애당초 여자의 비명이나 분홍색 브래지어 같은 건 없었으니 내게는 싱거운 얘기였다. 골똘히 생각에 잠긴 척 미간을 모으는데 과부 아들이 가방을 둘러멨다.

"강형이 말이 사실이면 경찰에 신고해야겠네. 진짜 살인마라면 앞으로 누가 또 당할지 알 수 없잖아."

녀석은 여전히 내 말을 의심하는 눈치였다. 진짜 신고를 하겠다는 건지, 내 담력을 시험하겠다는 건지 감이 잡히질 않았다. 하지만 전자라면 지금껏 늘어놓은 거짓말이 단번에 들통 날 위기였다.

"야, 신고하지 마. 나중에 보복이라도 하면 어쩔 거야?"

큰 걸음으로 마당을 가로지르는 과부 아들을 따라나섰다. 녀석이 고개를 홱 돌려 후끈하게 달아오른 내 뺨과 불안하게 흔들리는 눈동자를 확인하더니 씩 웃었다.

"잡혀가면 그만이지 감방에서 무슨 수로 보복을 하냐? 혹시 뻥 아냐?"

나는 대답 없이 고개를 가로저었다.

"야, 신고하는 거 구경할 사람 나 따라와라. 이강형 덕분에 오늘 재밌는 구경 좀 하겠네."

과부 아들의 말에 아이들이 조르르 뒤를 따랐다. 나는 그의 말이 단순한 협박이길 기도하며 대문을 닫고 마당을 서성거렸다. 하지만 채 한 시간도 지나지 않아 요란한 사이렌이 울렸다. 예상대로 경찰차는 장갑 아저씨의 집 앞에 멈췄다.

나는 대문 틈으로 얼굴을 바짝 붙이고 상황을 주시했다. 경찰 두 명이 차에서 내려 노크 없이 아저씨의 집 대문을 발로 걷어찼다. 사이렌 소리에 논과 밭으로 흩어졌던 마을 사람들이 흙 묻은 발을 털며 어정어정 모여들었다. 그중에는 하우스 일을 거들러 나갔던 어머니와 거나하게 취한 아버지도 섞여 있었다. 잠시 후, 경찰에게 양팔을 붙잡힌 장갑 아저씨가 집 밖으로 끌려 나왔다. 고함을 지르며 몸을 버둥거리던 장갑 아저씨가 길가에 선 어머니를 힐끔 쳐다보곤 반항을 멈췄다. 술동무를 잃은 아버지는 쓴 입맛을 다시며 집으로 돌아왔고, 어머니는 웬일인지 밥 대신 라면을 끓여 저녁을 차리곤 아홉 시 뉴스가 시작하기도 전에 잠이 들었다.

아저씨가 경찰서에 끌려간 이튿날, 실종된 줄만 알았던 여고생이 무사히 집으로 돌아왔다. 실종이 아닌 단순 가출이었다. 아들의 허위 제보를 어떻게든 변명하고 싶었던 가겟집 과부는 오가는 손님들에게 내가 한 거짓말을 낱낱이 까발렸다. 그날 저녁, 가겟집에 들러 소주 두 병을 사 온 아버지는 나 대신 어머니의 따귀를 몇 대 갈기고선 아무 일 없다는 듯이 저녁밥을 독촉했다. 어머니는 시름인지 안도인지 모를 한숨을 쉬고 부엌으로 나갔다. 나는 말없이 부엌 문 앞에 안티프라민 연고를 놓아두고 방으로 돌아와 저녁을 굶었다.

장갑 아저씨가 돌아온 날 아버지는 2홉들이 소주와 크게 썬 두부 한 모를 사놓고 그를 맞았다. 며칠 새 눈 밑이 거무죽죽해진 장갑 아저씨가 공손하게 머리를 숙이며 아버지의 술잔을 받았다.

"철딱서니 없는 애들 장난에 어른이 골부림하면 못써. 장갑아, 내 말 무슨 소린지 알지?"

아버지의 말에 장갑 아저씨가 고개를 끄덕이고는 술을 들이켰다.

그 후로도 장갑 아저씨는 1년에 서너 번씩 소소한 혐의로 경찰서에 불려 다녔다. 그때마다 아버지는 소주와 두부를 사놓고 그를 기다렸다. 어쩌면 아버지는 장갑 아저씨가 이 마을에 들어오기 전부터 거의 매일 소주와 두부를 먹었는지도 모른다. 아니, 소주와 두부를 먹기 위해 아저씨의 억울한 순간을 기다렸는지도.

나는 거짓말 사건으로 과부의 아들에게 다시 권좌를 내주었다.

녀석은 시들해진 재믹스를 대신해 도색잡지나 불법 복제 비디오 테이프로 아이들의 마음을 사로잡았다. 다시 무리에 끼기 위해선 돈이 필요했다. 나는 1년에 서너 번, 혼자 사는 노인들의 집에 숨어 들어 돈이 될 만한 것들을 훔쳐 팔았다. 운이 나쁘면 빈손이지만, 운이 좋으면 현금이나 자전거가 걸려들 때도 있었다. 삼각함수 단원처럼 지루하지만 별수 없이 견뎌내야 지나가는 나날들이었다.

*

현관문이 저절로 닫히며 바람이 쿵쿵, 미련스럽게 머리를 박았다. 액자에서 눈을 뗀 장갑 아저씨가 느릿한 동작으로 몸을 일으켜 냉장고로 걸어갔다. 그는 냉장실 문을 열고는 분홍색 바가지를 꺼내 손을 넣고 뒤적거렸다. 그의 손목에 불긋한 핏물이 튀었다.

"사람 병신 되는 거 참 한순간이에요. 동네서 낡아 떨어진 자전거 한 대만 없어져도 사람들 눈이 어떤 줄 알아요? 저 새끼, 사람 죽인 놈, 전과 있는 놈, 저놈이 가져다 팔아먹었겠지. 딱 그거라니까요. 내가 지들보다 돈 잘 버는 건 안중에도 없어요. 입이 근질거릴 때마다 씹을 게 필요한데, 마침 개만도 못한 내가 한마을에 사는 거라. 얼마나 편리하겠어요. 뭐든 나한테 뒤집어씌우면 그만이잖아요. 그래도 오장육부 썩어날 적에 잘해준 사람은 형수님밖에 없네요. 남의 똥에 주저앉은 놈한테 낮이면 밥 물리고, 밤이면 젖

물리고."

장갑 아저씨가 남의 똥이란 말에 유독 힘을 주었다. 어쩌면 그는 어린 시절 내가 저지른 소소한 비행을 진작 눈치챘는지도 모른다. 그랬다면 어째서 지금껏 잠자코 살아왔는지 의문이었다.

"남의 똥이든 내 똥이든 한번 주저앉으면 평생 가는 거예요. 쓰봉은 나 혼자 버리고 말지, 앞날 창창한 아드님까지 주저앉혀야겠어요? 내가 그렇게 아드님 좋아했지요. 취직 못 하고 빌빌거릴 때, 가게라도 하나 차려주라고 돈 댄 것도 나예요. 몇 푼 쥐고 있던 돈도 병원비로 다 까먹고 빚만 있을 때였는데 뭔 수로 가게를 냈겠어요. 다 내 주머니에서 나왔지."

어머니가 내게 피시방을 차려준 건 아버지의 첫 기제사 즈음이었다. 아버지 사망보험금이라며 3천만 원을 내놓았을 때, 나는 사양 않고 돈을 챙겨 서울로 돌아왔다. 가끔 온라인으로 이삼십만 원씩 용돈을 부치기도 했지만, 곧 컴퓨터 사양 업그레이드나 월세를 핑계로 되돌려 받기 일쑤였다. 그게 장갑 아저씨의 돈인 줄 알았다면 덥석 받는 일도 없었을 것이다. 분노보다 수치심이 앞섰다.

"당장 가게 내놓겠습니다. 사실 장사가 잘 안 돼서 조만간 집어치울 작정이었는데, 출처를 안 이상 낯 두껍게 뭉개고 있을 생각 없습니다."

어차피 매달 월세 내기도 버거운 가게, 당장 때려치운다 해도 아쉬울 것이 없었다. 나는 장갑 아저씨를 노려보며 어금니를 바드

득 같았지만 그는 눈썹 하나 흐트러뜨리지 않고 유유히 수돗물에 손을 씻었다.

"말이라도 참 고맙네요. 그래도 기왕 시작한 거 할 얘기는 다 해야겠지요. 형수님 치매 걸려서 어땠는지 알아요? 쌍꺼풀 수술 해달라고 몇 날 며칠을 졸라대고, 늙어서 서방 구실 못한다고 사람들 앞에서 악증을 떨고, 늙고 냄새나는 개장수 밥 해먹이다 거꾸러지게 생겼다고 사방천지에 떠벌리고 다녔어요. 거기까진 그냥 저냥 참을 만했지요. 병원 다니면 헌다했으니까요. 근데 어느 날인가 곁두리로 쫄복 매운탕을 한 냄비 끓여 내오더라고요. 내가 그거 먹고 어떻게 됐게요? 도립병원 중환자실에 보름을 입원했어요. 근데 이 지독한 양반이 입원 보험금만 싹 챙겨 먹고 한 번도 안 들여다봅디다. 죽을 거라고 생각했던 거지. 내가 장담하는데, 형수님 그때 제정신이었어요. 약 먹으면 말짱했으니까요. 그런 일을 겪고 나니까 이 양반이 다 늙어서 왜 혼인신고 하자고 그렇게 졸랐는지 감이 딱 오데요. 나 죽으면 땅마지기랑 시내에 사놓은 아파트랑 누구한테 가겠어요? 불 보듯 뻔한 일이지요. 서운한 것도 서운한 거지만 뒷구멍으로 그런 앙큼한 짓을 시킨 사람이 누군지 참 궁금하데요."

혹시 나를 의심하는 건가 싶어 입이 떡 벌어졌다. 그가 늘어놓은 말은 당사자인 어머니가 없는 이상 확인할 길이 없었다. 더구나 어머니는 알츠하이머 환자라고 하지 않았던가.

"당사자 없다고 그런 말 막 해도 되는 겁니까? 저야말로 아저씨 말씀 한마디도 못 믿겠어요. 뭔가 의심스러웠으면 그때 경찰서에 가셨어야죠."

장갑 아저씨가 든 바가지에서 터분하고 비릿한 냄새가 흘러나와 코를 찔렀다.

"가서 뭐하게요? 전과자 말을 누가 믿는다고 거길 찾아갑니까."

내 앞으로 다가온 장갑 아저씨가 설레설레 고개를 내저으며 신발장 위에 바가지를 올려놓았다. 안에는 불그스름한 살점과 거칠게 간 고기가 핏물에 잠겨 있었다. 그는 나를 비껴 나가 현관문을 열더니 접혀 있던 스토퍼를 내렸다. 그러고는 흥얼흥얼 콧노래를 부르며 어둠 속으로 걸어 들어갔다. 그가 향하는 마당 한편, 녹슨 철장 안에서 시퍼렇게 빛나는 눈동자 한 쌍이 위아래로 흔들렸다. 철커덩, 쇠 마찰음과 함께 짧은 휘파람이 들렸다. 이윽고 타, 타, 타, 타 가벼운 발소리를 내며 한 쌍의 눈동자가 현관으로 들이닥쳤다. 뒤늦게 문을 닫으려고 했지만, 스토퍼 탓에 허술한 손잡이만 떨어져 나갔다.

육중한 무게가 어깨를 찍어 누르고 억센 이빨이 목덜미를 파고들었다. 나는 비명 한 번 시원하게 내지르지 못한 채 놈에게 살점을 뜯겼다. 양팔을 허우적거리고, 발길질을 해보았지만 배곯은 짐승의 공격 본능을 자극할 뿐이었다. 숨을 쉴 때마다 목덜미와 어깻죽지에서 미지근한 핏물이 왈칵왈칵 쏟아졌다. 처음엔 저릿저릿하게 신경을 긁던 통증이 어느 순간 느껴지지 않았다. 전신에 힘이 빠지고 제멋대로 입이 벌어졌다. 그제야 장갑 아저씨가 나지막이 휘파람을 불며 내 옆에 바가지를 내려놓았다. 나를 덮쳤던 한 쌍의 눈이 바가지에 코를 박았다. 잘생긴 로트바일러였다.

"하고많은 개들 중에 왜 이놈만 살아남았는지 알아요? 이놈은 지가 개새끼인 걸 너무 잘 알아요. 사람 새끼인 척 아양 떨면서 손바닥 핥는 다른 놈들하곤 질적으로 다르더라니까요. 곧 죽게 생긴 놈이 배고프다고 지 마누라 노릇하던 암컷도 잡아먹은 놈이에요. 개가 개같이 굴어야지 정승처럼 굴면 그것도 참 숭해요. 난 그래서 이놈이 좋아요."

눈동자조차 움직이기 버거웠다. 시선은 신발장 밑 꼽재기 낀 쓰레받기에 고정되었다. 쓰레받기 안에는 먼지와 머리카락을 뒤집어쓴 사진 한 장이 들어 있었다. 하얀 테두리가 곱게 쳐진 사진 속에는 붉은 우단 소파에 앉은 장갑 아저씨와 어머니가 있었다. 사진관에서 빌려 입은 모양인지 아저씨의 양복 소매가 껑충했다. 그 옆에 연분홍색 한복을 입고, 보얗게 화장을 한 어머니는 봄날 흔뎅흔뎅 그네나 타면 어울리게 고왔다. 쌍꺼풀 수술 부기가 빠지지 않아 때꾼해 보이는 눈과 약지 위에서 흠집 없이 반짝거리는 민무늬 금반지, 사진엔 나오지 않았지만 한복 밑에는 조잡한 무늬의 솜바지와 휠라 운동화가 신겨 있을 것만 같았다.

"거기 119지요? 여기 사람이 다쳤네요. 네, 즈이 아들이요."

더운 입김을 뿜으며 빈 바가지를 핥던 개가 시야로 뛰어들었다. 사람처럼 내 얼굴을 가만히 들여다보던 개는 배가 부른 모양인지 크게 하품을 하고 조용히 자리를 떠났다. 놈이 머물던 자리에 밤이 들어서며 입자 굵은 어둠이 들이닥쳤다. 하지만 어둠보다 내가 더 검었으므로 나는 두려울 것이 별로 없었다.

눈물

한량골은 높고 낮은 산이 뺑 돌라싼 가운데 놋주발처럼 오목하게 자리 잡은 침식분지이다. 군청 지적도에는 불상리란 지명으로 표기되어 있지만, 30년 전 대기업 방수공장이 들어선 이래 20호 남짓한 마을 주민 중 누구도 마을을 불상리로 칭하는 사람은 없다. 해가 짧은 데다 흙 반 모래 반의 척박한 땅일망정 공장이 들어서기 전에는 봄이면 집집마다 볍씨를 담그고 씨감자를 심었다. 하지만 지금의 한량골 주민들은 별호 그대로 헙헙하고 게으른 산골 한량들이다. 그 시작은 방수공장에서 흘러나온 산화규소라는 독극물 덕분으로, 마을 주민의 3할이 각종 암과 심근경색, 뇌졸중 등으로 사망한 데서 기인했다.
　공장이 들어선 지 채 3년도 지나지 않아 씽씽하던 주민 열두 명이 삭망 간격으로 죽어나가자, 이장인 독배는 필시 신작로를 내며 당산나무를 뽑아낸 것이 동티가 났다고 확신했다. 그는 청년회와 부녀회를 닦달해 집집마다 추렴한 돈으로 새 당산나무를 심고 산신제를 지냈지만 이후에도 상여 행렬은 줄기차게 이어져 그의 체면을 꺼들어 내렸다. 그해 겨울, 영농후계자였던 청년회 회장마저 원인 불명의 고열로 꼬박 이틀을 앓고 죽어나가자, 어린 자식에 기대 살던 젊은 과부와 홀아비들이 하나둘 용달차를 불러 이삿짐을 싣기 시작했다. 마을을 굽어보는 산꼭대기 바위 형상이 불상과 같다 하여 불상리였던 그곳이, 밥 빌어먹을 재주 없는 늙은이만 남았다 하여 불쌍리로 불리게 된 무렵의 일이다.

메추라기처럼 자식들을 조로록 끌고 불쌍리를 떠났던 이들마저 갖가지 만성질환에 시달리거나 사망한 사실이 밝혀진 건, 5년이 지난 후였다. 한 르포 기자의 취재로 이 사실이 알려져 시민단체와 환경단체가 피켓을 들고 공장 앞에 모여들었고, 그 뒤를 이어 지역 신문기자와 군수도 불쌍리를 찾았다. 물론 그들 사이에는 참견 좋아하는 독배도 끼어 있었다. 비록 칠순의 나이였지만 아직 총기가 남아 있던 독배는 기자와 공무원들 사이를 부지런히 오가며 그간 불쌍리에서 벌어진 변고가 모두 방수공장에서 퍼져 나온 발암물질 때문이라는 것을 깨달았다. 그리고 잘만 하면 마을 주민 머릿수만큼 상당액의 보상금이 지급될지 모른다는 사실도 눈치채게 되었다.

그길로 독배는 마을 주민들을 일일이 찾아다니며 일련의 사실을 전달했고, 불쌍리의 불쌍한 늙은이들은 돋보기를 콧등에 걸치고 치부책에 적힌 자식들의 전화번호를 더듬더듬 눌러 다급히 마을로 불러들였다.

　방수공장의 모기업 회장은 처음엔 모르쇠로 일관했지만, 여론이 괄아지고 본격적인 수사가 진행되자 수십억에 달하는 과징금을 추징당하느니 주민 머릿수대로 보상금을 지급하는 것이 낫다고 판단했다. 그는 피켓을 내려놓은 민간단체와 담당 검사, 기자, 군수, 군수의 애인과 애인의 오라비 그리고 이장인 독배에게까지 향응을 베푼 뒤, 제법 큼직한 케이크 상자 하나씩을 챙겨 집으로 돌려보냈다. 머릿수 대신 가구 수로 보상금을 지급하도록 여론을 조성해달라는 청탁의 대가였다.

　이튿날부터 신문엔 불쌍리 사건을 다룬 기사가 사라졌고, 검사는 증거 불충분을 이유로 수사를 마감했으며, 민간단체들은 전라도 어딘가로 터널 공사를 반대하러 떠나갔다. 그리고 독배는 스물네 가구에 각각 3천만 원씩의 보상금을 나눠주며 이 정도 보상을 이끌어내기까지 자신이 겪었던 숱한 굴욕과 고행을 일장 연설로 늘어놓았다. 그때부터 불쌍리 주민들은 보상금을 야금야금 갉아먹으며 한량이 되어갔다. 드물게 방수공장에 나가 일을 하는 사람도 있었지만 그래 봤자 하루 한 번 공장 앞마당을 설렁설렁 비질하거나, 밤똥 누러 가듯 지척지척 야간경비를 서고 동이 트기 전에 집으로 돌아와 한나절씩 자거나 화투를 치는 것이 일상이었다. 여전히 이웃의 죽음은 개똥처럼 흔했지만, 그때마다 방수공장에선 두둑한 위로금이 나와 굶어 죽을 염려는 없었다.

향순도 그중 한 명이었다. 태어나 열하루 만에 산후풍으로 어미를 잃고 고랑고랑한 홀아비 밑에서 자란 그녀는 열다섯 살 되던 해에 아비마저 폐암으로 여의고 천애고아가 되어 보상금을 수령했다. 곧 고등학교에 진학할 나이가 되었지만 공부에는 뜻이 없었던 그녀는 매일 군내버스를 타고 시내로 나가 미용실에서 드라이를 하고 남학교 앞을 알짱거리는 게 일이었다. 그러나 까무댕댕한 피부, 포대화상처럼 톡 불거진 배, 군턱과 메주볼이 늘어진 얼굴, 손가락 두 마디도 되지 않는 좁은 이마와 실파처럼 가느다란 눈, 구멍 두 개만 벌름한 납작코는 아무리 정성 들여 가꾸고 나가도 휴가 나온 부잣집 식모만도 못해 보였다.

제 또래 계집애들이 헌칠한 사내와 팔짱을 끼고 걷는 모습만 보면 부아가 나 쌍꺼풀 수술까지 했지만, 지방이 두텁고 폭이 좁은 눈두덩에 주름처럼 자리 잡은 쌍꺼풀은 차라리 굵은 흉터에 가까웠다. 그러나 제아무리 볼품없는 꽃일지라도 때가 되어 흐드러지면 향이 나고 벌이 꼬이는 법이었다.

향순에게 수작을 건 사내는 앞집 노총각이었다. 그는 불쌍리 출신으로 한때 도시에 나가 카메라 외판원을 하며 처녀 하나를 꼬여 살림을 차린 전력이 있었지만, 보상금 소문을 듣고 양친도 없는 고향에 돌아왔다 핑계 김에 눌러앉은 사내였다. 그는 비록 추녀지만 마을의 유일한 처녀인 향순에게 느실난실 추파를 던지며 운 좋게 재미 볼 기회가 찾아오기만을 목 빼고 기다렸다.

기실 궁하긴 향순도 마찬가지였다. 동네 밖에서 아무리 분내 암내를 피워봤자 거들떠보는 작자 하나 없는데, 나이가 곱절은 많지만 인물도 네모반듯하고 말본새도 세련된 노총각이 싫지 않았다. 그러나 적선하는 셈 치고 시작한 둘의 연애는 한 계절을 채우지 못하고 쪽박이 깨졌다. 그건 뜻하지 않은 향순의 임신 때문이었다. 진흙탕에 씨 한 번 잘못 뿌렸다 발목이라도 빠지는 날엔 영영 신세를 조질지 모른다는 생각에, 노총각은 시내 약국에서 경구피임약을 사 디밀었지만, 글자 읽는 일에는 영 취미가 없는 향순이 설명서를 팽개쳐두고 한 달치 피임약을 한입에 털어 넣어버린 게 사달이었다. 부석부석한 얼굴로 요란하게 헛구역질을 하는 향순을 미심쩍게 바라보던 노총각은 온다간다 말도 없이 그녀의 통장과 도장을 챙겨 살그머니 서울로 줄행랑을 놓았다.

투미하기 짝이 없는 향순이 임신 사실을 눈치챘을 땐, 이미 아이가 뱃가죽 아래에서 발길질을 시작한 7개월 무렵이었다. 늙수그레한 산부인과 의사는 아이가 다 자랐으니 소파수술이 아니라 약물로 아기를 죽여 유도분만을 해야 한다며 향순에게 다음 날 빈속으로 병원에 나오라고 당부했다. 집으로 돌아온 향순은 마지막 끼니라는 생각에 찬밥을 비벼 꾸역꾸역 저녁을 먹고 일찌감치 잠자리에 들었다. 그러고는 죽은 듯 기척 없이 잠이 들었다가 기묘한 꿈을 꾸었다.

꿈속에서 그녀는 낯선 들판에 퍼더앉아 제 젖꼭지처럼 검고 반들거리는 까마중을 따 먹고 있었다. 농익은 열매는 그녀의 앞니가 닿기 무섭게 새큼하고 달착지근한 과즙을 터뜨리며 혀를 적셨다. 한참 까마중을 따 먹던 향순은 마치 커다란 홍옥처럼 새빨갛고 탐스러운 까마중 열매를 발견하고 다락같은 몸을 날려 앞니를 디밀었다. 뜻밖에도 열매는 돌처럼 단단하여 그녀의 앞니를 가볍게 퉁겨냈다. 약이 바짝 오른 향순이 열매를 양손에 꽉 움켜쥐고 몸을 뒤로 젖혔다. 그러자 놀랍게도 커다란 까마중이 구슬픈 비명을 지르며 이파리 사이로 피처럼 붉은 눈물을 흘리기 시작했다.

꿈이었지만 히뜩 놀란 향순이 열매를 놓고 손가락으로 붉은 눈물을 찍어다 혀끝에 대보았다. 눈물은 얼음처럼 찼지만 혀가 아리게 단 데다, 코가 시큰거리도록 향기로웠다. 그녀는 조갈 난 주정뱅이처럼 붉은 눈물이 방울방울 맺힌 가지에 입을 가져다 대고 힘껏 빨기 시작했다. 그녀가 숨을 들이마실 때마다 까마중 열매가 애달피 목 놓아 울었지만, 향순의 입은 빨기를 멈추지 않았다. 터질 듯 배가 불러 종래엔 싸르르 아프기까지 했으나 향순은 여전히 개의치 않고 꼴깍꼴깍, 사막스런 아기처럼 가지에 매달렸다. 그러다 문득 선뜩한 기운을 느낀 향순이 자신의 몸을 더듬었다. 아랫도리가 펑 젖어 있었다. 향순은 그제야 가지에서 입술을 떼고 아

랫도리를 내려다보았다. 서글피 울던 까마중 열매가 흙바닥으로
툭, 떨어지며 그녀의 속바지를 붉게 물들이고 있었다. 향순은 젖은
속바지 쪽으로 조심스레 손을 뻗다 뒤틀리는 아랫배의 통증에 번
쩍 눈을 떴다. 석 달이나 빠른 조산이었다.

　향순의 갓 난 딸을 가만히 들여다보던 독배가 담배에 불을 붙
였다.
　"새빨간 것이 꼭 토끼 새끼 같구먼. 숨은, 증말 끊어졌는가?"
　파르스름한 담배 연기가 아기의 뺨 위에서 부서졌다.
　"저 꼴로 살면 뭐해. 거꾸러지느니만 못하지. 저런 흉물을 낳아
놓고도 향순이 년은 속 편하게 미역국 타령입디다. 빨리 갖다 묻
으라니까 담배나 피우고 앉아 있네. 소름 돋는 거 안 보이우?"
　새벽녘 종질녀인 향순의 전화를 받고 부랴부랴 뛰어와 진을 뺀
독배 처는 탯줄도 자르지 않아 새카만 태반이 그대로 붙어 있는
아기의 얼굴 위에 젖은 수건을 덮었다. 독배 처가 진저리를 치며
부엌으로 떠나자 독배는 영 내키지 않는 얼굴로 향순의 속바지에
둘둘 말아놓은 아기를 집어 들었다. 독배가 막 한 걸음을 떼려던
그때 속바지에서 피식, 자전거 바퀴 바람 빠지는 소리가 났다. 식
겁한 마음에 얼른 아기를 내려놓은 독배가 문지방에 걸어놓은 효
자손으로 젖은 수건을 살짝 들춰냈다. 몇 가닥 되지 않은 노르께
한 머리카락과 빨갛고 반투명한 이마가 비끔 드러났다. 독배는 차

마 단숨에 수건을 걷어낼 용기가 나지 않았다. 그가 땀으로 흥건한 손바닥을 바지에 슥슥 닦으며 뜸을 들이는데 다시 한 번 젖은 수건의 한가운데가 팔락 솟아올랐다. 그러고는 녹슨 경첩 꺾이듯, 날카로운 울음이 터지며 수건이 풀떡풀떡 들리기 시작했다.

"임자, 일루 와봐. 향순아, 향순이 뭐 하나?"

죽은 줄 알았던 아기 울음과 독배의 다급한 부름에 방으로 뛰어든 독배 처가 들고 있던 나무주걱을 내던지며 비명을 내질렀다.

"저것이 어쩌자고 살아났데⋯⋯."

때마침 나타난 향순은 비명조차 나오지 않는 모양인지 벌어진 입으로 억억, 숨넘어가는 소리를 내며 자리에 주저앉았다. 굳이 독배가 효자손을 쓰지 않아도 아기는 팔다리를 움찔거려 제 힘으로 수건을 벗겨냈다. 그 아래로 파르족족한 빛이 감도는 세 개의 눈동자가 제 어미를 찾느라 번득이며 움직였다.

아기는 세눈박이였다. 가느스름한 두 개의 눈 사이, 미간으로부터 2센티미터 위에 쌍꺼풀이 선명하고 커다란 눈동자가 하나 더 붙어 있었다. 방수공장에서 흘러나온 산화규소 때문인지, 돌연한 변이인지, 까마득한 선대로부터 물려받은 몹쓸 유전자 때문인지 알 수 없었지만 크고 아름다운 세번째 눈은 젖이 퉁퉁 불어 앞섶을 펑 적신 제 어미조차 생파리로 만들 만큼 섬뜩했다.

반나절이 지나도록 독배와 독배 처, 향순은 설뚱한 얼굴로 방 네 귀퉁이에 흩어져 앉아 아기의 거취를 골몰했다. 그러고도 답이

나오지 않자, 싱겁게 끓인 미역국 한 그릇씩을 훌훌 나눠 마시고 다시 암상궂은 얼굴로 돌아가 애먼 쉬파리만 눌러 꿰뜨렸다.

"암만해도 숟가락 들 팔자인 갑다. 기왕 이리된 거 젖 물리거라. 배냇병신이 효자 된단 말도 있잖냐. 눈이야 싸매고 살든지, 파내고 살든지."

빈 담뱃갑을 구겨 던진 독배가 자리에서 일어나 악머구리처럼 우는 아기에게 다가갔다. 그러자 반사적으로 향순이 어깨를 움찔하며 벽으로 등을 돌리고 고개를 설레설레 저었다.

"그러게 이 멍충아, 어쩌자고 낳을 때까지 애 밴 줄을 몰랐냐? 죽으나 사나 니 새끼여. 누군 남의 새끼도 키웠는데 넌 니 새끼 하나 못 거둬?"

애를 못 낳아 씨받이 몸에서 낳은 아들을 억지춘향으로 거뒀던 독배 처가 게거품을 물고 독배를 실쭉 째려봤다. 어금니를 앙다물어 볼에 힘살을 잡은 독배가 제 처를 본 척 않고 아기의 어깻죽지 아래로 손을 밀어 넣었다. 그러자 핏기 없는 입술을 파르르 떨며 기가 넘게 울던 아기의 눈가에서 영롱한 눈물 몇 방울이 독배의 발치에 때깍때깍 떨어졌다. 젖은 눈에서 눈곱이 떨어졌을 리는 만무하여, 독배가 허리를 굽혀 방바닥을 구르는 작은 알갱이를 내려다보았다. 연한 황금빛이 도는 유백색의 알갱이는 마치 덜 자란 진주 같기도 했고, 뭉쳐놓은 사금처럼도 보였다. 놀란 독배가 미간을 좁히고 아기의 얼굴을 가만히 내려다보았다. 짤깍 감은 눈가엔

말간 눈물이 고여 있었지만, 이마 가운데 희번덕 치켜뜬 세번째 눈에선 닭이 알을 낳듯 보얀 알갱이가 눈물샘을 아등바등 빠져나오고 있었다. 보통의 진주라고 하기에는 크기가 작지만 요요한 광택이며 보는 방향에 따라 황금빛과 대리석 문양처럼 어룽거리는 적갈색의 기묘한 색감은 감히 어떤 보석으로도 흉내 내기 어려운 위엄과 고상이 깃들어 있었다.

독배의 품에 안긴 아기는 어느새 울음을 그치고 딸꾹질을 시작했다. 그와 함께 반쯤 비어져 나왔던 알갱이도 다시 눈물샘 속으로 쏙 들어가버렸다. 독배가 늘어진 눈꺼풀을 씰룩거리며 갓난 것의 몸을 휘감은 속바지 속에 손을 집어넣고 허벅다리를 힘껏 꼬집었다. 그러자 아기가, 괴물의 형상이 양각된 자그마한 보석함이, 다시 요란하게 열렸다.

매일 아침 소녀는 향순에게 팔뚝을 꼬집히며 잠에서 깼다. 하루 중 아침 첫 눈물이 가장 빛깔이 좋아 값어치가 높은 탓이다. 서러워 흘리는 눈물, 슬퍼서 흘리는 눈물, 아파서 흘리는 눈물, 하품을 해서 흘리는 눈물은 미묘하지만 분명한 차이가 있었다. 가장 하품(下品)은 물파스나 양파즙 같은 외부 자극을 받아 흘리는 것으로 빛깔이 탁하고 윤기가 없으며 쉽게 부서져 상품가치가 없었다. 가장 상품(上品)은 슬퍼서 흘리는 눈물인데 망치로 내리쳐도 흠집 하나 나지 않는 데다 오팔처럼 여러 가지 색깔을 띤 작은 입자가 단단한 구(球) 안에 촘촘히 박혀 있어 부르는 게 값이었다.

향순의 우악스러운 손길에 잠을 깬 소녀는 덤덤한 얼굴로 자리에서 일어나 구부정하게 앉았다. 향순이 얼른 소녀의 이마 아래로 작은 접시를 받쳤다. 달그락, 세 개의 눈물이 접시 위로 떨어졌다. 어려서는 쌀알만 하던 눈물이 어느덧 까마중만큼 커져 있었다.

"오라질 년. 밥은 억세게 처먹고 요게 뭐야, 요게."

향순이 접시를 내려놓고 소녀의 뒤통수를 되게 갈겼다. 그러자 속눈썹에 맺혀 있던 눈물이 도로록 뺨을 타고 흘렀다.

"아직 멀었어? 점심 전에 서울 도착하려면 지금 출발해도 늦어."

독배의 아들 창석이 대문 앞에 차를 세우고 향순에게 출발을 독촉했다. 그는 7년 전만 해도 종로에서 금세공을 하며 다달이 주택부금을 붓는 월급쟁이였다. 명절이나 어버이날에도 이런저런 핑계를 대며 불쌍리에 내려오지 않던 그가 마을 초입에 미니 골프장까지 달린 3층짜리 전원주택을 지어 귀향한 건 순전히 소녀 덕분이었다.

소녀의 눈물이 제법 굵직해지던 7년 전, 독배는 가장 머드러기 몇 알을 골라 손수건에 싸 들고 창석의 직장으로 찾아갔다. 기술이 시원찮은 줄은 알지만 그래도 다짜고짜 생판 모르는 금은방을 찾아가 흥정을 붙이느니 불망나니에 업숭이더라도 제 핏줄이 낫지 않나 싶은 마음이었다.

독배가 물어물어 창석의 직장에 도착했을 때, 마침 그는 얼굴이 너벳벳한 사장에게 호되게 꾸중을 듣는 중이었다. 한참 만에야 불쾌한 얼굴로 작업대에 돌아온 창석은 지척지척 지팡이를 짚고 나타난 독배가 꿈이 아닌가 싶어 눈을 비볐다. 그러자 독배가 아무 말 없이 작업대 스탠드 전원을 켜고 주머니에서 손수건을 꺼내 조심조심 풀어 헤치곤 말간 눈물 몇 알을 창석의 눈앞에 들이밀었다. 소녀의 눈물은 그가 지금껏 보고 듣고 만져본 그 어떤 보석보다 아름답고 기품이 넘쳤으며, 새침하고 수줍은 소녀처럼 바라보는 사람을 싱숭생숭하게 만드는 마력이 흘렀다. 코를 가만 가져다 대면 비릿하고 짭조름한 갯내와 함께 어린 소녀의 달착지근한 살내가 풍겼고, 이지러진 곳 없이 매끈한 구면 위로는 물결처럼 잔잔한 오색 빛깔이 아롱거렸다. 그 기묘한 마력은 옆 작업대에서 부지런히 핸드피스를 놀리던 동료의 손을 멈추게 했고, 다시 한소리 늘어놓으러 나타난 사장의 입을 떡 벌어지게 만들었다.

소녀의 눈물은 확대경과 현미경, 이색분광기와 편광기, 굴절기와 분광기, 그리고 공장 안의 보석을 감정하고 세공하는 데 사용되는 모든 기구를 거쳤지만 그 무엇도 이 아름다운 보석의 정체를 알아내는 데는 실패했다. 다만 크기와 무게, 형태나 빛깔이 진주와 흡사하여 잘 세팅해 시장에 내놓기만 하면 사겠다고 덤비는 작자가 얼마든지 있을 거라고 사장 서껀 입을 모았다.

독배는 소녀의 눈물이 집안 대대로 내려오는 가보이며 커다란 궤짝에 한가득이라 눙치고는 좋은 값만 쳐준다면 얼마든지 내다

팔 요량이라고 슬그머니 흥정을 시작했다. 사장은 독배의 말을 곧 이곧대로 믿지 않았지만, 정체가 무엇이든 간에 돈만 된다면 매입하지 않을 이유가 없다고 생각했다. 그러나 독배가 개당 50만 원의 가격을 부르자 사장은 부러 시큰둥한 표정을 지으며 출처 불명의 보석을 그 값에 살 수는 없다며 손가락 네 개를 접었다. 그러자 독배가 눈물이 든 손수건을 주머니에 구겨 넣고 나갈 체를 했다. 이에 사장이 다급히 20만 원을 불렀고, 이번엔 창석이 팔토시를 벗어 작업대에 팽개치고 독배의 소매를 끌어당겼다. 그러자 사장은 끙끙 앓는 소리를 내며 숱 없는 정수리를 벅벅 긁더니 '오케이 30만 원, 그 이상은 때려 죽여도 못 줘!' 흥정을 매듭지었다. 사장과 곧바로 빈 종이에 약식 매매계약서를 쓰고, 머뭇거리며 곱아드는 독배의 장지를 억지로 끌어다 지장을 찍게 했다.

독배는 불쌍리 주민들에게 소녀의 눈물을 숨기지 않았다. 어차피 한마을에 사는 이상 쉬쉬한다고 덮어질 일이 아니었다. 이렇게 된 거 톡 까놓고 사실을 밝힌 뒤 수익의 일부를 마을 발전기금으로 사용하고 입단속을 하는 편이 낫다고 판단했다.

그는 마을회관으로 스무 명 남짓한 주민들을 모아놓고 고기와 술을 대접했다. 그러고는 다들 거나하게 술이 올랐을 즈음 소녀를 불러 단상에 세웠다. 웬일로 향순이네 이름도, 아비도 없는 딸년이 노래라도 한 가락 부르려나 싶어 박수 칠 준비를 하던 주민들은 독배가 소녀의 앞머리를 들추고 커다란 반창고를 떼어내자 일시에 비명을 지르며 뻗치고 있던 손으로 눈을 가렸다. 아직 놀라긴 이르다는 듯 실쭉 웃은 독배가 향순에게 손짓을 하자 그녀는 냉큼 단상으로 올라와 달달 떨고 있는 소녀의 귀뺨을 올려붙였다. 빨간 손자국이 남은 볼 위로 말간 눈물 몇 알이 도르르 굴러 단상 위에 떨어졌다.

"이제 우리 불쌍리 사람들 아니에요. 이거 사겠다는 사람들이 서울부터 부산까지 나라비를 섰어요. 우리 창석이 덕분에 거래처도 생겼으니 매달 또박또박 돈 들어오는 일만 남았습니다. 앞으로 재가 한 번 울 때마다 집집마다 만 원씩의 기금이 돌아가니까 월말 되면 우리 집으로 용돈 받으러들 오세요. 대신, 우리 중 누가 함부로 불구녕이라도 지르는 날엔 다 같이 쇠고랑 차는 건 알고들 계셔야 합니다. 세상에 공돈이 어딨어요, 안 그래? 자식새끼들도 물려줄 유산 없는 부모는 지 집 개새끼 취급만도 안 하는 세상에. 씨부럴!"

독배가 연설을 하는 동안 소녀는 바닥에 떨어진 반창고를 주워 세번째 눈을 덮었다. 또렷하던 사위가 한 꺼풀 막을 씌운 것처럼 침침해지고 귀 또한 먹먹해졌다. 소녀는 마치 문방구에서 좀도둑질을 하다 걸린 아이처럼 고개를 떨어뜨리고 몸을 웅크렸다. 그때 누군가 소녀의 팔뚝을 잡아채 잔칫상으로 끌고 갔다. 육이오동란에 포탄 파편을 맞아 왼쪽 눈을 실명해 애꾸 할매라 불리는 옆집 노파였다. 애꾸 할매는 젓가락으로 식어빠진 편육 한 점을 집어 소녀의 입가에 대주며 푸석푸석한 앞머리를 안쓰럽게 매만졌다.

"이우제 살면서도 어쩜 너랑 니 에민 이런 걸 쉬쉬하고 입도 뻥 끗 안 했냐? 암만해도 내 것이 너한테 간 모냥이다, 아가. 울더라도 먹어가며 울어라, 잉. 딱하기도 하지."

소녀가 숙인 고개를 조금 들고 자그맣게 입을 벌리자, 애꾸 할매가 자신의 폭 꺼진 왼쪽 눈두덩을 비비며 편육을 디밀었다.

"애꾸 할매, 걔 그런 거 주지 마요. 배부르면 나오던 눈물도 쏙 들어가지."

곁에 앉아 있던 부녀회장이 인상을 구기고 애꾸 할매의 손을 탁 쳐냈다. 그 순간 소녀는 코끝이 맵고 눈시울이 뜨끈했지만, 이를 앙다물고 울음을 참아냈다. 고작 여섯 살 어린 나이였지만, 소녀는 자신이 울면 울수록 사람들의 탐욕이 암세포처럼 점점 커진다는 것을 본능적으로 알아차렸다.

향순은 매일 저녁 화장을 하고 자신의 중형 세단을 몰아 도시로 나갔다. 엄마가 없는 동안 소녀가 먹을 수 있는 건 오직 물뿐이었다. 음식이 든 냉장고에는 늘 자물통이 채워져 있고, 식재료를 담아놓은 선반은 의자를 딛고 올라서도 손이 닿지를 않았다. 가끔 애꾸 할매가 카스텔라나 우유를 대문간에 놓아주고 갔지만, 그마저도 마을 사람들이 힐난을 퍼부어 자유롭지 못했다.

자정이 다 돼서야 쇼핑백을 양팔에 주렁주렁 매단 향순이 돌아오면 뺨을 맞거나 팔뚝을 꼬집힌 다음에야 과자 부스러기나 초콜릿 같은 주전부리를 얻어먹을 수 있었다. 제대로 먹지 못하고 성장한 소녀는 대나무처럼 마르고 또래에 비해 한 뼘이나 키가 작았다. 항상 붉거나 누런 멍으로 뒤덮인 피부며, 짓무른 눈자위, 구부정한 등허리와 숱 없는 머리칼, 둔한 움직임은 때로 소녀를 애꾸할매 또래의 노파로 보이게 했다.

소녀는 외로웠지만 늘 집 안에서만 생활했다. 무심코 마을을 돌아다니다 보면 여지없이 누군가 달려들어 몸을 꼬집거나 매운 돌팔매질을 했고, 뜨거운 물을 퍼붓거나 불에 달군 부지깽이를 들이댔다. 그러고는 소녀가 눈물을 흘리면 벼락같이 눈 밑에 손을 받쳤다. 때문에 소녀는 온종일 방 안에 틀어박혀 텔레비전을 보거나, 오래전 노총각이 놓고 간 카메라 카탈로그를 넘겼다. 소녀는 글씨를 읽을 줄 몰랐고, 카메라가 무엇에 쓰는 물건인지도 알지 못했다. 하지만 그 앞에 선 사람들이 하나같이 웃고 있는 걸 보면 분명 굉장히 값비싼 기계일 거란 짐작은 있었다. 소녀가 가장 좋아하는 17페이지에는 등산복을 걸친 사내가 도심이 한눈에 내려다보이는 빌딩 옥상에 서서 한 발을 난간 위에 걸치고 카메라를 든 모습이 있었다. 그걸 볼 때마다 소녀는 사내의 어깨 아래로 펼쳐진 깨알 같은 건물과 상점들 사이에 숨어 카메라를 향해 휘적휘적 손을 저으며 환하게 웃고 있는 자신을 상상했다. 행복해서 웃는 것이 아니라 웃어야 행복해진다는 어느 탤런트의 말처럼 사람들 사이에 섞여 가짜 웃음이라도 짓는다면, 소녀는 거짓말처럼 행복해질 것 같았다.

소녀가 진짜 카메라를 보게 된 건 늦은 초경을 시작한 열일곱 살, 초가을이었다. 그사이 정권이 바뀌면서 한때 야당에 밉보였던 방수공장의 모기업 회장과 군수가 뇌물 증재와 수재 혐의로 긴급 구속되었다. 그리고 얼마 지나지 않아, 당시 케이크 상자를 받아먹은 민간단체와 담당 검사, 기자, 군수의 옛날 애인과 알고 보니 오라비가 아닌 내연남이었던 작자 그리고 팔순의 독배까지 굴비 엮이듯 차례로 검찰에 소환되었다. 동시에 방수공장은 문을 닫았고, 임금을 받지 못한 공원들은 머리에 띠를 두르고 공장 앞에서 농성을 시작했다. 그러자 조용하던 한량골에 다시 기자와 공무원이 모여들어 우야우야 목청을 높이게 되었고, 평시엔 보기 드물던 경찰차도 하루 몇 번씩 순찰을 돌며 마을이 들썩거렸다. 소녀의 눈물 덕에 돈 아쉬울 것 없는 한량골 주민들은 문밖에서 벌어지는 와작박작한 드잡이에는 전혀 관심이 없었지만, 독배가 자리를 비운 틈에 마을의 비밀이 탄로 나 돈줄이 끊기는 건 아닌가 싶어 외지인과 마주칠 때면 눈을 곱게 뜨지 못했다.

그중에서도 가장 분통이 터지는 사람은 향순이었다. 새달이면 대목인 추석인데 외지인 눈치 봐가며 뽑아내는 하루 두 번의 눈물로는 수요를 감당하기 어려웠다. 매년 이맘때면 소녀의 발목을 데님으로 꽁꽁 묶어놓고 창석과 밤낮으로 교대해가며 매질을 해 물량을 뽑아냈었다. 그래도 물량이 모자랄 때는 창석이 알코올과 약솜, 펜치를 들고 찾아와 소녀의 생니를 뽑기도 했다. 향순이 소녀의 입아귀를 강제로 벌리고 약솜으로 목구멍을 틀어막으면, 창석이 펜치로 가장 구석진 자리의 어금니를 단단히 조이고 으랏차, 하는 기합과 함께 이를 뽑았다. 그러면 독배 처가 받친 접시 위로 굵은 눈물 여남은 개가 좌르륵 쏟아지곤 했다. 그러나 방수공장 데모 탓에 그저 소녀가 저절로 울기만을 기다려야 할 처지가 되자, 향순은 울화가 치밀어 아침부터 술을 퍼마셨다. 창석 역시 방수공장이 내려다보이는 베란다에 나와 담배를 입에 물고 초조하게 서성거리며 하루를 시작했다. 창석의 눈에 가장 거슬리는 건 남의 집 불구경하듯 뒷짐 지고 있는 경찰이나 하급 공무원보다 신문기자들이었다. 특히 농구선수처럼 키가 크고 눈이 부리부리한 젊은 사진기자가 며칠째 마을을 후비고 다니며 이것저것 사진을 찍어대고 노인들을 쑤석거리는 게 영 탐탁지 않았다.

그는 어제 아침 창석 처를 찾아와 농사나 특용작물 재배도 하지 않는 산골 벽지에 고급 승용차나 신식 주택이 많은 이유를 물었다. 당황한 창석 처가 우물우물 말을 씹으며 줄행랑을 놓자, 이번엔 마당에서 세차를 하고 있는 창석에게 다가와 같은 질문을 했다. 창석은 호스에서 쏟아진 물에 바짓단이 젖는 줄도 모르고 겨우 말을 더듬어가며 아버지 독배 일이 염려되어 잠시 내려온 서울 사람이라 둘러댔지만, 기자는 창석의 자동차 구식 번호판을 보며 고개를 갸웃거렸다.

아니꼬운 눈으로 기자를 관찰하던 창석이 3분의 1쯤 타들어간 담배를 비벼 끄고 고개를 들었을 때, 어찌 된 영문인지 기자의 모습은 보이지 않았다. 방금 전까지만 해도 깻단을 들고 꿈적거리는 애꾸 할매 옆을 알짱거렸는데, 불과 몇 초 사이 기자도 애꾸 할매도 감쪽같이 사라졌다. 창석이 얼른 휴대전화로 향순에게 전화를 걸었지만, 술에 곯아떨어진 그녀는 전화를 받지 않았다.

그 시각, 애꾸 할매 대신 깻단을 짊어진 기자는 소녀의 집 앞에 다다라 걸음을 멈추었다. 앞서 걷던 애꾸 할매는 멀거니 서서 빼꼼 열린 대문 안을 빤히 들여다보는 기자를 독촉하지 않았다. 대신 그의 손에서 깻단을 넘겨받아 총총 자신의 집으로 들어가 옴폭 꺼진 눈두덩을 가만가만 쓰다듬으며 담 너머 들리는 소리에 귀를 세웠다.

기자는 향순의 코골이에 쫓겨나 마당에 쪼그려 앉아 해바라기를 하고 있던 소녀와 눈이 마주쳤다. 처음 그의 눈에 비친 소녀는 열서너 살쯤으로 보였지만 몸을 일으키고 고개를 들자 얇은 티셔츠 아래 봉곳한 가슴이며 야무진 입매와 깊은 눈은 정확한 나이를 가늠할 수 없게 했다.

"너 혼자 있니?"

소녀는 낯선 사람의 방문에 펄쩍 놀라 얼른 집 쪽으로 몸을 돌렸다.

"얘, 다리에 멍은 어쩌다 생겼어?"

소녀의 칠부바지 아래로 드러난 종아리에 먹구렁이처럼 휘감긴 멍이 기자의 눈에 들어왔다. 기자가 목에 건 카메라 렌즈를 벗기고 소녀를 향해 셔터를 눌렀다. 찰칵, 하는 낯선 소리에 소녀가 고개를 돌려 기자를 바라보았다. 카탈로그에서 수없이 봐왔던 카메라가 그의 손에 들려 있었다. 소녀는 수없이 연습했던 대로 카메라를 향해 웃어 보이려 했지만 기자의 눈에는 그저 울상으로만 보였다.

"그거, 비싸요?"

카메라에 매료된 소녀는 집으로 들어가려던 걸음을 멈추고 메마른 목소리로 물었다.

"너 카메라 좋아하는구나? 괜찮으니까 이리 와서 만져봐."

기자가 소녀의 눈높이로 몸을 낮추고 카메라를 얼굴에 가져다 대며 빙그레 미소를 지었다. 소녀는 기자의 모습에서 카탈로그 17페이지의 사내를 떠올렸다. 그러자 신기하게도 옭매어놓았던 경계심이 스르르 풀어졌다.

"그거 눈물 몇 개면 살 수 있어요?"

소녀는 이마에 붙은 반창고를 떼어내며 기자에게 다가갔다. 줌으로 소녀의 얼굴을 바투 잡아당기던 기자가 앞머리 사이로 언뜻 비친 소녀의 세번째 눈을 보고 카메라를 놓쳤다. 기자의 가슴팍에서 대롱거리는 카메라를 유심히 바라본 소녀가 얼빠진 기자의 손

을 끌어다 제 뺨을 갈겼다. 힘없이 늘어뜨린 기자의 손이 큰 힘을
발휘하지 못하자, 소녀가 제 손가락으로 팔 안쪽 여린 살을 꼬집
었다. 그러자 금세 얼굴이 붉어지며 소녀의 미간 사이로 눈물 한
방울이 떨어졌다.

"이거면 살 수 있어요?"

소녀가 바닥에 떨어진 눈물을 조심스럽게 주워 기자의 손바닥
위에 올려놓았다.

"너 이거 어디서 나온 거야?"

기자는 흐트러진 앞머리 사이로 자신과 눈을 맞추고 있는 검고
반들거리는 것을 바라보며 물었다. 기자의 시선을 느낀 소녀가 부
끄러운 듯 황급히 고개를 흔들어 앞머리를 가지런히 하고 고개를
숙였다.

"그걸론 모자라요?"

기자가 애처로운 표정으로 소녀의 이마를 향해 손을 뻗는데, 누
군가의 손이 그의 어깨를 짓눌렀다.

"여자들만 사는 집에 뭐하러 왔소?"

동네를 한바탕 헤집고 달려온 창석이었다. 기자는 소녀의 눈물
을 얼른 주머니에 넣고, 어색하게 웃으며 창석에게 꾸벅 인사를
했다.

"아이가 예뻐서 사진 몇 장 찍을까 했습니다. 실례였다면 죄송
합니다."

창석이 소녀를 향해 눈을 부라렸다.

"넌 거기서 뭐하고 있냐? 여자들끼리 살면서 문단속을 잘해야지."

창석의 꾸지람에 소녀가 못내 아쉬운 듯 카메라를 흘깃거리며 뒷걸음을 치다 하는 수 없이 집으로 들어갔다.

"기자 양반, 취재도 좋지만 허락도 없이 남의 안마당까지 기웃거려서야 쓰겠소? 우리가 동물원 원숭이도 아니고."

창석은 등줄기에 식은땀이 흘러내렸지만 애써 태연한 척 팔짱을 끼고 기자를 나무랐다. 기자는 창석의 약지에 낀 보석반지가 소녀의 눈물과 퍽 비슷하다는 생각을 하며 그의 얼굴을 빤히 쳐다보았다. 발랑 자빠진 쪽박귀가 붉게 달아올라 있었다.

"혹시 민박 됩니까?"

창석은 뜻밖의 제안에 질겁하며 남는 방이 없다고 손을 내저었다.

"집이 꽤 크시던데, 정말 빈방 없습니까? 숙박료라면 시내 모텔비에다 왕복 택시비까지 보태드리겠습니다."

"아시다시피 우리 아버지 일도 그렇고, 요즘은 방마다 꼬추 말리고, 메주 띄우느라 외지 사람한테 내줄 방이 없수다."

때마침 걸려온 아내의 전화에 창석이 폴더를 열고 잰걸음으로 꽁무니를 뺐다.

"기자 선생, 잘 데 없으면 우리 집으로 갑시다. 방 있어."

창석이 사라지자, 어느 결에 애꾸 할매가 나타나 기자의 카메라 가방을 끌어당겼다. 애꾸 할매는 기자를 데려다 건넌방을 내주고 부엌에 들어가 한참을 꿈지럭거리더니 곁두리로 감자범벅을 내놨다. 기자는 카메라를 꺼내 애꾸 할매의 주름진 손과 찌그러진 양은 냄비를 찍고 젓가락을 들었다.

"이장이 쇠고랑 차서 동네에 찬바람이 쌩쌩 불 거유. 다른 집들은 매달 그 집서 용돈 받아다 고기도 사 먹고, 지붕에 기와도 올리고, 무르팍 수술도 하지만 난 깨끗하다우."

애꾸 할매의 말에 달게 감자범벅을 집던 기자가 젓가락을 멈췄다.

"이장네서 왜 매달 용돈이 나와요?"

애꾸 할매가 외눈을 끔뻑거리며 뒤뚱뒤뚱 부엌에 들어가 시어빠진 열무김치 한 보시기를 상에 놓았다.

"아까 그 애 봤지?"

"그 애라면 눈이……."

기자가 목울대를 꿀렁거리며 상을 밀고 애꾸 할매 앞으로 바짝 다가앉았다.

"용케 눈도 봤구먼. 많이 씩껍했겠네."

애꾸 할매는 소녀와 소녀의 세번째 눈, 그리고 거기서 쏟아지는 눈물과 마을 사람들의 탐욕에 대해 조심스럽게 털어놓았다.

"눈이 둘인 사람들한테 우리 같은 건 짐승이나 매한가지야. 개나 닭처럼 집 지키고 알 낳고, 새끼 치는 짐승이지. 품팔이를 해도 애꾸라고 남들 반 모가지만 주고, 아들 새끼도 뻔히 내가 지 에민 줄 알면서도 병신에 가난뱅이라고 검불 취급도 안 해."

기자는 조금 전 마주쳤던 창석의 우뚝한 콧날과 쪽박귀가 애꾸 할매와 퍽 닮았다는 것을 깨달았다.

"그 애를 한 번 더 만날 순 없을까요?"

그날 저녁, 애꾸 할매는 녹두전을 부치고 묵은 다래주 한 병을 쟁반에 담아 소녀의 집으로 갔다. 마침 컵라면과 소주로 해장을 하려던 향순이 반색을 하고 노파를 맞았다. 거실 한편에서 양볼이 벌겋게 달아오른 소녀가 텔레비전을 보고 있었지만, 향순은 본 척도 않고 쟁반을 들고 제 방에 쏙 들어가 방문을 잠갔다.

향순의 방에서 트로트 음악이 쿵짝거리자, 애꾸 할매는 냉큼 소녀의 손목을 잡아끌고 발끝을 세워 집을 빠져나왔다. 둘이 대문을 열자 안마당에서 초조하게 서성거리던 기자가 반가운 얼굴로 소녀를 덥석 끌어안았다. 태어나 처음으로 남자의 품에 안긴 소녀는 가슴이 쿵덕대고 맞지 않은 뺨이 화끈거려 고개를 들 수 없었다.

"어르신한테 이야기 다 들었어. 너 지금 나랑 서울로 올라가자. 거기선 아무도 널 때리지 않아. 눈 수술할 의사도 소개해줄 수 있어. 뭣보다 네 친아빠도 찾고."

소녀가 얼떨떨한 표정으로 애꾸 할매를 바라보았다.

"뭘 고민해, 이것아! 서울 가면 눈 수술 해준다잖냐. 그 짐승만도 못한 것들 벗어나서 눈도 두 짝 만들고, 이름도 하나 얻고, 애비도 찾아야지. 가만, 니 애비 이름이…… 그래, 의성이다. 심가네 의성이."

기자가 소녀의 손을 힘주어 잡고 카메라 가방을 고쳐 멨다. 소녀가 고개를 들어 기자의 얼굴을 말끄러미 올려다보았다. 달빛에 하얗게 빛나는 건강한 뺨, 맑고 서그러운 눈빛, 사내답게 넓고 각진 하관. 17페이지의 사내 모습 그대로였다.

　"너 단팥빵 좋아하지? 가다 아저씨랑 사 먹거라."

　애꾸 할매가 속바지 주머니에서 만 원짜리 한 장을 꺼내 소녀의 손에 쥐어주었다. 기자의 손을 풀고 돈을 받아 든 소녀는 앞머리를 들어 올리고 커다란 세번째 눈을 몇 번 깜빡거렸다. 그러고는 지금껏 본 적 없는 크고 아름다운 눈물 한 방울을 힘겹게 짜냈다.

　"이건 할매 줄게요."

　소녀가 애꾸 할매의 손에 갓 받아낸 눈물을 쥐어주고 다시 기자의 손을 잡았다.

　"가자, 막차 놓치겠다."

　기자가 손목시계를 보며 소녀의 손을 잡아끌었다. 둘은 애꾸 할매의 배웅을 받으며 어른 키만큼 자란 당산나무 아래서 콜택시에 올랐다.

　그날 밤, 향순은 다시 술에 곯아떨어졌고, 잠자리에 들었던 창석은 기자가 마음에 걸려 잠을 이루지 못했다. 그는 이제 막 처녀 티가 나기 시작한 소녀를 붙잡아 매둘 방법을 골몰하다, 술만 취하면 무하고 계집은 고추에 버무려야 제맛이 난다는 독배의 주정이 생각나 퍼뜩 플래시를 들고 소녀의 집으로 향했다. 그러나 혁

대를 풀며 들어간 방에는 트로트 음악에 맞춰 드세게 코를 고는 향순뿐, 소녀의 이부자리는 텅 비어 있었다.

서울에 도착해 버스에서 내리자, 기자는 자신의 재킷을 벗어 소녀의 어깨에 걸쳐주었다. 도시는 카메라 카탈로그 17페이지처럼 높은 건물과 번쩍이는 차들로 북적였지만 종이 속 세상과 달리 고막을 긁는 소음과 시커먼 매연으로 가득했다. 소녀는 복대기는 사람들을 피해 기자의 팔에 대롱대롱 매달려 심의성이란 이름을 되뇌며 그와 걸음을 맞췄다.

기자의 자취방은 버스터미널에서 멀지 않았다. 그는 도어록 비밀번호를 눌러 현관문을 열고, 커다란 가죽 소파와 침대뿐인 방으로 소녀를 이끌었다.

"배고프지? 뭐라도 먹고 한숨 푹 자."

기자가 휴대전화로 음식을 주문하자 채 10분도 걸리지 않아 초인종이 울리고 철가방을 든 소녀 또래의 사내아이가 자장면 두 그릇을 내려놓았다. 소녀는 처음 먹어보는 검은 국수가 입맛에 맞아 순식간에 한 그릇을 비우고 곧 머쓱하게 젓가락을 빨았다. 기자는 소녀의 그릇에 제 몫의 자장면을 덜어주고 옷장에서 티셔츠와 반바지를 꺼냈다.

"미안, 혼자 살다 보니 이것뿐이다. 당장 입을 옷하고 신발부터 사 와야겠다. 씻고 갈아입어. 욕실은 저기."

소녀는 기자가 손을 쳐들었을 때 혹시 자신의 뺨을 때리는 건 아닐까 움찔했지만, 곧 그의 온화한 표정을 보고 마음을 놓았다. 그가 다시 어디론가 전화를 하는 사이 소녀는 욕실에 들어가 목 늘어난 티셔츠와 빛바랜 칠부바지를 벗어놓고 샤워기를 틀었다. 그러고는 굵은 음모 한 가닥이 붙어 있는 비누를 몸에 문질러 거품을 냈다. 샤워를 마치고 소녀는 세면대 거울 앞에 섰다. 반창고를 떼어내자 답답했던 초점이 또렷해지고, 먹먹했던 귀가 시원하게 트였다. 앞머리를 걷어 올리자 초식동물의 눈처럼 크고 새카만 눈동자가 측은한 눈길로 소녀를 바라보았다. 소녀는 풍성하게 거품을 올린 비누로 세번째 눈을 비볐다. 그러자 세면대 위로 눈물 조각들이 타닥타닥 요란하게 떨어졌다. 욕실 밖에서 기자의 목소리가 들렸다. 반창고를 붙이면 시력뿐 아니라 청력도 약해지지만, 반대로 반창고를 떼면 둘 다 보통 사람보다 훨씬 예민했다. 소녀는 물소리를 줄이고 기자가 하는 말을 엿들었다.

　"진주 눈물 흘리는 세눈박이 괴물 소녀가 뭐냐? 우리가 삼류 주간지도 아니고. 좀더 고급스럽게 뽑아봐. 방수공장 산화규소에 초점을 맞추는 게 좋지 않아? 일단 전문의 인터뷰 하나 따고, 유전공학 박사 인터뷰도 하나 따고. 아참, 애 아빠가 있대. 수소문 좀 해봐. 이름은 심의성이고, 불상리 출신이야. 자녀가 있는지 확인하고 같은 질환 있나도 캐봐. 안 만나주면 며칠이고 뻗쳐야지, 별수 있어? 글쎄, 당장 수술은 못 하겠지. 연구한다고 덤비는 작자가 오죽

많겠냐. 괜찮긴, 인마. 볼 때마다 소름이 쫙쫙 돋는다. 그래도 독점 취재하려면 이 악물고 참아야지. 뭐 벌써 축하를 해, 당장 내일 승진하는 것도 아닌데. 오케이, 그럼 내일 자 1면 톱 부킹해놔."

소녀는 귀를 틀어막았다. 뺨을 맞은 것도 팔뚝을 꼬집힌 것도 아닌데 눈물이 솟구쳤다. 카탈로그 17페이지 속 세상도 한량골과 별반 다를 것이 없었다. 거울에 비친 세번째 눈이 고통에 일그러진 소녀를 무심히 바라보며 의뭉스럽게 번들거렸다. 그제야 소녀는 오랫동안 미뤄왔던 숙제를 기억해냈다. 소녀는 칫솔통에서 까뭇까뭇한 짧은 수염이 붙은 기자의 일회용 면도기를 들었다. 안에 든 면도날이 파르스름하게 빛났다. 면도기를 타일 바닥에 내려놓고 슬리퍼로 대가리 부분을 짓뭉갰다. 그러자 면도날을 감싼 가느다란 플라스틱 조각들이 깨져 나갔다. 소녀는 수돗물을 틀어 면도날을 헹궜다. 억세고 숱 많은 속눈썹 아래 크고 짙은 눈동자가 포위된 동물처럼 꿈틀거렸다.

소녀는 침착하게 눈두덩에 면도날을 들이밀었다. 눈꺼풀이 파르르 경련을 일으켰지만 개의치 않았다. 면도날이 흐르듯 지나간 자리에서 검붉은 피와 수십 개의 눈물이 세면대 위로 와르르 쏟아졌다. 열 개뿐인 앞니를 앙다물며 신음을 삼켰지만 생니를 뽑히고, 다리미로 살갖을 태우고, 바늘로 발바닥을 찔리며 둔감해진 소녀에겐 참을 만한 통증이었다.

눈 주변의 피부를 동그랗게 도려내자 두개골에 단단히 틀어박

72

힌 크고 동그란 안구만이 남았다. 소녀는 핏물로 침침해진 두 개의 눈을 손등으로 훔치며 기자의 낡은 칫솔을 세면대 모서리에 꺾어 뾰족한 쪽을 포크처럼 안구에 깊숙이 박아 넣었다.

"예쁘게 씻고 나와, 아저씨가 사진 찍어줄게. 기왕이면 지난번처럼 찌푸리지 말고 환하게 웃어봐. 아, 화장할래? 그러려면 화장품도 좀 사 와야겠다."

뿌리 깊은 당산나무가 뽑혀 나듯, 덜 자란 어금니가 펜치에 뽑혀 나듯, 소녀의 이마에서 칫솔대를 매단 달걀만 한 안구가 세면대로 떨어졌다. 소녀가 수증기로 부예진 세면대 거울을 손바닥으로 쓸었다. 거울 속엔 이마 한가운데 커다란 구멍이 뚫린 소녀가 태어나 처음으로 환하게 웃고 있었다.

거짓말

남자

　나는 당신의 손을 잡는다. 차다. 손목에 솟아오른 복사뼈를 따라 올라가보면 당신의 가느다란 새끼손가락에 이른다. 정갈하게 다듬어진 손톱이 어여쁘다. 하지만 당신은 말이 없다. 내가 당신의 손과 입술을 함부로 매만지고 냄새 맡는 동안에도 말없이 천장을 바라보고 있다. 당신의 눈길을 따라 내 시선도 움직인다. 우리는 함께 나란히 누워, 무늬 없는 천장과 좁은 방의 유일한 광원을 함께 올려다본다.

　나는 간혹 눈을 껌뻑이지만 당신은 흐트러짐 없이 공기 중의 먼지 혹은 백열등의 필라멘트를 쏘아보고 있다. 나는 당신의 눈이 피로할까 염려돼 손바닥으로 눈을 쓸어내린다. 쌍꺼풀 없는 길고 깊은 당신의 눈이 감기고 그걸 바라보는 나의 눈도 감긴다. 우리는 베개를 나누어 베고 잠에 빠져든다. 당신의 살냄새가 다디달다.

잠에서 깨었을 때 나는 제일 먼저 당신의 눈가를 살핀다. 눈물이 맺혔다 증발된 자리에 물음표 모양의 허연 소금기가 애처롭게 눈에 박힌다. 나는 엄지손가락에 침을 묻혀 당신의 여린 눈가를 몇 번이고 문질러본다. 미동도 하지 않는 당신. 나의 손가락이 지나간 자리가 핏기 없이 하얗게 질려 있다.

목이 마르지만 물을 마시고 싶지는 않다. 당신이 지난 사흘간 물 한 모금, 미음 한 숟가락 넘기지 못하는데 어떻게 나만 홀로 목을 축이고 빈 위장을 채울 수 있단 말인가. 파도 소리가 들려온다. 쏴아. 언젠가 당신은 배를 타보고 싶다, 내게 말했다. 그때 나는 세 시간째 운전 중이었다.

"너는 지금 이 상황에서 뱃놀이하고 싶단 소리가 나오냐? 씨발, 길은 왜 이렇게 막히는 거야. 오줌 마려운데."

당신이 내 입에 귤을, 잘 익지 않아 진저리 쳐지게 신 귤 한 쪽을 밀어 넣는다.

"맛없으면 버려."

나는 주유소에서 받은 휴지에 주홍색 과즙이 터져 나온 귤을 뱉는다. 당신이 조금 쓸쓸하게 미소 짓는다.

"이혼하니까 좋아요?"

나는 대답하지 못했다. 우리는 세 시간 전 이혼에 합의했고 이제는 남이 되었지만 실감 나지 않는다.

"좋을 건 또 뭐야?"

당신에게는 빚이 많았다. 내가 벌어들이는 돈을 20년 동안 한 푼도 쓰지 않고 모은다 하더라도 갚을 수 없는 거대하고 단단한 빚, 빚의 수렁. 당신은 채무자들의 고소로 실형을 살게 됐다. 나는 스물두 평짜리 아파트를 지키기 위해 당신과 갈라섰다.

"당신, 내가 살인자라 해도 사랑할 수 있다던 약속 기억해요?"

물론 기억하지 못한다. 나는 우리 집 도어록 비밀번호도 기억하지 못해 벨을 누르는 위인이다. 그런 내가 10여 년 전 연애 시절에 했던 약속을 기억할 리 없다. 내가 대답하지 못하자 당신이 말없이 시디신 귤을 입안에 넣는다. 귤이 당신의 입속에서 사탕처럼 볼록하게 볼을 밀어 올린다.

"사람을 죽였어요. 오늘 아침에."

그때 나는 재채기를 했다. 앞 유리창에 내가 날려 보낸 침이 으깨진 깨알처럼 박혔다. 당신은 핸드백에서 손수건을 꺼내 그걸 닦아낸다. 손수건이 여러 번 지나갔지만 침이 튄 자리에는 희미한 말풍선 모양의 흔적이 남았다. 나는 당신의 말을 믿지 않았다. 당신처럼 순하고 세상 물정 모르는 여자가 사람을 죽였다고 담담히 말하는데 그걸 믿어줄 사람은 세상에 없다. 팽, 소리 내어 코를 풀고 경적을 울린다. 앞차가 한눈을 파느라 속력을 내지 못한 탓이다.

"믿지 않는군요."

"군대 시절에 대민봉사로 어느 시골집 대들보를 다시 세워준 적이 있었어. 그때 나는 징그럽게 날이 무딘 톱으로 나무를 켜게 됐지. 겨우 스물한 살짜리가 무슨 톱질을 하겠어. 요령이 없으니 죽어라 힘만 쓰고 용만 뺐지. 그러다 톱이 튕기는 바람에 손등이 쩍 갈라져버렸어. 아파서 운 건 그때가 처음일 거야. 톱을 내팽개치고 고개를 들어 보니 집주인 늙은이가 간이의자에 앉아 피 흘리는 나를 빤히 쳐다보고 있더라고. 재미없는 오락 프로그램 보듯 말이야. 그때 누군가 나타나지 않았더라면 톱밥이 잔뜩 붙은 톱을 들어 그 늙은이의 골통을 쓸어버렸을지 몰라."

"잔인하네요. 고작 그런 일로 사람을 죽이고 싶다니."

당신이 미간을 조금 찌푸리고 나를 바라본다.

"모든 일에 이유가 있는 건 아니야."

한 시간 반 후 나는 당신의 지하방이 있는 연립 앞에 당신을 내려주고 차를 돌린다. 검정색 모직 스커트에 반코트를 입은 당신이 힘없이 내게 손을 흔든다. 저 스커트와 코트 안에 숨겨져 있을 당신의 마르고 흰 몸이 생각나 잠시 머뭇거리다 이내 가속페달을 밟는다. 카스테레오에서 익숙하지만 제목이 기억나지 않는 트로트가 나오고 나는 입에서 나오는 대로 멜로디를 따라가고 있다. 당신은 점점 작아지더니 이내 점이 되고, 공기가 되고, 아무것도 아닌 게 되어버렸다.

나는 돈을 센다. 하루 종일 돈을 센다. 돈을 세는 기계가 있지만 언제나 검산은 행원의 몫이다. 나는 스피드라 이름 붙인 약품에 손가락을 문지르고 하염없이 돈을 센다. 어물전 할머니의 돈에서는 비린내가 났고 분식집 아줌마의 돈에는 붉은 양념이 묻어 있다. 당신을 만진 손으로 그 돈을 세면 돈에서도 당신의 냄새가 난다. 이제는 감은 눈으로 천장조차 바라볼 수 없는 당신이 생각나 가슴이 미어진다.

　점심시간이 되었지만 나는 물 한 모금 마시지 않는다. 빨리 당신에게 돌아가 차가운 몸을 끌어안고 싶다. 어두운 방에서 내가 돌아오기만을 기다릴 당신의 가쁜 그리움을 달래주고 싶다. 길고 긴 시간을 버텨 겨우 6시 반이다. 당신에게 돌아갈 수 있는 자유가 주어졌다. 처리하지 못한 전표를 뒤집어 서랍에 넣고 은행을 빠져나온다. 당신이 돌아오기 전에는 버스를 탔지만 시간을 단축하기 위해 택시를 잡는다. 택시 안에서도 나는 무시로 시계를 본다. 15분이면 당신이 기다리고 있는 집에 도착한다.

　"약속시간에 늦으셨어요?"

　시계를 보며 안절부절못하는 내게 기사가 묻는다.

　"그런 건 아니지만, 집에서 아내가 기다리고 있습니다."

　"부럽습니다. 우리 마누라는 지금 곗돈 들고 강원랜드 가서 신나게 돈 까먹느라 바쁠 텐데."

　기사도 나도 헛웃음 끝에 한숨을 뱉는다. 아파트 입구에 도착하자 가슴이 뛴다. 엘리베이터가 13층에 가 있다. 기다릴 수 없어 나는 뛴다. 7층까지 단숨에 뛰어올라 숨을 몰아쉬고 도어록의 비밀번호를 누른다. 비밀번호는 당신의 생일이다. 이제는 잊지 않는다.

여자

오늘 아침 나는 사람을 죽였다. 에프킬라로.

그는 수금을 하기 위해 찾아온 사람이었다. 키가 작고 얼굴이 까만 남자. 일주일에 5일, 나는 그의 앞에서 무릎을 꿇는다. 마치 자신의 집인 양 그는 내 지하방에 당당히 들어온다.

"어떻게 가구도 하나 없이 살아?"

나의 집에는 가구는커녕 그 흔한 텔레비전조차 없다.

"이런 집구석에서 물이나 한잔 대접받을 수 있겠나? 그래서 이렇게 준비했지."

남자가 주머니에서 소주 한 병을 꺼낸다. 그는 벽에 기대앉아 소주를 들이켰다. 나는 말없이 그의 대각선 자리에 쪼그리고 앉아 고개를 숙이고 있다. 미안해서가 아니다. 단지 그를 보고 싶지 않아서다. 나는 그가 일하는 '해피 파이낸셜'이라는 회사에서 3천만 원을 빌렸다 갚지 못했다. 선금을 떼고 받은 2100만 원에는 매달 5할의 이자가 붙었고 이제는 이자만도 원금을 넘어선 지 오래다.

때로는 그와 다른 수금 사원이 마주치기도 했다.

　그들은 멋쩍은 눈길로 서로를 바라보다 어깨를 스치며 좁다란 지하 계단을 나고 들었다. 빚을 갚기 위해 돈을 벌어야 했지만 그들이 일터로 찾아오는 일이 잦아지며 어디서 무엇도 할 수 없게 되었다.

　"신체 포기 각서 같은 건 없나요?"

　급하게 넘긴 소주 때문인지, 예상치 못한 내 질문 때문인지 그가 켁켁 헛기침을 하다가 웃음을 터뜨린다.

　"아줌마, 지금 그거 쓰겠단 말이우?"

　나는 할 수만 있다면 간, 신장, 각막 무엇이든 팔아 돈을 갚아버리고 싶다. 내 몸은 얼마쯤 할까?

　"그 용기 높이 산다. 그런데 말이야, 아줌마가 진 빚은 머리부터 발끝까지 조각을 내어 판다고 해도 못 갚아. 죽을 때까지 하루 열 번 냄비를 팔아도 못 갚는다고요. 빚이 우리 해피에만 있나? 그럼 또 모르지."

　그는 내가 빚을 갚지 못할 걸 알면서 우리 집으로 출근을 하고 있었다. 휴대전화로 TV를 보며, 중국음식을 시켜 먹으며, 변기 커버를 올리고 소변을 본 후 그냥 나오며.

　오늘은 남편이 집으로 찾아온다. 나의 빚이 우리가 살던 작은 아파트까지 갚아먹기 전에 잘라버리려는 것이다.

　"아줌마, 어디 가?"

나는 그에게 음료수라도 사 오겠다며 일어선다. 그리고 어두운 계단을 올라 슈퍼로 뛰어간다. 가슴이 뛰고 손에는 식은땀이 흥건하다. 나는 콜라 한 병과 종이컵, 무향 에프킬라 한 통을 산다. 300원이 모자랐지만, 주인이 나중에 가져오라고 한다. 다행이다.

나는 계단을 내려와 현관문 앞에서 콜라 뚜껑을 돌려 딴다. 입을 대고 콜라를 몇 모금 마시자 가슴께가 뻐근하다. 그리고 병 주둥이에 에프킬라를 들이댄다. 치익, 남자에게 소리가 들릴까 걱정되지만 별수 없다. 콜라가 허연 거품을 뿜으며 주둥이로 솟아올랐지만 그도 잠시다. 에프킬라를 절반쯤 쏟아붓고 뚜껑을 닫아 주위를 살피며 현관문을 연다. 남자가 바닥에 누워 벽에 두 다리를 올려놓고 누군가와 통화를 하고 있다. 나는 수돗물을 틀어 손을 닦고 종이컵에 콜라를 따른다. 에프킬라는 무향이라고 쓰여 있지만 살충제 특유의 역겨운 냄새가 코를 자극한다. 그가 마시지 않으면 내가 마셔버리리라 생각하며 치마에 손을 닦고 남자에게 콜라를 내민다. 남자가 낄낄낄, 웃으며 콜라를 넘겨받아 단숨에 삼켜버린다. 잠깐 콧등을 찡그리는 것 같더니 남자는 이내 다시 낄낄낄, 웃는다.

나는 조바심이 나 안절부절못한다. 그가 전화를 끊고 배를 문지르며 화장실로 들어간다. 이윽고 소변을 보는지 구토를 하는지 무언가 좌르륵 쏟아지는 소리가 들린다. 그러고는 아무 기척이 없다. 마치 내가 살충제 섞인 콜라를 마신 사람처럼 아랫배가 뒤틀려온다. 30분이 지나도록 남자는 제자리에 돌아오지 않는다. 나는 슬며시 화장실 문을 열어본다. 남자가 입가에 허연 토사물을 묻히고 쓰러져 있다. 이상하게 마음이 편해진다. 나는 그를 건너뛰어 세면대에서 푸푸 세수를 한다. 말개진 얼굴이 조금 상기되어 있다. 다시 그를 건너뛰어 방에 돌아와 화장을 한다. 오랜만에 남편을 만나는데 맨얼굴은 쑥스럽다. 분을 바르고 눈썹을 그리고 연분홍색 립스틱도 바른다. 10시가 되자, 나는 검정색 모직스커트를 입고 도장을 챙겨 계단을 오른다. 남편은 아직 도착하지 않았다.

남자

당신에게서 풋내가 난다. 집은 발이 시릴 만큼 춥지만 당신은 얇은 블라우스를 입고 찬 바닥에 누워 있다. 유난히 추위를 많이 타는 당신이 안쓰럽지만 보일러의 온도를 올리자니 당신이 녹아내릴까 두렵다. 버터처럼 흰 피부의 당신이 스르륵 녹아 우리의 작은 아파트에 얇게 퍼져 찰랑댈까 겁난다.

나는 양복을 벗고 당신 옆에 눕는다. 오늘 아침부터 당신에게서 풍기는 풋내가 코끝을 맵게 한다. 어린 시절, 고추를 말리던 사랑방에 숨어들면 이런 냄새가 났다. 그것은 옆집 홀아비가 이웃 노총각과 10원짜리 민화투를 칠 때 나는 냄새와 닮아 있었다. 남자,

담배, 군용 담요, 메주 냄새가 뒤섞인 친근하고도 쓸쓸한 냄새였다. 나는 당신의 냄새가 더욱 좋아진다.

갑자기 당신의 고른 치열이 그리워져 입술을 들춰본다. 잇바디가 검푸르다. 살며시 입술을 맞춰보지만 소름 끼치도록 찬 기운만 남을 뿐이다. 나는 당신에게 죄를 지었다. 그날 피곤에 지쳐, 사람을 죽였다는 당신의 고백을 믿지 않은 것이다. 내가 차를 타고 30분쯤 달렸을 때, 그러니까 우리가 함께 10여 년을 살던 아파트가 보일 즈음이었다. 나는 그제야 당신이 사람을 죽였다는 말이 귀에 박혀 떨어지지 않고 있다는 것을 깨달았다.

차를 돌렸다. 방금 스쳤던 풍경들의 뒷모습을 바라보며 당신의 지하방으로 되돌아가고 있다. 당신이 정말 사람을 죽였다고 믿어서가 아니다. 당신이 죽였다는 사람이 바로 당신일까 봐 겁이 나서다. 나는 신호를 무시하고 달리고 또 달렸다. 그럼에도 당신에게 가는 길은 돌아올 때와 마찬가지로 30분이 걸렸다. 쿵쾅쿵쾅 소리나게 계단을 내려간다. 현관문 앞에 검은 무언가가 쏟아져 있다. 나는 잠시 머뭇거리다 초인종을 누른다. 그리고 잠시 후 당신이 문을 열고 눈물로 얼룩진 얼굴에 미소를 띠며 나를 바라보자 화가 치솟는다.

"왜 사람 놀라게 그런 말을 해?"

당신이 영문도 모른 채 얼굴에서 미소를 거둬들인다. 현관에 낯선 신발 한 켤레가 보인다.

"손님 있어?"

당신은 말없이 고개를 젓는다.

"뭐 마실 거 있으면 한잔 내와. 뛰었더니 목 타."

나는 허락도 없이 내 집처럼 당신의 방으로 들어선다. 아무것도 없다. 이불 한 채가 방 귀퉁이에 곱게 개어 있을 뿐, 이렇다 할 취사도구도 살림살이도 없는 텅 빈 창고와 같다. 당신과 같다.

"마실 게 없어요."

당신이 부엌에 서서 미안하다는 듯 대답한다.

"그럼 좀 사 와. 콜라로."

나는 당신의 주머니가 비어 있다는 사실을 미처 깨닫지 못한다. 당신이 부엌 싱크대를 뒤적이는 동안 나는 집 안을 떠도는 시큼한 냄새를 맡는다.

"지하방이라 그런가 곰팡내가 나는 거 같네. 당신 첫 공판이 언제야?"

당신은 어쩔 줄 몰라 하며 동전을 매만진다. 그제야 당신의 가난을 실감한다.

"그럼 물이라도 주든지."

당신이 수돗물을 틀어 종이컵에 받는다.

"아무리 옛날 서방이라지만 대접이 너무하네."

나는 당신을 밀치고 찬장을 뒤진다. 가스레인지도 없는 가스레인지대 아래에 콜라병이 놓여 있다. 나는 당신을 흘긴다. 당신이 두 손을 내저으며 내 손에서 콜라병을 빼앗으려고 든다. 막무가내다.

"그거 콜라 아니에요."

나를 속이려 드는 당신이 야속해 나는 양손에 힘을 주고 콜라 뚜껑을 연다. 내게 힘으로는 안 되겠다 싶은지 당신이 종이컵을 밟아 구겨버린다. 나는 콜라 주둥이에 입을 대고 꿀꺽꿀꺽 마셔버린다. 목젖이 위아래로 움직이며 식도를 타고 알싸한 그것이 넘어간다. 당신이 자리에 주저앉아 어깨를 들썩이며 운다. 눈가가 시려오고 목구멍이 타들어가는 느낌이더니 배 속에서 무언가가 꿈틀댄다.

욕실로 뛰어가 문을 열어젖히자 그 안에 쓰러져 있는 작달막한 남자가 눈에 들어온다. 그의 입가에 묻은 허연 토사물과 닮은 것이 내 입에서 솟구친다. 시야가 흐려지고 배는 요동친다. 내가 쓰러지고 있다는 것도 인식하지 못한 채 내 머리는 문지방에 쿵하고 떨어진다. 당신의 희고 자그마한 얼굴이 눈앞에서 아른거린다. 나는 화가 나지만 화를 내기에는 무기력하다.

여자

나는 오전에 한 명 오후에 한 명, 도합 두 명의 사람을 죽였다. 먼저 죽은 쪽은 죽어주길 바랐던 사람이고, 나중에 죽은 쪽은 죽지 않기를 바랐던 사람이지만 나는 막지 못했다. 스스로 택한 운명이다. 나는 그들을 방에 눕힌다. 남편을 사이에 두고 나도 눕는다. 내가 그의 손을 잡자 마치 살아 있는 것처럼 몸이 꿈틀하는 착각이 든다. 나는 상체만 조금 일으켜 그의 가슴을 몇 차례 흔들어보지만 움직이지 않는다. 내일이면 또 다른 수금인이 찾아올 것이다. 그들을 어디론가 옮기거나 내가 떠나야 한다. 나는 두 명의 남자를 처리할 수 있는 방법을 모른다. 엽기 살인마처럼 토막을 내려 해도 칼이 없고, 칼이 있다 하더라도 힘이 없다. 나는 그들 곁을 떠나는 방법을 택했다.

남편의 팔을 벌려 그의 겨드랑이로 파고든다. 매일 아침저녁으로 맡던 그의 냄새가 낯설게 느껴진다. 오른쪽 호주머니에는 담배가, 왼쪽 호주머니에는 지갑이 있을 것이다. 나는 그의 지갑을 꺼낸다. 현금 7만 원이 들어 있다. 그 정도라면 길어야 이삼 일밖에 몸을 숨기지 못한다. 하지만 선택의 여지가 없다. 나는 수금원의 바지 주머니에서 지갑을 꺼내 살핀다. 10만 원짜리 수표 석 장과 천 원짜리 한 장이 나온다. 수표만 빼고 다시 바지 주머니에 넣어준다. 나는 텅 빈 내 지갑에 37만 원을 얌전히 넣고 집을 빠져나온다.

거리는 어둑하고 어디선가 개가 짖는다. 나는 종착지도 확인하지 않고 버스에 올라타 졸고 있는 남자 옆에 다가가 앉는다. 버스 안은 따뜻하다. 긴장이 풀리며 잠이 온다. 나도 모르게 남자의 어깨에 고개를 떨어뜨리고 잠이 든다. 내가, 아니 우리가 눈을 뜬 곳은 버스의 종착역이다. 남자가 내 어깨를 가볍게 흔든다.

"깜빡 존다는 게 여기까지 왔군요."

미남은 아니어도 제법 시원한 생김이다. 서른을 훌쩍 넘긴 것 같지만 입고 있는 양복을 벗으면 그보다 한참 아래로도 보일 것이다.

"여기가 어디예요?"

잠이 묻어 있는 얼굴로 그에게 묻는다.

"명운동입니다."

들어본 적이 없는 지명이다.

"댁이 어디신지? 택시를 타려고 하는데 방향이 같으면 동행하시죠."

남자가 앞장선다. 나는 무작정 그를 따라나선다. 어둠 속에서 그의 하얀 와이셔츠만이 빛난다. 아직 이른 시간인데 버스가 끊긴 걸까? 달리 갈 곳이 없는 나는 그가 가는 곳까지 따라가기로 한다. 빈 택시가 다가오자 남자가 손을 흔들어 차를 세운다.

"주공아파트요."

그가 뒷좌석 안쪽으로 들어가고 내가 그 옆에 앉는다.

"어디까지 가신다고 했죠?"

남자가 손으로 입을 가리고 하품을 하며 묻는다.

"저도 주공아파트요."

택시가 달리는 동안 그는 별말이 없다. 유리창을 통해 바깥을 구경하는가 싶더니 잠깐씩 조는 것도 같다. 나는 그의 어깨를 빌리고 싶다. 잠이 오지 않았지만 눈을 감고 고개를 숙이다, 그의 어깨에 슬며시 머리를 떨어뜨린다. 그가 몸을 바로 세워 내 고개가 처지지 않도록 애쓴다. 나는 택시가 멈출 때까지 그의 어깨에서 머리를 떼지 않는다.

"다 왔습니다."

기사의 목소리에 잠이 깬 양 고개를 들자 남자가 지갑에서 만 원짜리 지폐를 내민다. 내가 먼저 택시에서 내리고 잔돈을 받은 그가 엉거주춤한 자세로 따라 내린다.

"주공 사세요?"

"네."

대답과 함께 먼지 섞인 바람이 얼굴로 불어와 기침이 난다.

"감기 들겠습니다."

나는 소매로 입을 막고 그를 바라본다. 키가 커 고개를 치켜들어야 얼굴이 제대로 보인다.

"저녁 드셨어요?"

나는 왜 그에게 식사를 청했을까? 그는 왜 수많은 식당을 놔두고 집으로 나를 불러들였을까?

우리는 아파트 단지로 들어서면서부터 말을 잇지 못한다. 엘리베이터에서도 층을 알리는 숫자판을 바라볼 뿐이다. 그가 도어록의 비밀번호를 누르고 문이 열리기를 기다리는 동안 눈 둘 곳을 찾지 못해 내 시선은 허공을 방황한다.

그는 혼자 산다. 마치 내가 살던 지하방처럼 아무것도 없는 집이다. 하루 종일 갇혔던 공기가 차다. 그가 외투를 벗어 벽에 박힌 못에 건다.

"옷걸이가 없어 미안합니다."

그가 내 외투를 받아 또 다른 못에 건다. 그러고는 유일한 가전제품인 듯한 냉장고를 열어 플라스틱 통을 꺼낸다.

"할 줄 아는 음식은 김치볶음밥뿐입니다. 밥도 어제 한 거라 죄송하네요."

그는 셔츠 소매를 몇 번 접고 칼로 김치를 다진다. 제법 능숙한 솜씨다. 나는 방 한가운데 앉아 그가 요리하는 모습을 지켜본다. 남편은 한 번도 요리를 한 적이 없다. 그의 용무는 화를 내거나 침묵하는 것뿐이었다. 나는 빚 독촉 전화를 받을 때면 화장실로 숨어들었다. 그러다 보니 하루 종일 화장실에 살다시피 했다. 우리는 함께 살았지만 각자의 방을 쓰는 것이나 다름없는 사람들이었다.

남자가 팬에 기름을 두르고 김치를 볶는다. 시큼하고 매콤한 냄새가 난다. 밥통이 아닌 냄비에서 굳은 밥을 떠낸 그가 익은 김치와 뒤섞으며 콧노래를 부른다. 나는 남자의 어깨와 등허리가 믿음직하다고 느낀다. 내게 남자란 무관심한 남편, 내게 지나친 관심을 가지고 있는 채권자들뿐이다. 나를 위해 요리를 하는 남자를 나는 본 적이 없다.

그에게 다가간다. 흰 와이셔츠에 땀이 배어 겨드랑이 아랫부분이 살에 달라붙어 있다. 나는 남자의 허리를 천천히 끌어안는다. 남자가 밥과 김치를 뒤적이던 손놀림을 멈춘다. 30초쯤 나는 그를 끌어안고 울었던 것 같다. 밥이 눌어붙은 냄새가 나기 시작하자 남자가 다시 손을 움직여 밥과 김치를 뒤적인다. 콧노래를 부른다.

남자

에프킬라를 뿌리면 모기는 죽고 파리는 살아남기도 한다. 하물며 사람인데, 그토록 쉽게 죽을 줄 안 당신이 어리석다. 하지만 순진한 당신은 사랑스럽다. 나는 몸을 움직일 수 없었다. 잠시 기절한 파리처럼 눈은 감고 있지만 귀는 열려 있었다. 당신이 내 지갑을 뒤지는 것을 느꼈다. 하얀 얼굴이 더 하얘졌을 줄도 안다. 당신이 떠나고 나는 몇 시간 만에 겨우 눈을 뜬다. 내 곁의 사내도 몸을 추스르고 앉아 목구멍에 손가락을 집어넣고 방바닥에 구토를 한다.

"아이, 씨발. 잡히기만 해봐. 개 같은 년."

그가 구두를 신다 말고 나를 본다.

"댁도 빚 받으러 온 사람이슈."

당신은 내게 빚이 없다. 내가 당신에게 빚이 있을 뿐. 하지만 나는 고개를 끄덕인다.

"승철아, 이 아줌마 콜라에 약 타 멕이고 토꼈다. 수배 좀 해봐라.

얼굴은 너도 알잖아. 쌥새꺄. 지갑도 털렸거든. 이리 좀 와야겠다.”

남자가 연신 기침을 하며 담배를 한 대 피워 물었다가 금세 바닥으로 던진다.

“씨발, 담배도 쓰네. 카악, 퉤.”

나는 슈퍼에서 생수 두 병을 사 와 남자에게 하나를 건넨다. 우리는 생수로 입을 헹구고 또 헹군다.

“그 아줌마 순진한 줄 알았더니 뒤통수치네.”

그가 나를 바라보며 혼잣말을 한다. 나는 맞장구칠 수 없다. 당신을 찾기 전에는 나 역시 그에게 빚쟁이로 보여야 한다.

“언제쯤이면 찾을 수 있을까요?”

그가 입을 헹궈 바닥에 뱉어낸다.

“우리는 조직이 전국구야. 네트워크 시스템. 전화 몇 통 하면 아줌마 찾는 건 식은 죽 먹긴데 문제는 어떻게 조지냐는 거지.”

그때 흰색 SM7이 우리 앞에 선다. 그가 뒷좌석에 타고 내가 그의 옆에 앉는다.

“왜? 따라가게요?”

나는 고개를 끄덕인다.

“아, 이 아저씨도 웃기네. 당신 어디서 왔는데?”

“부광은행이요.”

사실이다. 나는 그 은행에 근무한다.

“요즘은 은행에서도 사람 보내 빚 받나? 희한하네. 어찌 됐든 갑시다, 그럼."

차가 골목을 누비다 큰길로 빠져나간다. 남자는 계속해서 누군가와 통화를 하며 당신을 욕한다. 나는 낯선 거리를 질주하는 차 안에서 당신에 대해 생각해본다. 당신과 처음 만난 그날로 돌아간다.

내게 대출신청을 하러 찾아온 당신은 고개를 젓는 내게 눈물을 보인다. 나는 당신의 손을 잡고 싶다. 울고 있는 당신의 메마른 손이 나를 부르고 있다. 그 유혹을 뿌리치지 못하고 부여잡고 만다. 물기 어린 눈을 크게 뜨며 당신이 나를 바라본다. 그러나 손을 뿌리치지는 않는다. 나는 당신에게 명함을 건네고 당신은 세 시간이나 나를 기다려 근처 커피숍에서 마주한다. 내게 대출신청서를 내밀던 표정과 다름없는, 구겨진 종이 같은 당신이 거기 있다. 우리는 대화 없이 냉커피를 마신다. 빨대를 감싼 당신의 입술이 창백하다. 나는 당신의 옆자리로 몸을 옮긴다. 슬쩍 몸을 피해 자리를 내어주는 당신, 나의 젖은 입술이 당신의 창백한 입술을 덮치던 순간에도 눈을 감지 않는다. 이튿날 자격 미달인 당신이 대출을 받는다. 당신의 입술 한 귀퉁이가 조금 헐어 있다. 우리는 매일 만나 냉커피를 마신다. 그렇게 50잔 정도의 냉커피를 마시고 우리는 결혼을 한다.

"아저씨는 여기 있을래요? 아니면 올라갈래요?"

남자가 차 밖에 서서 아직도 목이 개운치 않다는 듯이 침을 뱉는다. 나는 차에 남아 있겠다 말하고 팔자걸음으로 사라져가는 그의 뒷모습을 본다. 잠시 후 남자가 돌아온다.

"하하, 이 아줌마 찾았다는데?"

남자와 나는 차를 타고 당신이 있다는 곳으로 달린다.

"이 아줌마가 맹해 보여도 여간 영악한 게 아냐. 지금 우리 애들이 터미널 지하상가에서 잡았다거든요. 일단 신장을 떼든 심장을 떼든, 잡은 쪽이 먼저 회수합시다. 네?"

터미널 지하상가에서 잡혔다는 사람은 당신이 아니다. 장바구니를 든 당신과 닮은 여자가 두 볼이 빨갛게 부어 빈 노래방에 갇혀 있었다. 닮기는 했지만 당신과 달리 쌍꺼풀 수술을 한 눈이다.

"이런 씨방새들, 눈이 썩었냐? 병신 같은 놈들."

남자가 결박된 여자의 셔츠를 들추고 브래지어 속에 침을 뱉는다.

"신고했다간 지구 끝까지 따라가 눈알을 손톱깎이로 뜯어낸다."

여자가 부들부들 떨며 발길에 차여 쫓겨난다.

"이렇게 된 거 노래나 부릅시다."

남자가 노래를 부른다. 내가 차에서 들었던 제목 모를 노래다. 화면 가득 '사랑아 울지 마라'라는 글씨가 새겨졌다가 금세 사라진다.

96

여자

조금 싱거운 김치볶음밥을 그와 마주 앉아 먹는다. 뜨거운 밥을 씹어 삼키느라 남자의 구레나룻 근처에 땀이 맺힌다. 나는 몇 숟가락 떠먹다 속이 쓰려 숟가락질을 멈춘다. 남자가 불그스름해진 입술을 핥으며 내게 물 한 잔을 내민다. 우리는 여전히 말이 없었고 그는 꾸역꾸역 그 많던 밥을 해치운다. 밥을 다 먹고 물을 한 모금 마신 남자가 불을 끈다. 사납게 돌변한 그의 손길이 내 스커트를 벗겨내고 스타킹을 내린다. 입맞춤도 애무도 없는, 일방적인 섹스가 시작된다. 나는 강간당하기 싫어 스스로 블라우스 단추를 푼다. 남자는 내가 순순히 자신의 욕구에 응하는 것이 불만인지 뺨을 후려친다. 눈에서 불이 튀고 입안에 피 맛이 느껴지지만 나는 소리 지르지 않는다. 강간은 싫다. 나는 단추를 뜯다시피 블라우스를 벗어버리고 브래지어를 들춰 올린다. 남자는 나의 가슴에 관심을 갖지 않는다. 어둠 속에서 여전히 그의 와이셔츠만이 하얗게 빛나고 있다. 그의 얼굴에서 떨어진 땀이 내 눈가에 뜨뜻하게 흘러내린다. 나지막하게 신음을 내자 그가 내 입을 틀어막는다.

"너?"

남자가 웃는다. 숨을 쉬기 힘들어 몸을 뒤튼다. 나의 움직임이 거셀수록 그의 손아귀 힘도 세진다. 어느새 그의 손이 나의 코까지 덮어버린다. 피인지 분비물인지 혹은 소변인지 알 수 없는 것이 허벅지로 흐르는 느낌이다. 숨이 막혀올수록 남편의 얼굴이 선명하다.

남자

나는 노래를 부를 기분이 아니다. 슬그머니 자리를 벗어나 계단을 내려간다. 그와 타고 온 흰색 SM7 안에서 젊은 남자와 헤퍼 보이는 여자가 입을 맞추고 있다. 고개를 돌리고 네온이 일렁이는 거리를 걷는다. 집으로 돌아갈 생각이다. 당신을 찾는다 하더라도 나는 할 말이 없다. 하지만 당신을 보고 싶은 마음은 여전하다. 겁에 질려 백지장 같아졌을 당신의 얼굴, 내게 대출신청을 하기 위해 찾아왔던 그 시절의 당신 얼굴이. 하지만 당신은 꼭꼭 숨어버렸다. 나는 농협에 들어가 돈을 인출한다. 그리고 택시를 기다린다. 밤은 깊었고 어딘가에서 당신도 잠들었기를 바란다.

여자

생전 처음 살인을 저지른 날, 나는 살해되었다. 남자는 내가 너무 쉽게 죽어버린 걸 아쉬워한다. 그는 내게서 몸을 떼고 바지를 입는다. 질식사한 내 얼굴은 어떨지 궁금하다. 시퍼럴까? 아니면 시뻘걸까? 어느 쪽이더라도 예쁘지는 않을 것이다. 남자는 잠시 곁에 앉아 내 머리를 쓰다듬는다. 살아 있었을 때 그렇게 다정히 내 머리를 쓰다듬어주었더라면 나는 그를 사랑하게 되었을지도 모른다는 생각이 든다.

그가 외투를 꺼내 입고 축 처진 내 몸에도 외투를 꿰어 입힌다. 체격이 큰 남자는 어렵지 않게 나를 부축하는 모양새로 집 밖에 나온다. 나의 두 다리가 바닥에 끌리고 있지만 영락없이 술에 취한 여자처럼 보인다. 내 몸은 내가 느꼈던 것보다 작고 보잘것없다. 마른 갈대 한 묶음처럼 건드리면 와작와작 소리를 내며 바스라질 것 같다. 우리는 엘리베이터를 타고 내려간다. 그리고 아파트 입구에서 택시를 잡아탄다.

"술이 과하셨나 봐요."

택시기사들은 질문이 많다. 맥없는 손님들에게 라디오 뉴스에서 얻은 지식을 늘어놓고 동의를 구하려 든다. 이제 나는 대답을 할 수 없는 처지가 되었지만 대신 그가 넉살 좋게 대답한다.

"사직도요. 기분 좋게 한잔 했는데 이 친구가 술이 약합니다."

그의 어깨에 내 머리가 툭 떨어진다.

"이게 다 대통령 잘못 만난 때문입니다."

기사는 국민경제가 침체되며 술 소비량이 늘었고 나처럼 주량이 형편없는 여자들까지도 술에 취해 종종 택시에 탄다며 침을 튀긴다. 남자가 일일이 대꾸를 해주자 기사는 더욱 신이 난다.

파도 소리가 들린다. 그와 내가 함께 살던 아파트에서도 파도 소리가 들렸다. 바다가 보이는 아파트지만 위성도시에서도 변두리인 우리 집은 집값이 서울의 절반도 되지 않는다. 그가 나를 끌고 횟집이 즐비한 거리를 걷는다. 애인의 어깨에 나처럼 매달려 걸어가는 여자들이 심심찮다. 물론 그녀들은 숨이 붙어 있다. 오늘 밤 비틀거리며 집에 돌아가거나 내일 아침 애인의 품에서 두통을 느끼며 눈을 뜰 것이다. 하지만 나는 돌아갈 곳이 없다. 두 구의 시체가 나뒹구는 지하방도, 가까이 있지만 이젠 내 집이 아닌 아파트도. 아마 그는 나를 저 바다에 던질 모양인 것 같다. 그가 벤치에 앉아 자신의 무릎에 내 머리를 누인다. 횟집의 영업이 끝나고 사람들의 발길이 뜸해지길 기다리는 것 같다.

"재수 없는 놈들은 여자 엉덩이를 슬쩍만 만져도 콩밥 먹고, 재수 좋은 놈은 이렇게 주구장창 걸리는 여자마다 목숨줄을 끊어놔도 눈에 띄지 않는 거야."

내가 묻기라도 한 것처럼 그가 대답한다. 그에게 나는 처음이 아닌 모양이다. 횟집들이 문을 닫고 거리가 한산해지더니 이내 유령도시처럼 암흑이 된다. 그는 주머니에서 면도칼을 꺼내 내 손가락을 도려낸다. 지문을 없앨 셈이다. 손톱과 뼈를 제외한 열 손가락의 살점이 떨어져 나간다. 살아 있을 때 그런 짓을 하지 않은 걸 다행으로 여긴다. 남자가 자신의 무릎에서 내 머리를 들어 올리고 몸을 뺀다. 지갑을 뒤져 내 주민등록증을 꺼낸다. 그러고는 뒤 한 번 돌아보지 않고 어둠 속으로 사라진다. 이제 혼자다.

남자

택시가 아파트 근처에 도착했을 때 시각은 새벽 3시를 넘어섰다. 술 생각이 난다. 편의점은 아파트 건너편의 바다를 마주 보고 있다. 이 시각의 편의점은 밤이면 점점 커지는 파도 소리에 낮보다 시끄럽다. 나는 소주를 사기 위해 그곳으로 걸음을 뗀다. 어디선가 당신이 울부짖는 소리가 들리는 것 같다.

당신은 매일 울었다. 당신에게 왜 그리 빚이 많은지 물은 적이 있다. 그 많은 돈을 어디에 썼는지 당신의 멱살을 붙들고 따져 물었다. 하지만 대답 없이 당신은 울기만 했다. 나는 도리질을 치며 편의점 문을 민다. 졸던 점원이 눈을 비비며 자리에서 일어선다. 나는 소주 한 병을 그에게 내밀고 계산을 한다. 빈집 대신 암흑의 벤치로 발길을 돌린다. 우리는 바다가 보이는 아파트에 살면서 한 번도 이곳에 함께 나온 적이 없다. 집에 돌아오면 당신은 전화기를 들고 화장실로 숨어들었고 나는 TV를 보다 홀로 잠이 들었다. 그런 세월이 10년이다. 당신과 나 사이에는 아이가 없다. 이제 와 생각하면 참 다행스러운 일이다. 아이라도 있었다면 나는 당신을 밀쳐내지 못했을 것이다.

벤치에 다가서자 희끄무레한 무언가가 먼저 자리를 차지한 것이 보인다. 어둠 속에서 빛나는 것은 당신의 블라우스다. 나는 손을 더듬거려 당신의 야윈 볼과 풀어 헤쳐진 가슴팍을 만져본다. 당신이 맞다. 새벽이 되도록 그토록 찾아 헤맨, 살인미수자 당신이 맞다.

나는 소주를 내던지고 당신을 끌어안는다. 거짓말처럼 차가운 몸이 내 품에 기대어온다. 나는 당신의 팔을 내 어깨에 짊어지고 두 다리를 끌며 걷는다. 어째서 당신이 여기에 있는지 묻고 싶지만 대답해줄 사람이 없다. 편의점 점원은 다시 졸고 있다. 아파트 입주자 대부분은 잠이 들었는지 불을 켠 건 서너 집 정도다.

나는 엘리베이터를 타고 7층을 누른다. 환한 불빛 속에서 정교하게 도려낸 당신의 손가락을 본다. 피가 묻어나지 않았지만 무척이나 아프겠다는 생각이 든다. 집에 돌아와 나는 당신을 바닥에 눕히고 나도 그 옆에 눕는다. 당신이 석 달 만에 돌아온 집에는 당신의 흔적이 남아 있지 않다. 나는 손가락뼈가 허옇게 드러난 당신의 어여쁜 손가락을 애처롭게 만지고 또 만진다. 당신의 얼굴은 죽은 사람 같지 않게 희다. 죽지 않은 것이다. 당신은 죽지 않은 것이다.

여자

　나는 죽은 지 사흘이 되었다. 남편은 평소와 다름없이 출근을 한다. 그는 예전과 달리 정시에 퇴근해 집으로 돌아온다. 나는 그를 기다리며 생각에 잠긴다. 죽은 줄 알았던 그가 살아 있으니 어쩌면 나 역시 이 보잘것없는 몸으로 다시 돌아갈 수 있을지 모른다. 하지만 내 몸은 점점 더 시커멓고 울긋불긋하게 변해갈 뿐이다. 입술은 이미 부패를 시작해 악취가 난다. 도려낸 손가락 끝에 곤충의 알이 자라고 있다는 걸 남편은 모른다.

　나는 나를 죽인 남자를 기억한다. 그는 내가 만난 어떤 사람보다 명쾌하다. 망설임 없이 나를 취했고 목숨을 앗았다. 그러면서도 전혀 죄스러워하지 않았다. 그는 집에 돌아가 샤워를 하고 내일 입을 하얀 와이셔츠를 다릴 것이다. 내가 남편에게 발견되지 않고 행려자로 분류되어 영안실에 누워 있다 하더라도 내 신원을 확인할 길은 없을 것이다. 살충제가 섞인 콜라를 먹고 죽을 뻔한 수금원이나 남편이 그 사실을 알더라도 내심 나의 죽음을 기뻐할 거라고 생각했다. 하지만 남편은 변했다.

　죽었다 살아난 남편은 그 어느 때보다 내게 극진하다. 그에게 내 빚에 대해 이야기해주지 않은 걸 후회한다. 이런 사람인 줄 알았더라면 진작 털어놓았을 것이다. 썩어가는 나의 입술을 그가 알코올 묻힌 거즈로 닦아준다. 남자의 정액이 엉겨 붙어 있는 아랫도리도 그의 손길로 말끔해진다. 결혼 후 처음으로 환한 불빛 아래에서 내 성기를 바라본 남편의 얼굴이 창백해진다. 나 역시도 나의 몸을 바라보는 것이 얼마 만인가. 수술 후 처음이다.

나는 남자의 몸을 가지고 태어난 여자였다. 수술은 생각처럼 쉽지 않았다. 나는 수술비가 저렴한 태국으로 건너가 가슴과 성기를 차례대로 수술 받았다. 그러기 위해 클럽에서 노래도 해보고 춤도 춰봤지만 돈은 쉽게 모이지 않았다. 세상의 모든 돈을 빚내서라도 나는 여자가 되고 싶었다. 그건 허영이 아니었다. 화장실에 갈 때마다 나는 징그러운 남의 살에 울음을 터뜨렸다. 호르몬 주사로 가슴이 나오기 시작하고 발기가 멈췄지만 나는 여전히 남자였다.

은행 대출과 사채로 돈을 끌어모아 수술은 했지만 매일 맞아야 하는 호르몬 주사며 수술 부작용 때문에 수없이 많은 재수술을 하는 데 들어가는 돈을 감당하기 힘들었다. 그러다 찾아간 곳이 부광은행이었다. 남편은 신용도가 낮고 수입이 확실치 않은 내게 대출을 해줄 수 없다고 했다. 서러움에 눈물이 흘렀다. 그때 그가 내 손을 잡아주었다. 그가 보증인이 되어 나는 마지막 수술비를 마련할 수 있었다. 그와 결혼을 준비하며 다니던 클럽을 그만두고 호적을 정정해야 했다. 하지만 빚은 숨겨지지 않았다. 이제 그도 나의 비밀을 알아버린 것 같다.

남자

당신과 내가 몸을 섞을 때는 언제나 늦은 밤 깊은 어둠 속에서였다. 당신은 잠자리에 들기 전 윤활제를 발랐다. 나는 당신이 불감증이라고 여겼다. 당신과의 잠자리에 만족하지 못하는 것은 아니었지만 매번 당신이 쓰는 윤활제의 장미 향이 역겨웠다. 오늘 나는 당신의 몸을 닦다가 언제나 어둠으로 가려져 있던 당신의 그곳을 보고 말았다.

소이증을 앓는 어린아이를 본 적이 있다. 그 아이는 성형으로 없던 귀를 만들어 붙였다. 아이와 부모는 만족했지만 평범한 귀를 가진 나는 가짜 귀가 너무 조악하다 여겼다. 마치 고무로 만든 장난감 귀처럼 속이 막힌 가짜 귀를 달고 있는 아이가 가여웠다. 나는 당신의 가짜 음순과 가짜 질을 빤히 바라본다. 칼자국과 바늘자국이 선명하다. 내가 수없이 드나들던 그곳은 가짜였다. 하지만 상관없다. 당신을 이 집에서 내쫓고 싶지 않다. 당신이 사그라져 불그죽죽한 액체가 된다면 지난가을 담가놓은 포도주 병을 비우고 당신을 옮길 것이다.

나는 오늘도 출근을 한다. 넥타이를 매고 외투를 걸치고 구두를 신기 위해 현관에 앞코를 쿵쿵 찧으며, 가짜 성기를 지닌 이제는 가짜가 되어버린 나의 아내에게 다녀올게, 라고 말하며.

스틸레토

혜림이 죽었다. 자살이었다. 부음을 전한 건 함께 있던 남자친구 도윤이었다. 둘은 교제 1주년을 맞아 괌으로 여행을 떠났고, 이변이 없는 한 올가을 결혼할 예정이었다.

"죄송…… 합니다."

예비 사위였던 도윤이 끼룩끼룩 울음을 삼켰다. 그는 한참 만에야 코 먹은 소리로 혜림이 자신에게 작별하듯 손을 흔들고 수영장으로 뛰어들었노라 전했다. 때마침 출근 준비를 하던 나는 어깨를 들썩 올려 휴대전화를 귀에 고정시키고 넥타이를 고쳐 맸다.

"영사관에 전화부터 넣고, 병원에서 사망진단서 받아놓게. 굳이 한국까지 운구하지 않는 게 좋겠어. 혜림인 괌을 정말 좋아했거든. 매년 크리스마스를 거기서 보냈지. 그쪽에서 화장을 하면 어떨까

하네. 나? 물론 가봐야지. 일단 급한 용무부터 해결하고. 곧 다시 전화하겠네."

오열하는 도윤의 목소리를 끊어내고 엘리베이터 버튼을 눌렀다. 문득 손이 허전하다는 걸 깨달았다. 식탁 위에 커피가 든 텀블러를 놓고 나왔다. 일찍 서두른 덕에 시간 여유가 있었다. 나는 발길을 돌려 도어록을 해제하고 현관으로 들어섰다. 한 걸음 집 안으로 발을 내딛자 부엌이 있는 오른쪽에서 타박타박 작은 발소리가 들렸다.

"이거 놓고 갔지?"

발그스름한 복숭앗빛 발이 내게 다가왔다. 희고 가느다란 종아리와 허벅지, 보조개처럼 꼭 여민 음부와 부드럽게 벌어진 골반, 작은 듯한 가슴, 어깨, 붉게 상기된 뺨과 방금 울고 난 것처럼 젖은 눈동자. 어린 혜림이 내게 커피를 내밀었다. 그 애의 젖은 머리카락에서 떨어진 물기가 내 양말을 적셨다.

"이번엔 몇 살이야?"

그녀에게서 커피를 건네받아 한 모금 마시고 물었다.

"아마, 열여덟 살쯤. 얼굴 많이 상했네? 어디 아팠어?"

혜림이 겸연쩍은 표정을 지어 보였다. 그러고는 내 가슴에 얼굴을 문질렀다.

"왜 열여덟 살로 돌아왔는지 듣고 싶지만 지금은 출근을 해야 돼. 유성 씨한테 연락하고 저녁까지 얌전히 기다려."

화를 내야 마땅했다. 어떻게 매번, 뒷수습은 생각하지 않고 내

뺄 궁리만 하는지 캐묻고 싶었다. 저 부드럽고 연약한 뺨을 힘껏 갈기며, 제발 이제 그만 떠나달라고 애원하고 싶었다. 하지만 한때 나의 딸이었고, 연인이었으며, 아내이자 친구였던 그녀에게 차마 야멸치게 굴 수 없었다. 나는 한 모금 마신 커피를 혜림에게 되돌려주고 다시 현관을 나섰다.

*

갑작스러운 혜림의 방문이 아니었다면, 이번 주말엔 아들 규석이 살고 있는 콜로라도에 다녀올 생각이었다. 아내는 규석이 초등학교에 입학할 무렵 이혼을 요구했다. 유책 사유는 내게 있었다. 잦은 외도와 알코올중독. 그녀는 흥신소 직원이 포착한 수십 장의 증거사진을 내밀며 위자료와 친권, 양육권을 요구했다. 변명의 여지가 없었다. 나는 순순히 그녀의 뜻에 응했다. 얼마 지나지 않아 아내와 규석은 외가인 미국으로 건너가 뿌리를 내렸다. 다행스럽게도 그는 나를 잊지 않았다. 매년 생일마다 서툰 한국말로 전화를 걸었고, 이삼 년에 한 번씩은 한국에 찾아와 내 품을 파고들었다. 규석은 다른 미국 아이들처럼 열여덟 살에 독립해, 제힘으로 대학을 나오고 같은 직장에 근무하는 아일랜드계 미국인과 결혼했다. 2주 뒤, 나는 할아버지가 될 터였다.

진료실에 도착하자마자 규석에게 전화를 걸어 방문 일정을 미뤘다.

"아빠, 바쁘니까 괜찮아요. 아기는 벌써 7파운드 무게예요. 금방 만날 수 있을 거 같아요. 아기 만나면 아빠한테 제일 먼저 페이스타임 할게요. 암 오케이!"

우리는 거리 탓에 한 박자씩 늦어지는 질문과 답을 주고받다 머쓱하게 작별인사를 나누고 전화를 끊었다. 그와 동시에 도윤의 부모, 그리고 로스쿨에 다닌다는 도윤의 사촌형, 그 사촌형의 선배라는 변호사 등으로부터 줄줄이 전화가 왔다. 그들은 하나같이 혜림의 죽음은 안타까우나 도윤과는 아무 문제가 없었으며, 설사 둘만 아는 갈등이 있었다 하더라도 그 애의 죽음과는 무관하다고 못을 박았다. 나는 도윤에게 그 어떤 책임도 묻지 않을 것이며, 그가 첫사랑 혜림을 잊고 하루빨리 새 출발하기를 바랄 뿐이라고 대답했다. 그들의 전화를 상대하느라 오전 진료 대부분이 취소되었다. 나는 간호사에게 빅맥 세트를 진료실로 가져다 달라고 부탁한 뒤 도윤에게 전화를 걸었다.

"아버님…… 전 이제 어쩌죠?"

그가 한결 눅은 목소리로 전화를 받았다. 해야 할 말을 고르느라 한참을 고민했다. 여러 번 겪은 일이지만 매번 난처하고 고통스러운 순간이었다.

"현실감이 없을 거야. 자고 일어나면 모든 게 예전 그대로 돌아가 있을 것만 같겠지. 마지막에 했던 말이나 표정을 떠올리느라 머리가 터질 것 같고, 분명 무슨 징후가 있었을 텐데 왜 알아차리지 못했을까 자책하게 되겠지. 당분간은 먹지 못하는 음식이나 갈 수 없는 커피숍이 생길 수도 있어. 하지만 언젠가는 현실로 돌아가게 돼. 맘에 드는 여자에게 수작도 부리고 슈트 핏이 망가질까 봐 열심히 웨이트도 하겠지."

도윤에게는 처음 맞닥뜨린 시련일 터였다. 그가 다시 서럽게 훌쩍이기 시작했다.

"딸을 잃은 내 앞에서, 그만 울게. 뒷수습은 알아서 할 테니 자넨 지금 당장 공항으로 떠나는 게 좋겠어. 서로를 위해 그래줬으면 하네."

머리가 지끈거렸다. 검지로 관자놀이를 누르며 지그시 눈을 감았다. 지금 컨디션으로 괌을 다녀오는 건 무리였다. 법률대리인 유성에게 위임장을 써주고 뒷수습을 맡겨야겠다고 생각했다.

"아버님은 어쩜 이렇게 담담하실 수 있죠? 혜림이가 죽을 걸 미리 알고 있었던 것처럼 말씀하시잖아요. 끔찍이도 사랑하는 척하더니 다 가식이었습니까? 아니면 정신과 의사라서 모든 감정이 컨트롤되는 겁니까?"

도윤의 씨근덕거리는 숨소리가 귓전을 할퀴었다.

"25년간 단 한 순간도 그 애를 사랑하지 않은 적이 없네. 어쩌면 나는 영원히 현실로 돌아가지 못할지도 몰라. 이젠 돌아가고 싶지도 않고."

혜림을 만난 지 어느덧 25년이 흘렀다.

선배와 함께 개원한 신경정신과에서 근무할 때였다. 그녀는 월요일 첫 환자였고, 그해 만난 모든 사람을 통틀어 가장 아름다운 여자였다. 풍성한 다갈색 머리카락과 아치형의 눈썹, 완벽하게 대칭을 이룬 크고 청량한 눈, 웃으면 사랑스럽게 주름이 잡히는 콧등과 상큼하게 올라간 입꼬리는 차트에 적힌 35세라는 나이를 잊게 했다. 나긋한 목소리, 사푼한 걸음, 언뜻언뜻 나비치는 오만과 짜증마저도 그녀에겐 흠결이 되지 못했다.

"어디가 불편하시죠?"

나는 황급히 그녀에게서 시선을 떼어 진료 차트로 옮겼다.

"저는 아주 무책임해요. 소름 끼치도록."

무책임은 우울증, 망상, 불안장애, 충동장애, 강박증 등 수많은 질병에서 관찰할 수 있는 증상 중 하나였다. 범위를 좁혀야 했다.

"좀더 구체적으로 들어볼까요? 일상의 고충들을 이야기해보세요. 이를테면 아주 무기력해서 자녀를 돌보지 않는다거나 사소한 일에도 언쟁을 벌여 남편과 마찰을 빚는다거나."

양손을 깍지 껴 무릎에 감은 뒤 그녀와 눈을 맞추었다. 혜림이 몸을 조금 비틀어 다리를 꼬았다. 몸에 걸치고 재봉한 듯 딱 달라붙은 검정 원피스와 스틸레토 힐, 꼼꼼하게 모공을 메우고 수없이 두들겨 완성했을 매끈한 유백색 피부. 왕위 계승 서열 열 손가락 안에 꼽히는 귀족처럼 기품 있는 동작 하나하나가 아름다웠다.

"지금은 아무도 곁에 없어요. 믿기 힘들겠지만, 난 언제든 몸을 버리고 도망칠 수 있거든요. 물론 잠깐은 고통스럽죠. 목을 매거나 강물에 뛰어들거나 손목을 그어야 하니까요. 그렇지만 고통이 끝나면 다시 시작할 수 있어요. 스무 살도 될 수 있고, 마흔 살도 될 수 있죠. 그렇다고 전혀 다른 사람이 될 수 있는 건 아니에요. 오로지 내가 살아왔던 어떤 지점의 나로 다시 태어날 수 있는 거예요."

혜림이 다소 상기된 표정으로 자신을 둘러싼 비밀들을 털어놓았다. 나는 차트에 delusion(망상), hallucination(환각)이라 적고 그녀를 향해 고개를 주억거렸다.

"몸을 버리고 도망치는 건 전혜림 씨의 결정인가요? 아니면 어떤 사람이나 목소리가 그렇게 하라고 지시를 하고 있나요?"

나는 조현병을 의심하고 있었다. 일찍 찾아왔다면 희망적인 예후를 기대해볼 만도 했지만, 이미 심각한 망상과 환각 증세를 겪고 있으니 개인병원에서 치료할 수 있는 병기를 벗어났다. 나는 측은한 마음을 감추지 못하고 나지막이 한숨을 내뱉었다.

"정신분열을 의심하는군요?"

혜림이 정갈한 눈썹을 치켜들며 내게 물었다. 병명을 짐작하는 걸로 보아 이미 다른 병원에서 진료를 받은 적이 있는 것 같았다. 돌봐줄 가족이 없거나 혹은 조현병이 가족력인지도 모른다.

"전혜림 씨는 지금 아주 불안하고 외롭다 느낄 겁니다. 정신과 치료는 그런 불편함을 하나씩 해결해나가는 거예요. 약물을 투여

하고 상담을 통해 용량을 조절해가며 조금씩 일상으로 돌아갈 수 있도록 돕는 겁니다."

나는 서랍에서 진료 의뢰서를 꺼내 그녀가 겪고 있는 증상들과 의심되는 진단명을 적어나갔다. 안타깝지만 내가 할 수 있는 건 여기까지였다.

"증명할 수 있어요. 내가 정말 몸을 버리고 도망칠 수 있다는 걸 선생님께 확인시켜드릴게요."

혜림이 의자에서 일어섰다. 나는 볼펜을 내려놓고 덩둘하게 그녀를 바라보았다.

"왜 내게 증명하고 싶은 거죠?"

당혹스러움을 감추지 못한 채 그녀에게 물었다. 혜림이 옅게 미소 지었다. 그녀의 뺨에 초승달 같은 볼우물이 파였다.

"우린 사실 구면이에요. 아주 오래전에 만난 적이 있죠. 그걸 설명하고 싶거든요. 그리고⋯⋯ 수많은 몸으로부터 도망치면서 깨달았어요. 다시 안심하고 돌아갈 집이 필요하다는걸."

혜림이 내게 목례를 하고 진료실을 빠져나갔다.

나는 귀신에 홀린 것처럼 그녀가 닫고 나간 진료실 문을 멀거니 쳐다보았다. 곧바로 수면장애를 호소하는 노파와 조울증을 앓는 청년, 강박장애로 직장에서 쫓겨난 아가씨를 만났다. 뻔한 질문과 뻔한 대답을 주고받고 2주 전과 같은 약을 처방하는 것으로 하루가 지나갔다.

진료가 끝나자, 선배가 병원 앞에 새로 생긴 전기구이 통닭집에서 맥주나 한잔하고 가자며 소매를 끌어당겼다. 때마침 아내는 처남의 결혼식을 맞아 규석이와 한 달 일정으로 미국 나들이를 떠난 참이었다. 퇴근 준비를 하던 원무과 여직원 둘과 간호사 셋도 반색을 하며 따라붙었다.

우리는 병원 앞 사거리 횡단보도에 서서 고르바초프의 실권과 프로야구에 대해 떠들고 있었다. 선배가 선동열의 투구 폼을 흉내 내고 있을 때 빠아앙―, 요란한 경적 소리가 들렸다. 내 옆에 서 있던 간호사가 얼굴을 찌푸리며 귀를 막다가 '어, 어!' 하고 도로를 향해 손가락을 뻗었다. 그녀가 가리키는 곳으로 고개를 돌렸을 때, 15톤 덤프트럭 한 대가 스키드마크를 그으며 중앙차선을 넘어서고 있었다. 여직원들이 새된 비명을 내지르며 고개를 돌리고, 선배는 바로 옆 공중전화 부스로 뛰어가 119를 눌렀다.

"중앙병원 사거린데요, 덤프트럭에 사람이 치였어요. 뒤차끼리 연쇄 추돌 나고 난리도 아닙니다. 빨리요!"

덤프트럭의 바퀴가 지나간 자리엔 스키드마크만 남은 것이 아니었다. 검정 원피스를 입은 여자가 옆구리가 움푹 파인 채 횡단보도 가장자리에 누워 있었다. 그녀 주위로 선홍색 피가 꽃잎처럼 펼쳐져 있었다. 문득 몸에서 도망칠 수 있다던 혜림이 떠올랐다.

"김 선생, 금방 119 올 텐데 뭐하러 가냐. 야!"

뒤에서 선배가 나를 불렀지만 나는 확인해야 했다. 죽은 여자가 누구인지. 도로를 가로질러 그녀가 누워 있는 건너편 횡단보도로 뛰어갔다. 다발성골절로 온전한 곳이 없었지만, 얼굴만은 씻어놓은 듯 말끔했다. 놀랍게도 혜림이었다. 멀리서 사이렌 소리가 울리고, 피해 차량에 타고 있던 사람들이 뒷목을 잡고 도로로 걸어 나왔다.

"미친년, 죽을 거면 저나 죽을 것이지. 저기 추레라 기사도 제비 새끼 같은 처자식이 있을 거 아냐."

초로의 택시기사가 내 옆에 다가서며 혀를 찼다. 돌아보니 탑삭나룻을 기른 트럭 운전수가 날비 맞은 땡중처럼 허공을 향해 혼자 무어라 중얼거리고 있었다.

혜림의 말이 옳았다. 그녀는 무책임했다. 나는 택시기사에게 담배 한 개비를 얻어 불을 댕기고, 걸어서 집까지 돌아왔다. 그러고는 양복도 벗지 않은 채 식탁 의자에 구부정하게 앉아 원장이 중국 여행길에 사 온 마오타이를 마셨다. 한 모금 들이켜자 홧홧한 기운이 식도를 타고 내려가며 긴장이 풀어졌다.

혜림은 우리가 이미 아는 사이라고 했다. 그녀의 말마따나 우리는 오래전 어딘가에서 만난 적이 있을지도 모른다. 하지만 그걸 확인하고 증명하는 방법으로 죽음을 선택한 건 어리석은 일탈이다. 조현병 환자가 자살을 기도하는 일은 드물지 않고, 나는 우연히 그것을 목격했을 뿐이다. 씁쓸한 입속으로 남은 술을 털어 넣었다.

안주도 없이 거푸 마신 술에 알큰하게 취했을 때, 누군가 얌전히 벨을 눌렀다. 지금까지 그걸 얌전한 벨이라고 기억하는 건 최초의 초인종이 울린 이후 내가 휘청거리며 자리에서 일어나 양복 저고리를 벗고 넥타이를 헐겁게 푼 뒤 비틀비틀 현관에 걸어 나가 외시경을 들여다보는 데 걸린 3분 동안 벨이 다시 울리지 않은 탓이었다.

　"누굽니까?"

　외시경으로 내다본 현관 밖에는 아무도 없었다. 누군가 벨을 누르고 도망간 거라 추측했다. 슬리퍼를 벗고 돌아서려는 순간, 가냘픈 음성이 발목을 잡았다.

　"나예요, 혜림."

　외상 후 스트레스 장애로 인한 환청이라고 하기엔 너무나 또렷한 목소리였다.

　"지금 누구라고 했습니까?"

　나는 한 손으로 벽을 짚고, 다른 한 손으로 얼굴을 쓸어내리며 물었다.

　"문을 열면 알아볼 거예요."

　삼십대 중반 여자의 음성이라고 하기엔 너무나 가볍고 경쾌했다. 사람의 장난인지 귀신의 농락인지 의식의 배반인지 문을 열기 전에는 알 수 없는 일이었다. 나는 서늘하게 식은 이마의 땀을 소매로 훔쳐내고 손잡이를 비틀었다. 그러자 달빛에 하얗게 빛나는 알몸의 소녀가 눈에 들어왔다.

"추웠잖아요."

소녀가 내 허리를 답삭 끌어안으며 현관문 안으로 들어왔다. 나는 '어, 어' 하고 뒷걸음질을 치다 꼴사납게 엉덩방아를 찧었다. 그 바람에 소녀가 내 배 위에 포개졌다. 그녀의 긴 머리카락이 내 목덜미를 간질였다. 놀라 비명이라도 내지를 상황이었지만 나는 묘한 안도감을 느끼며 숨을 골랐다.

"역시 아버지를 쏙 빼닮았네."

소녀가 실큼하게 웃으며 몸을 일으켰다. 누운 채로 고개를 뒤로 젖혀 그녀를 바라보았다. 반투명할 정도로 희고 가느다란 몸이 사분사분 내가 앉았던 식탁 의자로 향했다. 그러고는 의자에 걸어놓은 양복저고리를 끌어다 어깨에 걸쳤다.

"이제 생각나?"

양복저고리에 폭 파묻힌 소녀가 조금 나른한 목소리로 말했다. 그제야 희미하게 겹치는 얼굴이 있었다. 징그럽게 눈이 많이 퍼붓던 어느 해 겨울, 아버지가 군밤 대신 품에 안고 들어온 아이. 그 아이였다.

기함을 하는 어머니에게 심상한 말투로 오는 길에 주웠다던 아버지는 발가벗은 아이를 아랫목에 묻었다. 어딘가 숨겨놓은 시앗의 씨앗이라고 짐작한 어머니가 암범처럼 덤벼들어 아이의 머리채를 휘두르며 노염을 썼다. 아이는 시무룩해 보였지만 겁먹은 표정은 아니었다. 오히려 돌비늘처럼 크고 검은 눈동자가 호기심으로 반짝거리며 어머니의 얼굴을 톺아보았다. 아이와 눈이 마주친 어머니가 이내 서럽게 울며 꺼들던 손을 늘어뜨렸다. '딸년이 이리 해반주그레한데 에미 년 상판은 오죽하겠누' 하곤 장롱을 열어 짐을 꾸렸다.

이튿날 어머니는 나를 데리고 청파동 외삼촌네 집으로 떠났다. 아이는 집을 나서는 우리 모자를 향해 손까지 흔들어주었다. 달포가 지나도록 아버지는 소식이 없었고, 자식이 여덟인 외삼촌마저 귀찮은 내색을 드러냈다. 낳아 온 것이든 주워 온 것이든, 계집아이면 쓸모가 있으니 살림이나 가르쳐 식모로 쓰라고 등을 떠밀었다. 어머니가 겉기 어린 눈물을 찔끔 흘리며 고개를 주억거렸다. 그러나 눈길을 헤치고 돌아온 집에는 아버지 혼자였다. 애년은 그새 어디로 빼돌렸느냐는 어머니의 악다구니에 아버지는 등을 돌리고 앉아 '쏘가리 같은 년'이라 뇌까리고 담배에 불을 댕겼다.

"너였다고?"

돌아온 혜림이 술병에 코를 대더니 얼굴을 찌푸리며 기침을 했다.

"재미없어서 내뺐어. 어린애 몸으로는 할 수 없는 게 많으니까."

그러고 보니 어머니와 집에 돌아온 날, 마당 한편에 두껍게 쌓였던 눈이 걷히고 검은 흙이 얕은 봉분처럼 솟아나 있었다. 마당을 파헤칠 개도 없었고, 그새 김칫독을 새로 묻을 리도 없는데 말이다.

나는 혜림에게서 술병을 낚아채 병째 들이마셨다. 수십 년 전 사라진 아이가 다시 아이인 채로 내게 돌아왔다. 아니, 어쩌면 그때 그 아이가 낳은 딸인지도 모른다. 대고 그린 것처럼 똑같이 생긴 모녀는 얼마든지 존재할 수 있다. 나 역시도 아버지와 얼굴부터 목소리까지 빼닮았다.

"답답할 거야. 내가 누구인지 물어볼 수 있는 유일한 사람이 죽었으니까."

입아귀를 타고 흐른 술이 턱 끝에서 뚝뚝 떨어졌다.

"우리 아버지가 돌아가신 걸 알아?"

혜림이 마주 보이는 의자에 엉덩이를 붙였다. 미처 생각하지 못했다. 아버지가 지금 살아 있다면 그때 그 아이가 누구였는지, 혜림이 정말 그 아이와 동일인인지 확인할 수 있을 터였다.

아버지는 혜림이 사라진 후, 동대문에서 운영하던 지퍼공장 쪽방에 살며 명절에나 한 번씩 집에 들렀다. 나와도 점점 멀어졌다. 그나마 어머니가 돌아가신 뒤로는 서로 연락을 주고받은 적이 없었다. 석 달 전 위독하다는 전보를 받고 병원으로 찾아갔지만 임종을 지켜보진 못했다. 공장이 꾸준히 성장했으니 재산이 꽤 모였을 법도 한데, 아버지가 남긴 유산은 약간의 통장 잔고와 앨범, 그리고 몇 권의 거래 장부뿐이었다.

"알지. 네 아버지가 내 집이었으니까. 그러니까 네게 상속한 거야, 나를."

혜림이 긴 하품을 하며 식탁에 팔을 포개고 고개를 묻었다.

"왜 아버지와 나를 택했지? 더 부자나 권력자도 많은데 하필 왜?"

나도 모르게 헛웃음이 터졌다. 내가 한 말 속에는 그녀가 가축이나 전답처럼 매매나 상속이 가능한 재산이라는 전제가 포함된 것이었다. 이런 상식 밖의 질문을 진지하고 태연하게 하는 나 자신을 향한 조소였다.

"어떤 해파리는 영원히 살 수 있대. 살다 싫증이 나면 우산처럼 몸을 접고 바위에 딱 달라붙어버린다지. 거기서 잠깐만 웅크리고 있으면 다시 젊어지는 기적을 일어난대. 어떻게 그런 일이 일어나는지는 나도 몰라. 세상 모든 일에 이유가 따라붙는 건 아니잖아. 중요한 건 개들은 맘만 먹으면 얼마든지 생체시계를 되돌릴 수 있다는 거야. 영원히 죽지 않는 해파리한테 가장 소중한 건 뭐라고 생각해? 먹이나 애인? 동료나 가족? 어쩌면 필요할 때 달라붙을 수 있는 바위가 아닐까."

바위였던 아버지는 나를 낳고, 모래처럼 부서져버렸다. 내가 모래가 되지 않는 한 그녀는 내 곁을 떠나지 않을 터였다. 몇 년 후에야 나는 그날 혜림이 내가 보는 앞에서 트럭으로 몸을 날린 이유를 알게 되었다. 그건 새로운 바위를 찾아낸 기쁨의 세리머니였다. 이제 마음 놓고 몸을 버려도 괜찮다는, 무책임한 환호였다.

혜림은 도윤에 대해 자주 이야기했다. 틈날 때마다 그와 함께 여행한 나라와 거기서 먹은 음식들, 귓불의 점, 턱 밑에 난 기역 자 모양의 흉터, 수많은 싸움과 화해들에 대해 늘어놓았다. 나는 식빵에 잼을 바르거나 청소기를 돌리며 혜림의 말에 건성으로 고개를 끄덕였다.

"근데 규석이는 잘 있어?"

신문지를 펼쳐놓고 발톱을 깎던 중이었다. 살을 파고든 내향성 발톱에서 진물이 올라왔다.

"도윤이 얘기하다 말고 규석이는 왜?"

손톱깎이를 내려놓고 혜림에게 물었다.

"둘이 좀 닮은 거 같아서. 한국 들어올 일은 없대?"

"그 녀석 중학교 때 보고 여태 못 봤잖아. 지금은 영 딴판이야."

"그렇게 얘기하니까 더 궁금하잖아. 콜로라도에서 반도체 회사 다닌댔지?"

대꾸 없이 남은 발톱을 모두 깎아 쓰레기통에 버린 뒤 서재로 자리를 옮겼다. 걸음을 옮길 때마다 엄지발가락이 저렸다. 나는 방문을 잠그고 내 법률대리인이자 혜림의 오랜 친구인 유성에게 전화를 걸었다. 그는 혜림이 몸을 버릴 때마다 뒷수습을 도와주고 새로운 육신이 사용할 신분증을 만들어주는 일종의 브로커이기도 했다.

"왜, 또 질투 나서 그래?"

유성이 재미있다는 듯이 킬킬 웃었다.

한때 질투를 느낀 적도 있었다. 그녀의 바위가 된 지 얼마 지나지 않았을 때까지는 그랬다. 혈기왕성한 삼십대 초반의 나는, 그 남자가 그렇게 좋으면 계속 거기 엉겨 살 것이지 왜 돌아왔느냐고 불뚝성을 낸 적도 있었다. 목덜미와 젖가슴에 피가 맺히도록 앞니를 박아 넣고 뺨에 손자국이 겹쳐질 때까지 따귀를 때렸다. 혜림은 아무 저항도 하지 않았다. 그러고는 내가 잠든 틈을 타 욕조에서 손목을 그었다. 그때 유성을 처음 만났다. 그는 새벽녘, 혜림이 자살을 기도하기 전 자신에게 뒷일을 부탁했다고 전하며 고무장갑을 찾았다.

"얘들 웃긴 게 뭐냐 하면 벗어버린 몸으로 겪은 나쁜 일들은 몸뚱이가 리셋될 때 싹 다 까먹어. 증오나 원망 같은 감정이 애당초 없다니까. 다른 생물들은 스트레스를 받으면 유전자에 기록해놓잖아. 그러다 돌연변이도 낳고 진화도 하고 말이야. 근데 얘들은 번식을 안 하니까 수천 년이 지나도록 발전이 없는 거야. 껍데기만 인간이라고 봐야지."

유성이 욕실에 앉아 혜림이 벗어놓고 간 육신에 칼집을 넣으며 주절거렸다. 그녀는 여러 겹의 비닐에 담겨 유성의 배낭으로 옮겨졌고, 나는 중형차 한 대 값의 수고비를 지불했다. 그 뒤로 나는 혜림이 만나고 돌아온 사내들을 질투하지 않게 되었다. 안달해봤자 아무것도 변하지 않는다는 걸 깨달은 터였다.

"그게 아니라, 혜림이 내 아들을 보고 싶어 합니다."

유성이 웃음을 거둬들였다.

"김 선생 아들이 잘 컸다고 했지. 내 아들놈 속 썩일 때마다 김 선생 얘기 참 많이 했었어. 하…… 잘 자란 아들이라. 그럼 얘기가 좀 달라지지. 김 선생, 건강검진 언제 받았어?"

"삼사 년 전쯤……."

"얘들이 촉이 참 좋아. 내 스폰서가 경제적으로 파탄이 나서 뒷바라지를 못 해주게 생겼다든지, 치명적인 병에 걸려서 곧 죽겠구나 싶으면 본능적으로 더 안전하고 튼튼한 곳을 물색하거든. 종종 있는 일이야."

유성은 혜림과 같은 사람들에 대해 누구보다 잘 알고 있었다. 그들의 뒷배를 봐주는 게 유성 집안이 번성시킨 가업이지만, 정확히 그들이 누구인지, 몇 명이나 되는지, 어떻게 발생하는지에 대해서는 함구했다.

"내가 아버지 밑에서 한창 일 배울 때, 김 선생 아버님이 찾아온 적이 있어. 시장에서 수박 큰 걸 한 통 사셨는데, 오다 넘어져서 다 깨졌다고 미안해하셨지. 기력이 예전만 못하셨던 거야. 얼굴을 보니까 아, 이 양반한테 무슨 사달이 나긴 났구나, 싶더라. 새카맣게 오그라진 데다 기침도 계속하고. 얘기를 들어보니까 혜림이가 불쑥 찾아와서 김 선생이 보고 싶다고 칭얼댄 모양이더라고. 스폰서 바꿀 때가 됐다 이거지."

죽음을 예감한 아버지도 내게서 혜림을 떼어낼 방법을 강구했던 모양이다.

"저나 혜림이에 대해 아버지가 남기신 얘기는 더 없습니까?"

"없어. 있다고 하더라도 내가 얘기해줄 리 없잖아. 비밀유지계약서는 괜히 쓰는 게 아냐."

유성답지 않게 땀직한 말투였다.

방문 밖에서 혜림이 서성거리는 발소리가 났다.

"다시 전화드리죠."

나는 소리 죽여 유성의 전화를 끊었다. 그러고는 책상 서랍을 열어 신경안정제 한 알을 마른입에 털어 넣었다. 아버지의 흔적을 찾아야 했다. 아버지도 분명 내게 혜림을 물려주지 않으려 노력했을 터였다. 나는 서랍을 뒤져 아버지가 남긴 거래 장부를 찾아냈다. 대학노트 두께의 장부에는 거래처 상호와 전화번호, 수금과 미수금 내역 따위가 날렵한 명조체로 적혀 있었다. 대부분 가방과 의류 회사들이었고, 상호 대신 인명이 적힌 경우도 있었지만 금액이 수십만 원 단위의 소매업자였다. 장부는 어느덧 70년대에서 80년대로 흘러갔다. 돌아가실 무렵엔 사업을 정리하며 쌓여 있던 미수금을 회수한 흔적이 보였다. 공장과 토지를 매각하며 수십억 원의 자금이 생겼지만, 곧바로 유걸양행이란 회사에 흘러들어갔다. 수십 년간 거래 장부에 한 번도 등장한 적 없던 회사가 아버지의 전 재산을 한입에 털어 넣었다는 게 수상쩍었다. 나는 컴퓨터를 켜 유겸양행이라는 회사를 검색했다. 홈페이지는 없었다. 국세청에 들어가 사업자등록번호를 조회했다. 대표자 이름 유준영이 눈에 들어왔다. 유겸은 유성의 아버지 이름이었다. 그리고 유준영은 유성의 외아들 이름이기도 했다. 유겸양행이 유씨 삼대의 유령회사일지도 모른다는 데까지 생각이 미쳤다.

해파리가 끝없이 재생하는 데 가장 필요한 건 바위가 아닐지도 모른다. 그들의 연막 아래에서 먹이를 구하는 물고기들. 대를 이어 아주 천천히 해파리 독에 면역을 쌓아온 어떤 이들. 그들의 생존 욕구가 해파리의 재생을 부추기는 것은 아닐까.

*

간암이었다. 병변 부위가 제법 컸고, 이미 폐와 척수로 전이가 시작된 말기였다. 주치의는 수술과 항암치료를 권유했다. 그러나 얼마 남지 않은 생을 무기력하게 병실에 누워 허비할 수 없었다. 병원을 나와 점심 약속을 해놓은 유성에게로 향했다. 그는 자신의 건물 지하에 새로 입점한 한식당에서 아들 준영과 함께 기다리고 있었다. 부자는 단정한 포마드 컷에 옅은 눈썹, 서늘해 보이는 크고 긴 눈과 선이 가늘게 빠진 매부리코에 끝이 말려 올라간 입술까지 서로 꼭 닮아 있었다.

"어서 와. 이쪽은 분사 대표 유준영. 요새 나한테 일 배우러 나와. 김 선생 덕에 압구정 망나니 사람 꼴 났지."

유성은 한 달에 한 번씩 준영의 약을 처방받아 갔다. 어린 시절엔 ADHD를 앓았고, 지금은 불안과 강박, 불면증을 호소하고 있었다. 중학교 시절 비슷한 부류의 패거리들과 싸움을 벌이다 준영이 휘두른 흉기에 상대는 사망하고 자신은 치명상을 입은 적이 있었다. 그때 얻은 것이 선단공포증과 불안장애였다. 준영이 내게 명함을 내밀었다. 명함의 네 귀퉁이가 둥그스름하게 재단되어 있었다. 나는 그와 악수를 하고 두 달분의 약을 건넸다.

"김 선생, 검사 결과 오늘 나왔지?"

유성이 잔에 담긴 물로 입을 적시며 물었다.

"유성 씨 짐작대로였어요. 간암 말기입니다."

유성이 팔짱을 끼고 심각한 표정을 지었다. 메뉴판을 든 종업원이 방문을 노크하고 들어왔다. 준영이 스페셜 코스를 주문하고 종업원을 내보냈다.

"혜림이 미국 가고 싶어서 몸 달았을 텐데?"

"보채고 있습니다. 어떡해야 할지 상의하러 왔어요."

유성이 안주머니에서 전자담배를 꺼내 길게 한 모금 빨았다. 초콜릿 향 수증기가 허공에 흩어졌다. 준영이 지루한 표정으로 휴대전화 액정을 터치했다.

"김 선생이니까 하는 말인데, 아들한테 물려주지 말고 남한테 양도하는 건 어때?"

유성이 목소리를 낮춰 물었다.

"누구한테, 어떤 식으로 양도한다는 겁니까?"

의자를 당겨 식탁에 바투 앉았다.

"이렇게 된 거, 선대랑 맺은 비밀유지계약은 파기하자. 톡 까놓고 얘기하는 게 좋잖아. 김 선생 아버지도 혜림을 양도받았어. 그 양반이 일사후퇴 때 맨몸으로 서울 내려왔는데, 무슨 돈으로 지퍼공장을 차렸겠나. 우리 아버지가 일으켜 세워준 거지."

종업원이 밑반찬 든 수레를 밀고 방으로 들어온 탓에 대화가 끊겼다. 무일푼의 실향민이 집과 공장을 마련하고, 처와 자식을 거느릴 수 있었던 데에는 비밀이 숨어 있었다.

"좀더 구체적으로 설명해보세요."

종업원이 방문을 닫는 걸 확인하고 물었다.

"애들 생리를 잘 생각해봐. 외부 변화에 민감하잖아. 조금만 수틀리면 목매달고, 손목 긋고, 차로 뛰어들고. 자살을 못 하게 하면 돼."

유성이 젓가락으로 잡채를 감아 올렸다.

"그러고요?"

뽀얀 잣죽을 뒤적거리며 물었다.

"양수인이 살해하면 돼. 우린 그걸 머리 올려준다고 부르지. 새 주인 만나 시집가는 거잖아. 근데 애들이 참 희한해. 평소엔 자살을 밥 먹듯 하는 애들이 남이 죽이려고 달려들면 기절초풍을 하거든. 그러니 양수인 배짱도 중요하지. 엄청 까다로워. 먹읍시다, 먹으면서 얘기해."

아버지에게 혜림을 상속받은 나의 경우에는 해당 사항이 없지만, 타인에게 양도해야 할 때는 특별한 절차가 필요한 모양이었다. 유성은 마침 적당한 양수인이 한 명 있다고 했다. 그는 이 건물의 세입자로 인물도 좋고 야심도 충만하지만 불황 탓에 고전 중인 IT 전문가라고 했다. 반년 전부터 월세를 밀리고 있으니, 제안을 쉽게 마다할 처지가 못 된다는 얘기도 덧붙였다. 내가 선불로 지급해야 할 수수료는 강남 번화가의 아파트 한 채 값이었다. 아버지 장부에서 유경양행으로 빠져나간 금액을 현재 시세에 맞춰보니 얼추 비슷했다.

"혹시 아버지에게도 같은 제안을 한 적이 있습니까?"

내 질문에 유성이 얇게 저민 와규를 씹으며 씩 웃었다. 붉은 육즙이 잇새로 번졌다.

"선대 일을 내가 다 알진 못하지. 아마 안 했을 거야. 우리 아버지가 그런 제안을 했다면 김 선생이 혜림이를 왜 떠맡았겠어. 안 그래?"

준영이 슬며시 우리의 눈치를 살피느라 젓가락질을 멈췄다. 순간적으로 커진 목소리, 집요하게 나를 좇는 시선, 모호한 단어 선택. 유성은 거짓말을 하고 있었다. 아버지는 내게서 혜림을 떼어놓으려고 안간힘을 썼을 거였다. 바닥을 드러낸 통장과 낡아빠진 장부가 그걸 증명했다. 뒤늦게 그들이 수수료만 받아 챙기고 입을 씻은 사실을 깨달았을 테지만 그땐 이미 수박 한 통 들 힘없는 말기 암 환자였으리라. 그들은 조용히 아버지가 죽기만을 기다렸을 것이다. 나는 고개를 끄덕이며 싱싱한 전복을 어금니 사이로 뭉갰다.

"김 선생은 운때가 참 잘 맞았어. 다들 돈이 있어도 마땅한 양수인을 못 구해서 억지춘향으로 자식한테 상속하거든. 재작년인가, 어떤 양반은 수수료 그거 몇 푼 아끼겠다고 자기가 인터넷으로 구인광고를 낸 거야. 장난삼아 몇 명이 연락을 하긴 했나 봐. 그중 한 놈한테 수고비 던져주고 사주를 했는데, 이 새끼가 쫄보였던 거라. 제 발로 경찰서 찾아가 자수하는 바람에 지금 감옥에서 송장 치우게 생겼어. 우리가 하는 거 없이 비싼 수수료 먹는 게 아니거든. 경찰, 검찰, 국회까지 고급 인맥 쌓는 게 어디 입만 가지고 될 거 같아?"

허튼수작 부릴 생각 말라는 협박이었다.

"그렇군요. 수수료를 마련해보겠습니다."

옆구리와 어깨가 칼에 벤 듯 아팠다. 종종 아픈 부위였지만 줄곧 근육통이라고 믿어왔다. 병명을 알고 나니 그동안의 엄살이 어쩐지 허탈하고 싱겁게 느껴졌다. 나는 냅킨을 뽑아 입을 닦고 서둘러 자리에서 일어섰다.

"디저트라도 먹고 가지. 먹은 것도 없이 일어나면 어떡해. 수정과하고 약식 좀 싸달랄까?"

유성이 계산서를 집어 들며 아쉬워했다.

"혜림이가 집에서 기다릴 겁니다."

혜림을 떠올리자, 통증도 견딜 만해졌다. 부축하려고 다가오는 준영을 마다하고 그녀가 기다리는 집 쪽으로 걸음을 옮겼다. 별스럽게 진한 그리움이었다.

*

요 며칠, 혜림은 그 어느 때보다 행복해 보였다. 우리는 매일 극장에서 영화를 보고, 전망 좋은 레스토랑에서 점심을 먹었다. 그녀가 피곤해하면 스파에 데려가 도자기처럼 매끄러운 목과 어깨를 마사지 받고 손톱에 화려한 에나멜을 입히기도 했다. 간밤엔 포장마차에 마주 앉아 가락국수를 나눠 먹은 뒤 집에 돌아와 정성껏 몸을 씻기고 머리를 말려주었다. 우리는 남매처럼 나란히 침대에 누워 돌아가신 아버지 이야기를 나누다 잠이 들었다.

"당신 냄새가 참 좋아. 낙엽 타는 냄새랑 비슷하거든. 이걸 언제까지 맡을 수 있을까."

이른 아침, 내 겨드랑이 사이로 파고든 혜림이 속삭였다.

"이제 몇 시간 안 남았어."

햇살에 혜림의 머리칼이 옅은 카키색으로 빛났다. 그녀가 동그랗게 눈을 뜨고 나를 치켜 봤다.

"어디 가?"

"오늘 규석이가 들어와. 보고 싶다며? 그럼 봐야지."

혜림의 뺨이 장밋빛으로 물들었다. 나는 그녀의 이마에 입을 맞추고 침대에서 몸을 일으켰다.

"그래서 이렇게 잘해줬구나."

"더 쇠약해지기 전에 보내줘야 할 거 같아서."

나는 혜림의 손을 끌어다 식탁에 앉혔다. 스테레오로 멜라니 사프카의 음반을 재생한 뒤 그녀가 좋아하는 조기를 굽고, 뭇국을 끓여 아침을 차렸다. 그러고는 늙은 부부처럼 갱신이 거절된 보험과 요란하게 짖는 이웃집 개, 석 달째 계속되는 가뭄 같은 것을 걱정하며 그릇을 비웠다. 상을 치우고 따뜻한 메밀차를 나눠 마시며, 나는 처음으로 그녀에게 사랑한다고 고백했다. 무궁하게 피어나는 젊음과 아름다움을 사랑했고, 영원히 그녀를 가질 수 없음에 25년간 절망했다. 그녀를 향한 파고 높은 미움과 원망의 감정은 기실 붉고 뜨거운 마음에서 발로했을 터였다.

"아마 당분간은 믿어지지 않겠지. 같이 다니던 극장이나 마트는 피해 다닐지도 모르고, 조기구이나 뭇국도 먹기 싫어질 거야. 그러다 모든 걸 현실로 받아들여야 할 때쯤 침대 대신 관에 눕겠지."

농담으로 꺼낸 말이었지만 혜림은 웃지 않았다. 머쓱해진 나는 웃음기를 걷어내고 그녀를 옷방으로 데려갔다. 여섯 살부터 마흔 살까지 그녀가 입고 벗어놓은 수백 벌의 옷이 계절별로 분류되어 있었다. 나는 그중에서 혜림이 가장 좋아하는 디자이너의 미니드 레스를 꺼내고, 거기 어울리는 캐비어 가죽 핸드백과 칼날이 송곳처럼 뾰족한 스틸레토 나이프를 건넸다.

"손 다치지 않게 잘 넣어둬."

나는 혜림이 화장을 하는 동안 서재로 들어가, 준영에게 전화를 걸었다. 나른한 목소리로 전화를 받았다.

"네에, 선생님."

"준영 씨, 내가 실수를 했어요. 다른 환자하고 약이 바뀐 모양입니다. 내가 준 약 먹고 정신이 몽롱하거나 무기력하지는 않았어요?"

수화기로 준영의 거친 숨소리가 섞였다.

"몸살인 줄 알았는데, 약이 문제였나 봐요. 그런 줄도 모르고 아침 약까지 먹었는데, 이거 어쩌죠?"

평소보다 신경안정제의 용량이 세 배가량 늘었으니 당연한 결과였다.

"미안합니다. 휴진 중이라 직원들 없으니 지금 병원으로 와요. 정신 들게 칵테일 링거 한 대 맞고 같이 점심이라도 먹읍시다. 수수료도 마련했으니, 아버지도 모시고 오세요."

내게 필요한 건 유성이 아니라 준영이었다. 그가 거절한다면, 사무실로 찾아갈 요량이었다.

"좋은 선택하신 겁니다. 바로 아버지께 말씀 전할게요. 잠시 후 뵙겠습니다."

준영의 목소리에 약간이나마 생기가 돌았다. 전화를 끊고 두근거리는 가슴을 잠재우느라 한참 동안 의자에서 일어서지 못했다.

"규석이랑 통화했어?"

혜림이 서재 문을 열고 들어와 내게 물었다.

"짐은 호텔에 풀었고, 지금 병원으로 오고 있대. 우리도 출발하자."

나는 손자를 처음 만나는 날 입으려고 준비해놓은 와이셔츠에 혜림이 골라준 붉은색 넥타이를 매고 현관을 나섰다. 그녀가 손을 내밀어 내 팔뚝에 매듭을 지었다. 엘리베이터 거울에 비친 혜림과 나는 영락없는 부녀 사이였다. 깐 달걀처럼 뽀얗고 윤기 흐르는 그녀의 곁에 서 있자니 병색이 짙어 캉캉하기 이를 데 없는 내 꼬락서니가 더욱 처량 맞았다.

"규석이가 나를 기억할까? 한 10년 전쯤에 사촌 누나로 소개한 적 있었잖아. 키가 꽤 작았던 거 같은데."

보조석에 앉은 혜림이 안전벨트를 매며 들뜬 목소리로 물었다.

"고등학교 때 갑자기 훌쩍 컸어. 지금은 나보다 한 뼘쯤 더 클 거야. 얼굴도 제 엄마를 닮아서 인상이 샤프한 편이지."

유성과 준영보다 먼저 도착하려면 서둘러야 했다. 신호를 무시하고 액셀러레이터를 밟았다. 혜림이 놀라 그렁해진 눈으로 나를 바라보았다.

"괜찮아, 아무 걱정 마. 수십 년을 오고 간 길인걸. 당신이 우리 병원 앞 분식집 잔치국수 좋아했잖아. 그거 사가는 날마다 이렇게 달렸어."

혜림은 국수를 좋아했다. 새로운 몸을 얻을 때마다, 생일 케이크 대신 우리는 국수를 사 먹었다. 어린아이일 때나 처녀일 때나 중년 부인이 되어서도 그녀의 입맛은 바뀌지 않았다. 문득 이번 생에 국수를 사 먹이지 못한 게 생각났다. 땀인지 눈물인지 모를 찝찌름한 체액이 콧방울을 타고 입술로 흘러내렸다.

다행히 건물 주차장에 들어섰을 때, 유성의 진회색 마이바흐는 보이지 않았다. 나는 보안카드로 출입구 도어록을 해제하고 병원 안으로 들어섰다. 아늑하고 모던하게 꾸민 진료 대기실을 지나 약제실로 향했다. 혜림이 좁은 보폭으로 종종거리며 내 뒤를 따랐다. 나는 간접 조명을 몇 개 켜고, 조제사가 쓰던 의자를 끌고 와 혜림을 앉혔다.

"여기서 조용히 기다리고 있어. 규석이랑 잠깐 할 얘기가 있거든. 그 애는 내가 아프단 걸 아직 몰라. 어쩌면 많이 놀라서 언성을 높이거나 울음을 터뜨릴 수도 있겠지. 그때 내가 자리를 피해줄 테니, 방에서 나오면 돼. 너무 당황하면 기회를 놓칠 수도 있으니까 아까 핸드백에 넣어둔 칼 미리 꺼내놓고. 알았지?"

혜림이 고개를 끄덕이며 내 목에 팔을 감았다. 나는 그녀의 목덜미에 뺨을 비비며 그녀의 달착지근한 살냄새를 깊이 들이마셨다.

"당신은 근사한 남자였어. 곁에서 늙어 함께 죽어도 좋다고 생각한 첫 사람."

나는 혜림의 빰을 천천히 어루만졌다. 이대로 죽어버려도 좋다고 생각하는 순간, 누군가 병원 출입문을 두드렸다. 동시에 호주머니 속에서 휴대전화 벨 소리도 울렸다. 유성이었다.

"이제 갈게. 너도 가."

나는 집요하게 엉겨 붙는 혜림의 손을 떼어놓고 전화를 받았다.

"김 선생? 우리 지금 병원 앞이야. 방금 왔어. 어, 안에 있었네."

나는 잰걸음으로 약제실을 나와 유씨 부자를 맞았다. 준영은 술에 취한 것처럼 낯빛이 불콰하고 눈동자가 풀려 있었다.

"약이 잘못된 줄도 모르고, 그렇게 술을 퍼붓더니 드디어 간땡이가 아작 나 오살하는구나, 했다니까."

유성이 손부채질을 하며 대기실 한편에 놓인 에어컨을 작동시켰다.

"정말 미안하게 됐습니다. 준영 씨 링거 한 대 놔드리고 올 테니 여기서 잠깐 기다리시죠."

"사람이 하는 일인데 실수할 수도 있지 뭐. 알잖아, 우리 서산 유씨 쿨한 거."

유성을 향해 웃음을 꾸며낸 뒤, 준영을 이끌고 처치실로 들어갔다. 그의 양복저고리를 벗기고 간이침대에 눕혔다.

"맞으면서 잠깐 눈 붙이면 개운할 겁니다."

준영의 팔을 걷어 정맥에 바늘을 꽂고 미리 섞어놓은 수액을 폴대에 걸었다. 수액 안에는 마약성 진통제와 마취제, 중추신경흥분

제 등이 칵테일되어 있었다. 효과가 나타나는 데 30분이면 충분했다. 나는 처치실을 나와 유성이 기다리고 있는 대기실로 향했다. 다리를 꼬고 앉아 전자담배를 피우던 유성이 소파에서 몸을 일으켰다.

"목돈 마련하느라 힘들었겠네. 진료실로 갈까?"

"돈은 트렁크에 있습니다. 준영 씨 일어날 때까지 어디 가서 냉커피나 한잔 하시죠. 어쩌면 이게 마지막이 될지 모른다고 생각하니 아쉽네요."

잠시 무춤하던 유성이 고개를 끄덕였다.

"나도 기분이 꿀꿀하긴 해. 어차피 평생 갈 사이니까 제발 말 좀 놓자고 골백번을 얘기해도 끝까지 존대해준 사람은 김 선생밖에 없거든. 가자, 길 건너에 스타벅스 큰 거 있더라."

유성이 앞장서 병원 문을 열었다. 나는 고개를 돌려 약제실을 잠시 일별하고 그를 따라나섰다.

오랜만에 하늘이 꾸물거렸다. 금방이라도 빗줄기가 쏟아질 것만 같았다. 유성과 나는 스타벅스에 마주 앉아 프라푸치노를 마셨다. 얼음 파편이 목구멍을 넘어가며 예리한 통증 같은 쾌감을 남겼다. 나는 용기를 내어 혜림의 나이를 물었다. 유성은 그들 가문이 이 일을 시작한 게 한 3백 년쯤 되었다고 답했다.

"걔들은 훨씬 전부터 있었겠지. 옛날 얘기 중에 귀신이나 요괴 나오는 거 잘 들어보면 딱 혜림이 같은 애들 보고 지어냈구나 싶어. 죽었다 다시 살아나는 게 사람이야, 귀신이지? 김 선생이니까 하는 얘기지만 중경그룹 왕 회장이 혜림이 같은 애 대여섯 명 관리해주면서 사업 키운 거 아냐. 지금도 회장 직속 비밀부서가 따로 있고. 거기에 비하면 우린 구멍가게 수준이지. 나도 곧 아들놈한테 넘기고 손 털 거야. 남의 밑 닦아주며 산 지 30년이야. 어디 조용한 데 가서 낚시나 하며 살고 싶어. 지중해 쪽 가면 물고기가 늙어 죽는다잖아."

유성은 어느새 자신이 하고 있는 이야기에 신이 나 열을 올렸다. 그는 최근 유출된 아이돌 가수의 섹스비디오 얘기부터 대통령의 죽은 아버지와 어머니, 나사가 공개하지 않은 화성의 비밀 등에 대해 두서없이 떠들었다.

"지금쯤 링거 거의 다 들어갔을 겁니다. 들어가시죠."

어느덧 카페에 들어온 지 한 시간 가까이 지나 있었다. 유성이 아쉬운 듯 느릿하게 자리를 털고 일어섰다. 제법 굵은 빗방울이 카페 차양을 두드리고 있었다. 우리는 손바닥으로 이마를 가리고 횡단보도를 뛰어 건넜다. 잠가놓았던 출입문을 열고 병원으로 들어갔다. 에어컨 탓에 실내는 등골이 오싹할 정도로 서늘했다. 뒤따라온 유성이 예고 없이 내린 비를 원망했다.

"새로 맞춰 오늘 처음 입는 양복인데 이게 뭐야. 하, 재수가 없으려니까."

유성이 주머니에서 행커치프를 꺼내 신경질적으로 젖은 옷을 닦았다. 나는 조심스럽게 처치실 방향으로 걸음을 옮겼다. 방향제와 소독약, 비릿한 비 냄새가 섞여 났다. 혜림이 있던 약제실 문이 열려 있었다. 그녀가 지나갔을 복도를 따라 터질 듯이 날뛰는 심장을 안고 걸었다. 베이지색 카펫에 난삽하게 찍힌 수십 개의 발자국은 모두 붉었다.

"김 선생, 타월 있으면 하나 줘봐."

유성이 성큼성큼 내 쪽으로 걸어오는 게 느껴졌다. 처치실이 가까워질수록 비릿한 피 냄새가 짙어졌다. 처치실 문이 케이크 한 조각만큼 열려 있었다.

"김 선생, 타월……."

성질 급한 유성이 나를 앞질러 처치실 문을 밀었다. 후끈하고 텁텁한 공기와 함께 살풍경이 드러났다. 간이침대 아래에는 혜림이 쓰러져 있었다. 말려 올라간 치마 아래로 곧고 날씬한 다리가 꺾여 있었다. 목덜미에는 붉은 멍이 험악하게 번져 있었고, 방금 전까지 비명을 내지른 듯 크게 벌어진 입에서는 피 섞인 침이 흘렀다. 복부를 파고든 스틸레토 나이프에서 끈적한 피가 뚝뚝 흘러내렸다. 자살을 할 때는 잠들 듯 편안한 얼굴이었지만, 유성의 말대로 누군가 살해하려 들면 보통 사람처럼 극한의 공포를 느끼는 모양이었다. 혜림의 일그러진 얼굴에서 시선을 돌렸다. 시트와 베개, 웬지색 실크벽지 위로 선홍색 비산흔이 낭자했다. 유성이 고통스러운 신음을 흘렸다.

"아…… 빠!"

간이침대 사이를 막아놓은 커튼 너머에서 준영의 목소리가 들렸다.

"준영이! 너 준영이야?"

유성이 경둥, 혜림을 뛰어넘어가 커튼을 젖혔다. 넋 나간 얼굴의 준영이 침대에 걸터앉아 몸을 떨었다.

"약이 이상했어. 심장이 터질 것처럼 뛰고 허깨비도 보였어. 숨이 막혀 죽을 거 같아서 비명을 질렀더니…… 저 여자가 칼을 들고 이 방엘 들어왔다고. 저 미친년이 칼을 들고 웃으면서 다가왔단 말이야! 나 칼 보면 돌아버리는 거 아빠도 알잖아!"

준영이 죽은 혜림을 향해 손가락을 뻗었다. 그러나 유성과 나의 시선은 침대 끄트머리에서 피어오르는 달빛 아지랑이에 멈춰 있었다. 춤추듯 우아하게 나부끼던 여러 개의 빛 가닥들이 어느 순간 허공에서 한데 뭉쳐 빠르게 팔딱거리기 시작했다. 그 주위로 희읍스름한 빛이 차오르며 살결을 만들고, 그 위에 낯익은 얼굴이 서서히 윤곽을 드러냈다. 복숭아처럼 동그란 뺨을 촘촘히 덮은 보얀 솜털, 숫접게 끄먹거리는 커다란 눈, 조붓한 어깨와 부풀지 않은 가슴, 매끄러운 불두덩. 여남은 살의 혜림이 거기 생겨났다.

준영이 경이로운 표정으로 어린 혜림을 바라보았다. 내가 그랬듯, 이 순간 준영도 죽는 날까지 끝나지 않을 붉고 뜨거운 마음이 타오르기 시작했을 터였다. 혜림이 그에게 손을 뻗어 피와 눈물로 더러워진 뺨을 살갑게 매만졌다. 준영이 널브러진 모포를 끌어당겨 혜림의 어깨에 감싸주었다.

호주머니에서 휴대전화가 울렸다. Josh, 규석의 영어 이름으로 페이스타임이 요청되었다. 유성이 혜림과 준영에게서 시선을 떼어 내게 돌렸다. 살기를 머금은 눈빛이었다. 그러나 내버려두어도 나는 곧 죽는다. 처치실 문을 닫고 전화를 받았다.

"아빠, 조금 전에 내 아들이 왔어요! 세상에서 목소리가 제일 큰 아기예요."

규석의 품 안에서 신생아 비니를 쓴 새빨간 손자가 자지러지게 울고 있었다. 함께 울어도 좋으련만 괜스레 비실비실 싱거운 웃음이 새어 나왔다.

사향나무 로맨스

세상에는 참 많은 아르바이트가 있어요. 전단지 뿌리기, 말 오줌 받기, 애인 대행, 잃어버린 개 찾아주기 등 이루 헤아릴 수가 없죠. 하지만 단언컨대 저나 선배가 하고 있는 아르바이트는 세상에 둘도 없는 일일 겁니다. 선배도 알다시피 전 별 볼 일 없는 휴학생이에요. 아침이면 엄마가 아무리 깨워도 이불 뒤집어쓰고 뭉개다 허리가 아파오는 점심때쯤 슬그머니 일어나 된장찌개에 찬밥 말아먹고 다시 방에 들어오죠. 메신저를 켜놓고 불법 다운로드 받은 미국 드라마 몇 편 때려주고, 중간중간 컵라면도 먹어가며 온라인 게임 하고. 그러다 컴컴해지면 오늘은 누가 술 한잔 안 사나 선배며 친구들한테 문자를 보내죠. 운 좋게 애인한테 차인 놈이라도 걸리면 위로해준답시고 떡진 머리로 어슬렁어슬렁 기어 나가는 더부살이 인생이에요.

"엄마, 만 원만."

"나한테 돈 맡겨놨냐?"

본전도 못 찾을 거면서 하루 한 번은 꼭 엄마에게 손을 내밀어 봅니다. 늘 그렇듯 천지가 개벽하지 않는 이상 엄마의 주머니에서 배춧잎이 떨어지는 건 상상할 수 없는 일이지요. 하지만 천지가 개벽하는 일보다 희박한 행운이 제게도 찾아왔어요. 허구한 날 늦잠, 인터넷, 컵라면, 술의 무한 반복인 제 인생에 어느 날 향기로운 꽃과 달콤한 꿀이 흐르는 유성 하나가 하늘에서 쿵 떨어진 겁니다. 그 유성 안에는 천사가 살고 있었어요. 하얀 시폰 원피스를 입고 찰랑이는 머릿결. 아! 이 부분은 확실히 하죠. 그녀의 머릿결에서는 정말 찰랑찰랑 소리가 납니다. 바이올린 현처럼 곧고 탄력 있는 머리칼들이 서로 맞부딪힐 때 세상은 온통 은빛 종소리로 출렁인다고요. 정말이라니까요! 하얀 피부와 화장기 없이도 선명한 이목구비. 보기도 아까운 그녀가, 자신의 유성에서 사뿐히 내려와 이 한심한 청춘에게 손을 내밀어주었습니다.

우린 게임에서 처음 만났어요. 공짜 술이나 피자라면 모를까 여자에는 도통 관심이 없던 저는 솜씨 서툰 '꽃천사루루'를 대번에 PK시키고 승리의 나팔처럼 새 담배에 불을 붙였습니다. 그때 메시지가 오더군요. '님 애인 있어요?' 없다고 하면 '평생 골방에서 딸이나 쳐라, 새끼야!' 악담을 퍼부을 것만 같았습니다. 하지만 제

예측은 빗나갔습니다. '꽃천사루루'가 보낸 말은 '없으면 저랑 사 귈래요? 165/46'였습니다. 자신을 PK시킨 무자비한 남자에게 다 짜고짜 사귀자니, 제정신인가? 어리둥절했죠. 대낮부터 온라인게 임이나 하는 사람들의 뇌가 다 거기서 거기라고 생각하면 이해 못 할 말도 아니었지만 뒤에 붙은 숫자는 아무리 생각해도 해독 불가 였습니다. 혈압인가? 아니, 그보다 '이거 신종 꽃뱀 아냐?' 하는 생 각이 앞섰습니다. 저는 '용호대박'이라는 아이디에 어울리지 않게 겁을 집어먹었습니다. 하지만 그녀가 꽃뱀이라고 해도 가난뱅이 인 저로선 잃을 게 없었습니다. 아무럼 여자에게 현피당하는 일이 야 있겠냐 싶은 마음에 저는 그녀의 제안을 수락했습니다.

우린 신촌에서 처음 만났어요. 그녀를 만나자 내내 풀리지 않았 던 165/46이라는 숫자의 정체를 깨달았습니다. 165센티미터의 키에 46킬로그램 몸무게. 냇버들처럼 늘씬하게 뻗은 그녀가 '베컴 ST 배송료 포함 9900원'짜리 청바지를 걸친 제게 천진한 눈인사 를 건넸습니다. 아까도 말씀드렸듯이 그녀는 천사의 얼굴을 가진 사람이었어요. 목소리는 또 얼마나 살 떨리게 가냘픈지 귀를 쫑긋 세우지 않으면 알아들을 수 없을 정도로 자그맣고 나긋나긋해서 숨이라도 크게 쉬려고 하면 공중으로 홀홀 흩어져버릴 것만 같았 답니다. 털어야 먼지밖에 안 나오는 저 같은 놈이 연애를 하려니 당장 총알이 궁하더군요. 전 그녀에게 튤립 모양 귀걸이를 사주기 위해 애지중지하던 기타를 팔았고, 그녀의 손목에 앙증맞게 걸릴

토트백을 사기 위해 아끼던 카메라도 내놔야 했습니다. 하지만 조금도 아깝다는 생각이 들지 않았어요. 저에게 기타가 있은들 그래미 상을 타겠습니까, 카메라가 있은들 퓰리처 상을 타겠습니까? 하찮은 취미생활을 접어 아름다운 그녀를 더욱 빛내는 데 조금이나마 일조했다는 사실만으로도 저는 행복했습니다.

제가 선물한 귀걸이와 토트백을 걸친 그녀가 저를 향해 웃어주면 하늘엔 오색 폭죽이 터지고 아스팔트 사이로 연분홍 클로버 꽃이 만발했습니다. 그녀는 제아무리 냄새나는 화장실일지라도, 담배꽁초가 탑을 이룬 지린내 나는 피시방일지라도 한순간에 천국으로 바꿔버리는 위대한 마술사였습니다. 그녀를 보지 못한 제 친구들은 제대로 낚였다며 비아냥거렸지만 저는 아랑곳하지 않았습니다. 그걸 뭐라고 해야 할까요, 가진 자의 여유? 정복자의 아량?

그런 천사의 탄신일이 다가오던 월요일 아침이었습니다. 그날을 성대하게 치르기 위해 아르바이트는 해야겠는데 저처럼 게을러터진 휴학생을 쓸 만한 자리가 어디 흔한가요. 마음이 조급해진 저는 알바, 아르바이트, 시간제, 파트타임 등으로 일자리를 검색했습니다.

〈입대 관계로 알바 자리 승계합니다〉

근무 조건: 시급 3만 원, 복장 자유, 중식 제공

지원 자격: 신체 건강하고 목소리 부드러운 이십대 남성

근무처: 경기도 B시

업무 내용: 책 읽어주기

　세상에 죽으란 법은 없다는 생각이 들더군요. 다른 건 몰라도 제가 목소리 하나만은 끝내주거든요. 엄마가 그러시는데 저는 태어나자마자 여느 아기처럼 응애응애 울지 않았다고 합니다. 대신 아주 정확한 발음으로 '아아, 이이, 우우, 에에, 오오' 발성 연습부터 시작해 축 늘어졌던 엄마를 벌떡 일어서게 했다지요. 저를 받은 주치의는 "이건 의학적 기적이며 위대한 천재의 탄생이다!"라고 외치곤 뜨거운 눈물을 줄줄 쏟아냈다고 합니다. 솔직히 믿어지지 않는 이야기였습니다. 단군이나 박혁거세도 아닌 별 볼 일 없는 휴학생에겐 조금도 어울리지 않는 탄생 비화니까요. 의사와 함께 뜨거운 눈물을 줄줄 흘리느라 눈앞이 흐려진 간호사가 실수로 아기를 바꿔 뉘였다면 또 모를까요. 어쨌든 엄마의 바람과 달리 저는 달변가나 아나운서가 되지는 못했습니다. 하지만 목소리가 좋은 것만은 변치 않는 사실이니 그런 좋은 일자리를 다른 놈에게 빼앗길 수는 없었습니다. 저는 재빨리 작성자에게 이메일을 보냈습니다.

　안녕하세요. 은쟁반에 옥구슬이라고 불리는 합정동의 김홍연이라고 합니다. 이런 말을 제 입으로 하긴 좀 뭣하지만 얼굴도 중상 이상은 됩니다. 근면

성실은 기본이고 다정다감한 성격으로 주위에선 꽤 인기가 많은 편입니다.

여기까지 쓰고 나자 탄생 비화보다 더 신빙성 없는 자기소개라는 생각에 다시 고쳐 쓸 수밖에 없었습니다.

안녕하세요. 책 읽어주는 알바를 구한다기에 연락드립니다. 올해 스물두 살이고 목소리와 발음 모두 좋은 편입니다. 현재 휴학생이라 언제든 출근 가능하니 연락 주십시오. 좋은 결과 기다리겠습니다.

두근대는 가슴으로 보내기 버튼을 누르고 그녀에게 전화를 걸었습니다.

"뭐 했어요? 우리 꽃사슴."

저는 그녀를 꽃사슴이라고 부른답니다.

"베토벤 노래 듣고 있었어요. 가창력 완전 좋아요. 우리 오빠는요?"

동갑내기면서도 그녀는 저를 오빠라고 부르지요. 게다가 반말조차 하지 않습니다.

"소설가 니체 장편 중에 《차라투스트라는 이렇게 말했다》라고 있거든. 그거 읽고 있었어. 차라투스트라 캐안습인 거 있지."

통화를 하는 사이 키보드 틈새에 담뱃재가 떨어졌습니다. 저는 검지에 침을 묻혀 담뱃재를 찍어내리다 오히려 재를 부스러뜨렸습니다. 재를 털어내기 위해 키보드를 뒤집는다는 게 설상가상 재떨이로 쓰던 물 담긴 페트병까지 바닥으로 뒤엎어 시커먼 잿물이 깔아놓은 이불을 적셨습니다. 저는 혹 그녀가 눈치챌까 봐 조심스레 휴대전화를 귀와 어깨 사이로 옮기고 물고 있던 담배는 발가락 사이에 끼운 다음 걸레인지 수건인지 모를 것을 끌어다 바닥을 닦았습니다.

"오빠 왜 그렇게 헐떡거려요? 또 내 생각하는구나? 꽃사슴도 오빠가 너무 보고 싶어요. 우리 다음 주 토요일에 제주도 가는 거 맞죠?"

그렇습니다. 우리는 제주도 여행을 떠나기로 했습니다. 그녀는 제가 귀찮을까 봐 비행기 표며 숙박시설을 직접 예약하겠다고 나섰습니다. 저는 상냥한 애인 덕분에 비용만 송금하면 달콤한 밀월 여행을 노력 없이 즐길 수 있는 행운아였지요. 며칠 후 제주도에서 그녀는 저로 인해 다시 태어날 겁니다. 난 이제 더 이상 소녀가 아니에요, 그대 더 이상 망설이지 말아요, 라고 노래하면서요.

"물론이지. 우리 슴이 얼마든지 기대해도 좋아요."

슴이, 나의 천사 꽃사슴이. 그녀의 가슴이 어떤 모양일까 잠깐 상상했습니다.

"우리 그냥 바다만 보고 오는 거죠? 맞죠?"

저는 자못 진지한 목소리로 "오빠 못 믿어?"라고 물었습니다.

그건 이미 전 세계 1억 명 이상의 남자들이 역사의 시작과 동시에 애용해온 유서 깊은 질문이었습니다. 당연히 그녀는 질문의 유일한 해답인 "믿어요"라고 대답해 저를 더욱 기쁘게 해주었지요. 그녀와의 통화가 끝나자 저는 이메일 수신함을 다시 확인했습니다. 메일을 보낸 지 한 시간도 되지 않아 벌써 답장이 도착해 있더군요.

> 제가 사정이 급했는데 바로 적임자가 나타나주셔서 고맙습니다. 내일 바로 출근하시죠. 11시까지 가셔야 합니다. 파일로 약도 첨부했습니다. 정말 다행이네요.

세상에 면접도 보지 않고 출근하는 아르바이트가 있다니, 참 신기했습니다. 하지만 돈과 시간이 촉박한 건 제 쪽이었고 고맙고 다행이라 여기는 쪽 또한 저였으니 마다할 수 없었지요. 첨부된 약도를 보니 저희 집에서 버스를 타고 한 시간쯤 경기도로 나가 마을버스와 오솔길을 걸어야 하는, 다소 멀고 복잡한 길이었습니다. 하지만 시간당 3만 원이나 지불할 정도의 경제력을 가진 오너라면 강원도 첩첩산중에 숨어 있다 해도 찾아가는 게 마땅하지요. 이튿날 저는 대학교 입학식 때 선물 받은 구식 양복을 꺼내 스팀다리미로 다렸습니다.

"아들아, 친구 할머니가 어젯밤 갑자기 돌아가셔서 지금 이 양복 입고 장례식장에 가야겠으니 부조금으로 5만 원만 주쇼, 라고 할 참이면 그 할머니 사망진단서부터 떼 오너라."

154

돈에 있어서 엄마는 늘 이런 식이었습니다. 왜 저를 못 믿으시는 걸까요?

"아니거든. 나 오늘부터 알바 나가. 첫날이니까 양복 정도는 입어줘야 하잖아."

엄마는 손에 들고 있던 오이를 와삭 깨물고 어깨를 으쓱해 보이더니 부엌으로 사라지셨습니다.

"그래, 나도 아들 덕에 효도관광 한번 가보자."

엄마에게 조금 미안한 것은 사실이었지만 앞으로 돈 벌어 효도할 날은 쇠털처럼 많잖아요. 비타500에 '한 병 더'보다 '다음 기회를'이 더 많다는 걸 엄마도 아시겠죠? 저는 대충 주름만 편 양복을 걸쳐 입고 아르바이트를 위해 여행에 가까운 출근길을 나섰습니다. 버스를 타고 30분쯤 달리니 서울보다 더 빽빽한 아파트촌이 나오더군요. 거기서 30분을 더 달리자 드문드문 논도 보이고 밭도 보였습니다. 저는 약도에 표시된 정류장에 내려 시계를 봤습니다. 10시 40분. 첫 출근인데 지각할지도 모르겠다는 생각이 들었습니다.

빈 택시는 잘도 지나가는데 주머니엔 3천 원도 남지 않은 교통카드뿐이었습니다. 그냥 걸어갈까 생각하던 찰나, 다행히 마을버스가 와주었습니다. 마을버스에 올라탔을 때가 11시 정각이었고, 정류장에 도착했을 때는 11시 25분이었습니다. 저는 구불구불 펼쳐진 오솔길을 전속력을 다해 냅다 달리기 시작했어요. 넥타이가 펄럭이며 얼굴을 때리고 오랜만에 신은 구두 속으로 모래 알갱이가 들어가 발바닥이 아팠습니다. 그렇게 한 5분 정도를 뛰다 보니 유럽풍의 이층 저택이 눈에 들어왔습니다.

저는 뜀박질을 멈추고 숨을 고르며 주변 풍경을 살펴보았습니다. 사향나무가 울타리처럼 둘러진 집은 마치 돌을 깎아 만든 것처럼 보였습니다. 우아하지만 화가 잔뜩 난 귀부인 같은 인상이었지요. 정원에는 갖가지 유실수와 장미 넝쿨이 가득했고, 대문에서 현관까지 징검다리처럼 돌로 만든 길이 이어졌습니다. 첫날부터 지각을 한 것이 영 찜찜했지만 이왕 여기까지 왔으니 돌아갈 수는 없었죠. 두근거리는 마음으로 초인종을 눌렀습니다. 잠시 뜸을 들인 후 성별을 구분할 수 없는 걸걸한 목소리가 들려왔습니다.

"김홍연 씨?"

전임자가 제 이름을 알려준 모양이었습니다.

"늦어서 죄송합니다."

안에서 잠금쇠를 돌리는 소리가 났습니다. 잠금장치가 꽤 많은지 마치 권총을 장전하듯이 몇 번이고 철컥철컥 소리가 나고서야 문이 열렸습니다. 분명 날렵한 검은 그림자가 문을 연 것 같은데 문 안에 서 있는 사람은 온몸에 검은 베일을 뒤집어쓴 자그마한 노파 혼자였습니다. 그녀가 노파라는 사실은 신체 중 유일하게 베일에 가려지지 않고 드러난 손 때문에 알 수 있었습니다. 붉은 매니큐어가 한 치 흐트러짐 없이 곱게 발린 마디 굵은 손. 깡마른 살결 위에 푸른 정맥이 고요히 흐르고 구겨진 비닐처럼 주름이 빈틈

없이 들어찬 손이었습니다.

"들어와요. 사과는 천천히 듣기로 하죠."

노파가 뒤돌아서서 거실을 향해 걸어갔습니다. 그런데 걷는 모습이 조금 특이했어요. 마치 어린 시절 대나무 작대기 두 개에 홈을 파서 한 발씩 걸치고는 '나는 꺽다리다' 하며 어정대던 그 모습과 퍽 닮은 걸음걸이였습니다. 하긴 노인이니까요. 우리 할머니도 돌아가실 즈음엔 거의 좀비처럼 어정어정 걸어다니셨죠.

집 내부는 밖에서 보는 것보다 더 으리으리하고 번쩍거렸습니다. 진짜 크리스털임이 분명한 샹들리에와 앉으면 온몸이 빨려들어갈 것처럼 부풀어오른 가죽 소파. 바닥과 벽 모두 은은한 광택의 대리석이었고, 가구도 수백 년 묵은 나무를 늙은 장인이 유작처럼 빚어놓은 듯 근사했습니다. 노파가 먼저 1인용 소파에 앉고 제가 바로 옆 3인용 소파 끝에 앉았습니다. 스프링 발사 직전의 우리 집 소파와는 하늘과 땅 차이더군요. 마치 우리 집 소파의 이름이 '달순이'라면 노파의 소파는 '엘리자베스'라고 불러주어야 할 것 같았습니다. 저는 그렇게 엘리자베스에 엉덩이를 비비고 앉아 노파를 바라보았습니다.

"나는 소설을 좋아해요. 특히 젊은 사람들이 사랑하는 내용을."

베일로 얼굴을 가린 채 끔찍하게 갈라진 목소리로 노파가 먼저 말을 꺼냈습니다.

"저도 소설을 좋아합니다. 할리 퀸 소설은 제 전문이죠. 그래서 더 흥미롭네요."

늙으면 애가 된다죠. 저는 노파의 비위를 거스르지 않으려고 약간의 거짓말을 했습니다.

"난 할리 퀸 따위의 풋내기 소설은 읽지 않아요. 좀더 현실적인 사랑을 원하지."

이 노파, 생각보다 앙큼한 구석이 있더군요.

"어떤 책이든 성심 성의껏 읽어드리겠습니다. 믿고 맡겨주시죠."

제가 뱉어놓고도 꽤 믿음직스러운 발언이다 싶었습니다.

"목소리가 정말 좋군요. 저 책장에서 아무 책이나 꺼내 와보세요."

노파가 가리킨 곳에는 바닥부터 천장까지 빽빽하게 책이 꽂힌 책장이 있었습니다. 저는 엘리자베스에서 일어나 책장으로 걸어 갔습니다. 그러고는 팔을 뻗어 아무 책이나 뽑아 들었죠. 드레스를 풀어 헤친 금발 미녀가 와인잔을 들고 시니컬하게 웃는 삽화가 어쩐지 섬뜩했습니다. 제목이 '광녀'더군요.

"이제 첫 장부터 읽어보세요. 핥듯 천천히."

노파가 자신의 엘리자베스에 몸을 파묻었습니다. 저는 자리에 돌아와 『광녀』의 첫 장을 펼쳤습니다.

"비바람이 몰아치는 8월의 어느 토요일, 나는 호숫가 산장에서 토마스를 기다렸다. 밤이 깊어서야 말을 타고 돌아온 토마스의 입에서 버번 냄새가 풍겼다. 그는 사냥한 순록을 마당에 던져놓고 들어와 마치 성난 짐승이라도 된 듯 사냥용 나이프로 내 원피스를 찢기 시작했다. 날카로운 칼의 움직임에 맞춰 신음이 터지자 한껏 흥분한 토마스가 원피스 앞섶을 잡아 찢었다. 그동안 나의 손은 그의 가슴과 허리를 거쳐 탄탄한 엉덩이에 이르렀다. 토마스와 나는 침대에서 소파로 그리고 바닥으로 장소를 바꿔가며 상대의 몸을 탐닉하기 시작했다. 토마스가 나의 아랫입술을 깨무는 사이 나는 돌처럼 솟아오른 그의……."

저는 더 읽을 수 없었습니다. 이건 그냥 로맨스 소설이 아니라 순전히 에로, 아니 포르노에 가까운 내용이었거든요. 그 아래로 내려갈수록 남녀의 성기와 교접 과정을 적나라하게 그린 내용이 이어져 있었기에 얼굴이 화끈거렸습니다.

"왜 멈추죠?"

노파가 몸을 세우고 제게 물었습니다.

"다른 책으로 하면 안 될까요? 읽는 사람이 즐거워야 부인도 재밌게 들으실 텐데, 제 취향이 아니거든요."

노파가 대답 없이 고개를 뒤로 젖혔습니다. 그놈의 베일이라도 걷어주면 보기 편할 텐데, 마치 기분 나쁜 그림자를 바라보는 것 같은 기분이었습니다.

"좋아요. 다른 책으로 하죠. 하지만 다른 책으로 바꿔서도 이번처럼 읽기를 거부하면 일자리는 없었던 걸로 하겠어요."

하필 처음부터 재수 없이 그런 책이 걸려서 점수만 잃었습니다. 저는 책을 다시 제자리에 꽂아놓고 그 옆에 있는 다른 책을 꺼내 왔습니다. 제목부터 건전한 느낌이었습니다. '겨울 애상.' 이런 제목의 소설이라면 뻔한 러브스토리일 테고 노파가 원하는 현실적인 사랑 이야기와도 잘 부합할 거라는 생각이 들었습니다. 저는 자신만만하게 책을 펼쳤습니다.

"남자가 혼자 사는 집에 여고생이 찾아온다는 건 처음부터 순결을 바치기로 결심했다는 뜻이지 않을까? 희영, 너의 흰 목에 잠시 키스해도 되겠니? 안 돼요, 선생님. 이러지 마. 난 경험이 많은 남자야. 특히 너처럼 수줍음 많은 소녀에게는 경험 많은 남자가 가장 좋은 상대지. 이제 보니 가슴도 꽤 여물었구나. 왜 이러세요, 선생님! 반항을 하니 더 귀여운걸. 가만, 브래지어가 말랑말랑한데? 역시 순결한 소녀는 다르구나. 저를 농락하시려거든 차라리 이 자리에서 죽여주세요. 좋아, 그 말을 한 걸 후회하게 해주지……."

그다음은 끔찍했습니다. 호러와 포르노가 뒤섞여 있다고 할까요? 선생이란 작자가 제자를 겁탈한 뒤 냉정히 살해하고 차갑게 식은 몸을 수없이 탐한다는 내용이었습니다. 선생은 자신이 담임을 맡은 반 전체를 모두 능욕하고도 세상엔 아직 거둬야 할 순결이 너무 많다며 짐을 꾸려 세계 여행을 떠난다는 황당한 스토리였지요. 저는 식은땀을 뻘뻘 흘리며 네 시간 동안이나 책을 읽어야 했습니다. 대체 그런 책의 제목이 어째서 '겨울 애상'인지 도저히 이해되지 않았습니다. 하지만 이 정도로 조건이 좋은 아르바이트는 흔치 않았기에 저는 이를 악물고 마지막 한 문장까지 꿋꿋이 읽어 내려갔습니다.

"수고했어요. 처음치곤 잘 읽는 편인걸."

입안이 바짝 마르고 손이 부들부들 떨렸지만 저는 내색하지 않기 위해 명랑한 표정을 지어야 했습니다. 이 노파의 비위를 거슬렀다가는 오늘 번 돈마저 떼일지 모른다는 생각이 들었거든요. 그러면 저야말로 소설 속 선생처럼 흉포한 살인마로 변신할지 누가 알겠어요.

"별말씀을요. 참 재미있는 소설이었어요."

참 변태스러운 소설이었지요.

"내일도 같은 시각에 와주세요. 일당은 익일 지급되는 걸로 하죠. 그렇지 않으면 다음 날 찾아오지 않는 청년들도 종종 있으니까. 기분 나쁘게 생각하진 말아요. 나를 만족시키면 보너스도 있을 테니까."

저는 도망치듯 노파의 저택을 빠져나왔습니다. 오는 내내 침을 뱉으면서요. 저도 건강한 대한민국 남아이고 하루도 빠짐없이 모닝라이즈로 씩씩하게 아침을 여는 사람이라고요. 가끔 야설이나 야동도 보고, 고등학교 때는 외국잡지 컬렉션도 남몰래 즐겼지요. 하지만 남에게 포르노 소설을 읽어달라고 하는 악취미는 없단 말입니다. 적어도 여든은 넘겼을 돈 많은 변태 노파에게 강제 키스라도 당한 것 같은 기분에 자꾸 침샘이 새큰거리더니 입안 가득 거북스러운 침이 고여 뱉어내게 된 것이지요. 에잇, 퉤!

이튿날도 저는 노파의 저택으로 출근했습니다. 양복은 장롱 속에 도로 집어넣고 청바지에 스웨터 차림이었죠. 이젠 노파에게 잘 보이고 싶은 마음도 사라졌습니다. 설령 해고된다 하더라도 어제 일당만 받고 돌아와야겠다는 생각이 들었습니다.

노파는 어제와 같은 복장으로 저를 맞이했습니다. 그러고는 제게 아무 책이나 한 권 뽑아 오라고 했죠. 이번에는 제목에 속지 않기 위해 심사숙고했습니다. 『거리의 탕녀』『암흑의 정사』『아저씨와 나』『숲속 마지막 집』. 이런 책들을 손으로 훑다가 눈에 확 띄는 책 한 권을 발견했습니다. 『소크라테스의 변명』! 꽃사슴 그녀에게 뽐내려고 빌려 들고 나갔다가 채 한 장도 읽지 못하고 반납한 책이었습니다. 하지만 이런 상황에서는 지루한 편이 민망한 편보다 나을 테니 망설일 것이 없었습니다. 저는 자신 있게 소파에 돌아와 앉았습니다.

"『소크라테스의 변명』이라, 내가 좋아하는 책을 골랐군요."

이런! 낭패입니다. 변태 노파가 좋아하는 소설이라면 볼 것도 없죠. 저는 보나마나 벌레 씹은 표정일 얼굴로 첫 장을 펼쳤습니다.

"선배, 우리 이러면 안 돼요. 왜? 내가 남자고 너도 남자이기 때문에? 전 아직 선배를 받아들일 준비가 안 돼 있어요. 소크라테스의 아내 크산티페가 왜 악처가 된 줄 알아? 소크라테스가 어린 자신의 제자들과 놀아났기 때문이지. 네가 그토록 존경하는 소크라테스도 게이였다고. 좀더 무릎을 세워봐. 힘 빼고……."

젠장, 차라리『겨울 애상』이 나왔습니다. 이건 바람둥이 게이 이야기였어요. 후배나 동료를 유혹할 때 항상 소크라테스 운운하는, 좀 지적인 게이랄까요. 도무지 이해할 수 없었지만 주인공은 인기가 좋았습니다. 한번 그와 동침한 남자들은 매일 밤 섹스파트너가 되기 위해 서로 음해하고 그러다 몸을 섞기도 하고 청부살인을 저지르기도 했으니까요. 저는 어제보다 더 많은 식은땀을 흘리며『소크라테스의 변명』을 읽었고 노파는 가끔씩 탄성까지 터뜨려가며 이야기에 빠져들었습니다. 네 시간 반이라는 끔찍이도 긴 시간이 흐르고 나서야 저의 손에서 그 망할 책이 내려졌지요.

"정말 소름 끼치도록 사실감 넘치는 낭독이었어요. 특히 앨버트가 죽은 로미오 앞에서 자위하는 그 장면에서 탁, 탁, 탁 의성어 표현이 기막히군요."

노파가 두 손을 모으고 감격했습니다. 저는 온몸에 벌레가 스멀스멀 기어다니는 것만 같았고 말이죠. 노파는 제가 돌아갈 때 두 장의 수표를 제 바지춤에 꽂아 넣어주었습니다. 그녀가 말한 보너스가 포함된 액수인 모양이었습니다. 하루 너덧 시간만 참으면 20만 원이라는 거금이 손에 들어왔지만 저는 이 아르바이트를 포기해야겠다는 생각으로 머리가 복잡했습니다.

매일 이렇게 노파에게 포르노 소설을 읽어주다 어느 날 자신의 애첩, 혹은 살아 있는 딜도가 되어달라고 부탁해오기라도 하면 어쩌란 말입니까. 물론 거절하면 되겠지요. 하지만 아름다운 애인이 있는 제가 돈 때문에 음탕한 노인네에게 마냥 희롱당하고 있을 수는 없었습니다. 그건 제 여자친구의 명예이며 자존심과 직결된 문제라고요.

저는 남은 일당을 받고 그 집을 나오기로 마음먹었습니다. 뜻을 굳히자 마음이 급해지기 시작했습니다. 저는 알바월드에 대타를 구한다는 글을 올렸지요. 새로 쓰기도 귀찮고 해서 지난번에 올라왔던 구인광고를 그대로 베껴서 말입니다. 돈이 급한 누군가가 그 글을 보고 메일을 보내오길 바라며 잠을 청했습니다. 이런저런 생각에 잠을 설치다 새벽녘 설핏 잠이 들었을 때 저는 노파와 함께 넓은 거실에서 블루스를 추는 꿈을 꾸었습니다. 꿈속에서 노파는 제게 베일을 벗겨달라고 부탁했고, 저는 웬일인지 아무렇지 않게 싱글거리며 노파의 검은 베일을 들어 올렸습니다. 베일 속에는 파파 할멈 대신 초승달처럼 희고 아름다운 꽃사슴 그녀가 들어 있었습니다. 저는 그녀와 길고 달콤한 키스를 나누었고, 그녀의 긴 혀가 제 목젖을 건드리는 바람에 구역질을 하며 꿈에서 깨어나고 말았습니다. 길몽이라고 해야 할지 흉몽이라고 해야 할지 당최 종잡을 수 없는 이상한 꿈이었지요.

출근 준비를 마친 저는 간밤에 아르바이트 대타 지원자가 있었는지 메일함을 확인했습니다. 하지만 수신된 것이라곤 서른두 개의 스팸메일뿐이었습니다. 누군가에게 아르바이트를 승계하지 못하더라도 저는 오늘이 마지막이란 마음으로 버스에 올랐습니다.

버스가 서울을 벗어날 때 우리 꽃사슴에게 전화가 왔습니다.

"오빠, 뭐 하고 있어요?"

언제 들어도 상큼한 목소리였습니다.

"선배들이 연구소 아르바이트를 제안해서 미팅하러 가고 있어."

사실대로 말할 수는 없잖아요.

"어머, 정말 대단하다. 휴학생인데 벌써 탐내는 사람이 있다니. 저 오늘 여행 갈 때 입을 옷 사러 가요. 애인하고 여행은 처음이라 너무 떨려요."

그날따라 꽃사슴의 목소리에 집중이 되지 않았습니다. 머릿속이 온통 노파와 포르노 소설로 들어찬 탓이었지요. 저는 전화가 온다는 핑계로 통화를 끝냈습니다. 그리고 '마음을 다부지게 먹자, 김홍연' 하고 자기최면을 걸었습니다. 그러나 최면은 오래가지 못했습니다. 노파를 보자 그만두겠다는 말은커녕 행동이 프로그램으로 입력된 로봇처럼 뻣뻣한 손을 뻗어 책 한 권을 뽑아 들었습니다.

"오늘은 점심식사를 하고 시작할까요?"

굳이 점심까지 얻어먹고 싶지는 않았습니다. 그만두겠다는 통고를 하러 온 주제에 밥까지 먹으면 더 면목이 없을 테니까요. 하지만 노파는 제 대답을 듣지 않고 앞서 걸었습니다. 저는 잠시 머뭇거리다『롤러코스터 위의 연인들』양장본을 내려놓고 그녀를 따라갔습니다. 식사를 하면서 이야기를 꺼내면 좀더 부드럽지 않을까, 하는 생각 때문이었지요. 일하는 사람은 보이지 않는데 식탁 위에는 따뜻한 음식들이 차려져 있었습니다.

"모두 손수 만드신 겁니까?"

조금 감동한 건 사실입니다. 우리 아버지 생신 때도 큰누나 시집 갈 때도 받아보지 못한 진수성찬이었으니까요. 사실 아침도 거르고 나온 터라 음식을 보자 갑자기 허기가 밀려들기 시작했습니다.

"젊었을 때는 음식 솜씨가 좋았지만 지금은 만드는 것도 먹는 것도 흥미를 잃었습니다."

노파가 의자 하나를 빼 제게 앉기를 청했습니다.

"그럼, 이 음식들은 누가 만든 건가요?"

정갈하고 먹음직스러운 동서양의 음식들을 바라보며 저는 마치 『헨젤과 그레텔』의 주인공이 된 느낌이었습니다. 저걸 다 먹고 나면 굶주린 노파가 제게 덤벼들어 한입에 털어넣고 뼈째 우적우적 씹어 먹는 건 아닐까 상상했습니다.

"잘생긴 우리 요리사의 솜씨지요. 지금은 미스터 김을 훔쳐보느라 숨었어요. 라이벌이라고 생각하는 모양인데요?"

노파가 소리 내어 웃었습니다.

"출장요리 같은 건가요?"

노파가 제게 포크와 나이프, 젓가락과 숟가락을 건네주었습니다.

"이 집에는 미스터 김 외에도 많은 청년들이 숨어 있어요. 미스터 김이 오기 전에 내게 책을 읽어주던 친구가 요즘은 청소 파트를 맡고 있죠."

그 사람이라면 군입대를 한다고 했는데, 노파는 알 수 없는 이야기를 했습니다.

"그분은 입대하지 않으셨나요?"

노파가 손가락을 튕겨 딱 소리를 냈습니다.

"미스터 윤, 잠깐만요."

놀랍게도 노파의 말이 떨어지기 무섭게 잘생긴 청년 하나가 식당에 딸린 다용도실에서 걸어 나왔습니다.

"미스터 김한테 입대한다고 했나요?"

노파가 말끝에 코웃음을 쳤습니다. 쉰 듯 갈라진 목소리와 코웃음이 묘하게 잘 어울렸습니다. 청년은 어쩔 줄 모르겠다는 표정으로 몸을 배배 꼬았습니다.

"죄송합니다. 하루라도 빨리 부인 가까이에서 지내고 싶은 마음에 거짓말을 했습니다."

멀쩡한 얼굴에 훤칠한 체격의 젊은 남자가 뭐가 모자라서 검은 보자기 쓴 노파에게 알랑대고 있는 걸까요?

"처음엔 뭐 이런 아르바이트가 있을까 생각하겠지만 참고 일하다 보면 모두 여길 떠나고 싶어하지 않죠. 미스터 윤은 우리 집 조경사로 시작했는데 목소리가 좋아 책 읽어주는 일로 자리를 옮겼고 본인의 희망에 따라 지금은 청소를 하고 있어요."

노파는 이 청년이 정신이 나갔다는 간단한 이야기를 이처럼 장황하게 늘어놓고 있는 것 같았습니다.

"책을 읽어드리는 일도 즐겁지만 청소를 하다 보면 부인과 하루 종일 함께할 수 있어 행복해요. 기회가 된다면 미스터 임이 하고 있는 일도 배워볼 셈입니다. 그는 부인의 머리를 손질하고 매니큐어를 칠할 수 있는 영광을 독차지하고 있잖아요. 제게도 기회를 주세요. 전 미스터 임보다 더 꼼꼼하고 손재주도 좋아요. 게다가 지난달엔 미용학원도 등록했는걸요."

청년이 노파 앞에 무릎까지 꿇어가며 애원했습니다. 노파가 물러가라는 듯 손짓을 하자 미스터 윤은 아쉬운 표정을 지으며 다시 다용도실로 사라졌습니다.

"음식 앞에서 괜히 정신만 사납게 했군요. 어서 들어요."

저는 어리둥절했지만 펼쳐진 음식을 맛보기로 했습니다. 그때 노파도 음식을 먹기 위해서 검은 베일을 들어 올렸습니다. 베일 아래에는 뭐가 있을까요? 커다란 화상 흉터? 외계인? 그도 아니면 죽은 줄 알았던 마릴린 먼로가 들어 있을지도 모릅니다. 그러나 저의 예상은 어느 것 하나 들어맞지 않았습니다. 베일 아래에는 온몸이 옹이로 빽빽한 나무 한 그루가 있었습니다. 노파는 사람이 아니었습니다. 소용돌이 같은 옹이가 온 얼굴을 뒤덮은 진갈색 나무 그 자체였습니다. 저는 노파의 얼굴을 보자마자 대번 식욕을 잃고 말았습니다.

"부인, 립스틱이 번지셨어요."

다용도실이 다시 한 번 열리더니 우스꽝스럽게 메이크업을 한

168

남자가 뛰어나와 노파의 삭정이 같은 입술에 붉은색 립스틱을 덧발라주었습니다.

"고마워요, 미스터 임."

그가 바로 미스터 윤이라는 사람이 질투하던 미스터 임이었습니다.

"놀랐나요?"

물론 놀랐지요. 나무가 살아 움직이며 말을 걸고 있으니까요. 노파는 늑대 인간병이나 조로증처럼 지구상에 몇 명 없는 희귀병 환자일지도 모릅니다.

"피부가 민감하신가 봐요?"

저는 그나마 제일 정중한 표현으로 그녀를 위로했습니다.

"이런 내게 왜 젊고 건장한 남자들이 몰려드는지 궁금하지 않나요?"

물론 궁금했습니다. 그럴 리야 없겠지만 만에 하나 노파의 병이 옮기라도 하면 어쩌려고 가까이 하는지 알 수 없었습니다. 이 상황을 빨리 벗어나려면 차려진 음식들을 먹어치우는 수밖에 없었습니다. 저는 크게 썬 스테이크를 씹으며 묵직한 주석잔에 담긴 물을 한 모금 마셨습니다. 물인 줄 알았는데 백포도주라 조금 놀랐지만 그런 순간엔 물보다 술이 더 나을지도 모릅니다.

"부인은 매력적이십니다."

거짓말이지만 노파가 이런 위로의 말을 원하고 제게 질문을 던졌을지 모른다는 생각이 들었습니다.

"내 외모는 끔찍하지요. 보는 것보다 만져보면 더 심해요. 외피가 거칠고 바짝 마른 고목 같다고나 할까요? 이제 남은 건 이 손뿐인데 곧 변해버리겠죠."

"어떻게 된 사연인지 여쭤도 될까요?"

저는 진심으로 노파가 그런 모습이 된 사연이 궁금했습니다. 마법 같은 것에 걸려서 그렇게 되었다고 한다면 그야말로 미친 노인네인 것이고, 희귀병이라고 한다면 그냥 가여운 노인네겠지요. 어떤 쪽이든 불쌍하긴 마찬가지지만요.

"미스터 김이 읽어주는 소설은 모두 내가 쓴 것들이에요. 나는 한때 꽤 유명한 소설가였지요. 실제로 겪어보지는 않았지만 나는 남녀 간의 은밀한 얘기를 좋아해요. 서로 체온을 나누고 살 틈으로 체액을 섞는 그런 유의 이야기들. 내 소설을 읽어봤으니 이미 알고 있겠지만요."

겪어보지 않고 그런 소설을 쓸 수 있는 걸까요? 노파가 저를 만만히 보고 거짓말을 하는지도 모릅니다.

"사향나무를 아세요? 이 집을 에워싼 침엽수들이 모두 사향나무지요. 우리 조상 중에는 그 사향나무와 사랑에 빠진 남자가 있었답니다. 그는 수백 년 전 이 자리에 정원수로 사향나무 수십 그루를 심었다가 어이없이 그들과 사랑에 빠져버렸죠. 남자는 매일 밤 사향나무 사이를 오가며 숨이 막힐 듯한 향에 취해 춤을 추고 노래를 불렀답니다. 그러다 가장 사랑하는 나무 한 그루가 병에 걸린 사실을 알게 되었죠. 나무는 날이 갈수록 잎이 시들고 가지가 말라갔어요. 마치 자신의 사랑이 부족한 탓처럼 남자는 죽어가는 나무를 끌어안고 눈물을 흘렸답니다. 애틋하게 나무를 쓰다듬던 그가 나무 한가운데서 동그란 옹이 하나를 발견했습니다. 옹이가 코르크마개처럼 조금 튀어나와 있기에 남자는 눈물을 닦고 옹이를 빼내기로 마음먹었지요. 아마 무척이나 힘든 작업이었을 거라고 생각됩니다. 나는 80년 동안 아무리 애써도 해내지 못한 일이니까요. 신기하게도 옹이가 빠진 자리에는 붉은 살이 돋아 있었다고 합니다. 그 자그마한 구멍은 여자의 성기처럼 벌어져 자신을 사랑하는 남자를 유혹했다는군요. 코끝을 맴도는 사향을 맡으며 남자는 그날 밤 죽어가는 나무와 수없이 많은 사랑을 나누었답니다. 죽을 줄 알았던 나무는 신기하게도 이튿날부터 아주 조금씩 되살아나기 시작했대요. 줄기는 날로 두터워지고 다른 사향나무와는 비할 수 없이 향이 진해져 무수한 벌과 나비가 모여들었습니다. 그러나 몇 개월 후 그 아름답던 사향나무는 다시 시들기 시작했죠. 불과 며칠 만에 성성하던 사향나무가 누런 이파리를 떨어뜨리고 뿌리를 흙 밖으로 내놓은 채 메말라갔습니다. 그리고 꼭 열 달 만에 나무는 완전히 죽고 말았습니다. 절망한 남자가 두 주먹을 땅에 내리치며 눈물지었습니다. 그러자 죽은 사향나무에서 아주 작은 목소리가 들려왔대요. '울지 마세요, 아버지. 저 여기 있어요' 하는."

노파는 잠시 말을 멈추고 자신의 얼굴에 빼곡히 들어찬 옹이를 손으로 더듬었습니다. 비현실적인 이야기지만 바로 그 순간 저는 정말로 노파의 목소리에서 사향나무 냄새를 맡았습니다.

"남자는 죽은 사향나무를 톱으로 켜 그 안에 웅크린 아이를 두 손으로 받았습니다. 그러고는 누가 볼세라 집으로 들어가 죽을 때까지 영영 나오지 않았다고 합니다. 그는 죽었지만 살아남은 아이는 다시 정원의 다른 사향나무와 사랑에 빠지고 그 결실로 아이가 태어나길 반복해왔습니다. 기묘한 건 태어나는 아이마다 모두 사내아이라는 거였지요. 아버지를 닮아 사람의 모습을 했지만 몸에서는 은은한 사향나무 냄새가 나는 잘생긴 아이들이 이 집에서 나고 자라 제 씨앗을 남기고 묻혔답니다. 하지만 내 아버지 대에서 대가 끊기고 말았죠. 놀랍게도 딸이 태어난 거예요. 바로 저 말이죠."

노파의 목소리가 방금 울고 난 것처럼 가늘게 떨렸습니다. 이 모든 것이 거짓말이라 하더라도 저는 노파를 진심으로 동정하고 있었습니다.

"나는 사향나무를 좋아하지 않았어요. 가까이 가면 냄새가 지독했고 여자의 거길 닮은 옹이가 있다는 것도 끔찍했죠. 하지만 내 몸에도 옹이가 있어요. 여자의 그것이 있어야 할 자리에 옹이가 박혀 있단 말이죠. 그것 때문에 누군가를 사랑했다가도 끝은 참담했어요. 내 치마를 들치고 팬티를 내리면 차돌처럼 박혀 있는 옹이가 그들을 냉정하게 몰아냈으니까요. 그때부터 소설을 쓰기 시작했어요. 소설들이 꽤 잘 팔리게 되면서 내 몸엔 점점 더 많은 옹이가 생겨났죠. 말을 좀 바꾸자면 온몸이 거대한 성기로 변해가고 있는 거예요. 팔이든, 다리든, 이마든, 어디로든 섹스할 수 있는 여자가 세상에 존재한다니, 그거야말로 남자에겐 멋진 판타지겠죠?"

노파의 옹이를 자세히 뜯어보니 정말 여자의 은밀한 곳과 닮아 있었습니다. 저는 심장이 요동치고 아랫도리가 단단하게 부풀어오르는 걸 느꼈습니다.

"섹스를 할 수 없다고는 하지만 내 주변엔 사향나무 냄새를 맡고 모여드는 젊은 남자들이 이렇게 많아요. 언제가 될지 모르지만 누군가 대담하게 이 옹이들을 빼내고 사랑해줄 사람이 있을지도 모르지요. 여잔 아무리 늙어도 사랑이 전부랍니다. 그건 그렇고, 미스터 김이 오늘 나를 찾은 건 일을 그만두기 위해선가요?"

노파는 제 마음을 꿰뚫어 보고 있는 것 같았습니다. 하지만 이젠 아르바이트를 그만두고 싶다는 생각이 싹 가셨습니다. 제 천사 같은 여자친구에겐 고작 하나뿐인 그것이 이 노파에겐 수백 개나 있으니까요. 그 하나하나를 뜯어볼수록 노파를 향한 마음은 동정심이 아닌 사내로서 주체할 수 없는 욕망이라는 걸 깨닫게 되었습니다.

"그럴 리가요. 부인의 책들을 모두 읽을 때까진 여길 떠나고 싶지 않습니다."

거짓말이 아니었습니다. 노파가 지어낸 거짓 오르가즘이 가득

한 책을 읽어주며 그녀의 옹이 하나를 차지하고 싶은 욕심이 일었습니다.

"식기 전에 어서 들어요. 그리고 오늘은 한 권 더 읽어주겠어요?"

저는 게걸스럽게 음식을 씹어 삼키며 노파의 왼쪽 콧방울 근처의 자그마한 옹이를 흘끔거렸습니다. 저도 이 집에 머물며 노파와 조금 더 가까워진다면 저 향기로운 옹이를 끄집어내고 그녀에게 진짜 사랑을 가르쳐줄 날이 올지도 모르지요. 그날을 위해 허구한 날 새 핸드백과 귀걸이 타령이나 하는 가짜 천사 따위는 잊을 겁니다. 진정한 사랑은 기다림에 있다고 생각해요. 그녀의 몸에 박힌 모든 옹이가 빠져나가고, 그물처럼 뻥뻥 뚫린 건조한 피부만 남는다 하더라도 저는 여길 떠나지 않을 거예요. 그녀가 아니더라도 마당엔 저렇게 멋진 사향나무가 가득하잖아요. 그녀가 잇지 못한 대를 제가 이어주면 되는 거지요.

이젠 선배가 그 책 읽어주는 아르바이트를 그만두면 안 될 이유를 충분히 설명한 것 같네요. 미스터 윤이 메이크업 담당으로 자리를 옮기며 제가 청소 파트를 맡게 됐거든요. 미스터 임이요? 소문에 의하면 평소 부인의 얼굴을 떡 주무르듯 하던 미스터 임을 아니꼽게 본 청년 몇이 손을 좀 봐줬다는군요. 여기선 비일비재한 일이에요. 참, 잔소리꾼 우리 엄마한테는 비밀로 하기예요. 아셨죠? 쉿!

키시는 쏨이다

그녀의 이름은 키시다. 어깨를 덮는 생머리에 강아지처럼 동그란 눈망울과 밉지 않게 몽톡한 코, 상큼하게 여민 입술이 사랑스럽다. 핑크색 미니 원피스가 가장 잘 어울리지만, 오늘은 연보라색 슬립 차림이다. 그녀가 수줍어하는 내게 손을 뻗으며 말을 건다.

"도테모 사비시이데스."

'너무 외로워요.' 제2외국어로 일본어를 배운 덕에 알아들을 수 있는 말이다.

나는 엄지로 스페이스바를 눌러 키시를 어정쩡하게 세워놓고, 재빨리 두루마리 휴지를 풀어 왼손에 칭칭 감은 뒤 팬티를 내렸다. 그러고는 다시 스페이스바를 눌러 키시에게 생명을 불어넣었다. 그녀가 침대에 걸터앉아 부끄러운 듯 양 볼을 붉히며 천천히 슬립을 벗었다. 귓불이 뜨끈하게 달아오르고 입안에 침이 고였다. 키시의 다감한 숨결이 목덜미를 지나 쇄골을 어루만지며 아래로 아래로 흘러갔다. 짧은 전류가 흐르는 것처럼 아랫배가 저릿저릿 하다.

"함경호, 라면 끓여줄까?"

마침내 키시의 숨결이 동그랗게 아무린 오른손을 건드리던 그 순간, 느닷없이 방문이 열렸다. 눈이 찢어지도록 머리를 바짝 당겨 묶은 누나가 잠시 흐리멍덩한 눈으로 나를 바라보다, 외마디 비명 을 지르고는 방문을 닫았다. 나는 허겁지겁 무릎에 걸려 있던 팬 티를 올려 입고 모니터를 껐다. 음량을 최소로 줄여놓은 스피커에 서 웃음소리도, 그렇다고 울음소리도 아닌 키시의 묘한 흐느낌이 나를 조롱하듯 흘러나왔다. 나는 뒤늦게 방문을 잠그고 침대에 드 러누워 애꿎은 이불을 발길질했다. 재수학원에 다니는 누나는 진 도를 따라가지 못해 학원보다 집이나 클럽에 있는 시간이 더 많 다. 그걸 알면서도 생각 없이 문을 잠그지 않은 내 잘못이다. 아무 래도 당분간은 자위를 끊어야 할 것 같다.

그 일 이후, 누나는 슬금슬금 나를 피했다. 간혹 부엌이나 욕실 앞에서 나와 마주치더라도 서둘러 발걸음을 돌리거나 고개를 외 로 꼬아 얼굴을 외면했다. 죄를 지은 건 아니지만, 나는 학교에서 돌아오면 발소리를 죽이고 방으로 직행해 밤이 깊도록 꼼짝도 하 지 않았다. 장사를 하느라 자정 무렵에야 집에 돌아오는 부모님은 간혹 식탁에 용돈을 놓아두고 출근할 뿐, 나나 누나에게 관심을 기울이지 않았다. 차라리 무관심이 편하다. 누나의 입방정에 엄마가 자녀보호프로그램이라도 깔아버리면 게임도 포르노도 없는 세상, 무슨 재미로 살까 싶다.

오늘도 식탁에는 만 원짜리 한 장과 쪽지가 놓여 있다. '밥 없으면 시켜 먹고, 제발 집 좀 어지르지 마.' 나는 쪽지를 구겨 쓰레기통에 던지고, 돈을 챙겼다. 누나에게 준 건지 내게 준 건지 명확히 써 있진 않지만, 먼저 찾은 사람이 임자다.

학교는 정글과 다를 바 없다. 독사, 모기, 악어 같은 별명의 선생들과 원숭이, 거머리, 박쥐의 습성을 닮은 아이들이 공생한다. 나 같은 아이들은 식물에 속한다. 말없이 동물들에게 잠자리나 먹이를 제공하고, 열매를 도둑맞는 쪽이다. 그래도 잡아먹힐 천적은 없으니 안심이다. 등교를 하자마자 나는 매점에 들러 천하장사 다섯 개와 코카콜라 다섯 캔을 샀다. 물론 내 몫은 없다. 전부 사자와 호랑이들에게 바칠 먹이다. 이빨이 강한 맹수들은 습성이 게으르다. 조례 전에 등교를 하는 법이 없다. 나는 다섯 개의 빈 책상에 천하장사와 코카콜라를 내려놓고 자리에 앉았다. 담임이 조례를 하고 나가자, 기다렸다는 듯 맹수들이 뒷문을 열고 우르르 들어왔다. 그들의 등에 매달린 책가방은 텅 빈 내 위장을 닮아 있다.

도로롱, 코 고는 소리가 들렸다. 앞자리에 앉은 소미다. 그 애는 놀라울 정도로 키시를 닮았다. 치켜 올라간 눈썹과 조금 큰 편인

키를 제외하면 둘의 싱크로율은 백 퍼센트다. 한창 키시에 빠져 있을 땐, 소미가 일본어가 아닌 한국어를 쓴다는 것이 어색하게 느껴질 정도였다. 소미의 잘록한 허리와 헤쳐진 머리카락 사이에서 하얗게 빛나는 목덜미를 보자 손바닥이 축축하게 젖어들었다. 누나에게 자위를 들킨 날 이후, 나는 야동을 끊었다. 처음 일주일은 견딜 만했지만, 요즘은 이삼 일에 한 번씩 야릇한 꿈을 꾸고 몽정을 한다. 주인공은 키시다. 아니, 소미일지도 모른다.

소미는 학교에 있는 시간 대부분을 책상에 엎드려 보낸다. 헬로키티가 프린트된 분홍색 쿠션에 이마를 붙이고, 간혹 이렇게 코를 골거나 이를 갈며 점심시간까지 내처 잔다. 수업시간에 자는 아이들은 한 반에 너더댓 명씩 꼭 있다. 하지만 아무도 그 애들을 깨우거나 야단치지 않는다. 깨어 있어 봐야 수업 분위기만 흐리고 만만한 동급생을 골라 심부름이나 시킬 게 뻔해서이다. 담임은 이렇게 퍼져 자더라도 학교에 나와주는 걸 고마워하는 눈치다. 지금쯤 옆 반 형석도 꿈속을 헤매고 있을 것이다. 지금은 헤어졌지만 한 달 전만 하더라도 둘은 매일 밤 피시방에서 만나 새벽까지 알피지 게임을 즐겼다. 형석은 사랑과 관심을 용돈으로 표현하는 맞벌이 부모를 두었고, 소미는 백내장으로 시력을 잃은 할머니와 단둘이 산다. 형석은 여태껏 소미처럼 가난하고 예쁜 애들만 골라 사귀었다. 부담 없고 다루기 쉬운, 잡초 같은 부류가 소미 같은 애들이라고 공공연히 떠벌리고 다녔다. 소미는 형석과 헤어지자마자 다른 남자를 만났다. 그 다른 남자가 중년의 샐러리맨이라는 소문도 있었고, 작년 여름 우리 학교에 교생 실습을 나왔던 말끔한 수학 교생이라는 소문도 있었다. 나는 소미가 누구를 만나도 상관하지 않는다. 그건 아무리 배가 고파도 맹수들의 먹이를 넘보지 않는 음지식물의 습성과도 같은 것이다. 키시가 그렇듯, 소미도 어느 한 사람의 소유가 되기엔 너무 아깝다.

점심시간을 5분 남기고 소미가 쿠션에서 이마를 뗐다. 급식을 넉넉히 챙기려면 발이 빨라야 한다. 조금만 늦어도 먹을 만한 반찬은 동이 나기 때문이다. 아이들은 일찌감치 책상 밖으로 발을 뻗고 수업이 끝나기만을 기다렸다. 국어 선생이 생활한복 소매를 걷어 손목시계를 확인하곤, 심드렁한 표정으로 교과서를 겨드랑이에 끼고 교실을 빠져나갔다. 동시에 아이들이 양팔을 허우적거리며 급식실로 달려갔다. 일순 타악기처럼 심장을 쿵쿵 울리는 발소리가 복도를 가득 메웠다. 남실대는 검은 머리통들 사이에서 소미의 찰랑거리는 연갈색 긴 생머리가 유독 눈에 박혔다. 아침을 거른 터라 배가 고팠지만, 무엇보다 소미 근처에 자리를 잡기 위해 나는 다리를 재게 놀렸다.

급식실엔 일찍 수업이 끝난 형석이 벌써 식판의 3분의 1을 비워가고 있었다. 어제도 밤새 게임을 했는지 녀석의 눈이 대꾼했다. 한 달 전만 해도 소미가 나타날 때까지 수저를 들지 않고 기다리던 형석이 배식을 받아 오는 소미를 보고는 먹다 만 식판을 들고 황급히 자리에서 일어섰다. 소미도 형석을 본체만체하며 가장 구석진 자리에 앉아 숟가락을 들었다. 다행히 옆자리가 비어 있었지만, 내 식판이 채워졌을 즈음엔 다른 여자아이가 그 자리를 차지하고 앉았다. 하는 수 없이 형석이 앉았던 자리에 식판을 내려놓았다. 조미료 맛뿐이 느껴지지 않는 멀건 된장국에 밥을 마는데, 앞에 앉은 1반 여자애 둘이 소곤거리는 소리가 들렸다.

"쏨뽀르노 봤어?"

'쏨'은 소미를 줄여 부르는 별명이었다. 그보다 '뽀르노'라는 말에 귀가 솔았다.

"그냥 닮은 애 아냐?"

"버젓이 울 학교 체육복 입고 찍은 건데 닮은 애겠냐? 자퇴한단 말까지 있는 거 보면 뻔하지 뭐. 이따 메신저 켜고 문자 날려. 내가 쏴줄게."

소미가 반도 채 비우지 않은 식판을 들고 자리에서 일어나자, 여자애들의 대화도 끊어졌다. 일순 급식실 안 아이들의 시선이 소미의 뒤태로 쏠렸다. 그걸 아는지 모르는지, 소미는 버퍼링으로 움직임이 부자연스러운 동영상처럼 느릿느릿 급식실을 빠져나갔다.

야간자율학습을 준비하는 아이들이 집에서 싸 온 도시락을 꺼내거나 매점으로 향할 때 소미는 화장을 했다. 아이라인을 그리고 마스카라로 속눈썹을 올렸다. 핑크색 립글로스를 바르고 이마와 콧등에 파우더를 두드려 더욱 화사한 얼굴로 거듭났다. 그리고는

어깨에 가방을 짊어지고 보무도 당당히 앞문으로 교실을 빠져나
갔다. 정말 자퇴를 한다는 게 사실인지, 자율학습 감독을 나온 선
생도 소미를 야단치거나 붙잡지 않았다.

나는 소미를 배웅하려 무첫빛이 내려앉은 운동장을 물끄러미
바라보았다. 어느새 하이힐로 갈아 신은 소미가 교문 근처를 발밤
발밤 걷는 게 보였다. 그때 구형 그랜저 한 대가 교문 앞에 바짝 다
가서 비상깜빡이를 켰다. 소미는 기다렸다는 듯이 자신이 메고 있
던 검정색 나이키 백팩을 교문 앞 쓰레기통에 던져 넣고 그랜저로
달려갔다. 누가 지켜볼 거라고 생각했을까. 소미가 탄 조수석 창문
이 반쯤 열리고, 학교 쪽을 향해 흔드는 손바닥이 보였다. 가방을
벗어버린 소미는 더 이상 여고생처럼 보이지 않았다. 교문을 통과
한 순간, 그녀는 키시가 되었다.

밤 10시가 다 돼서야 나는 집으로 돌아올 수 있었다. 누나의 운
동화가 현관에 놓여 있었다. 오늘도 학원에 가지 않은 모양이다.
조용한 누나의 방문 앞을 까치발로 지나 내 방에 도착했다. 나는
침대에 가방을 내던지고 교복 재킷 단추를 풀며 컴퓨터를 부팅시
켰다. 푸른 화면 속에 '새로운 시작'이라는 글귀가 무지개처럼 떠
오르더니 이내 윈도우 바탕화면으로 바뀌었다. 일명 '쏨포르노'를
찾는 일은 어렵지 않았다. 콘텐츠공유사이트에 들어가보니 최신
성인자료에 '키시 아이노 닮은 여고생'이란 제목의 동영상이 여러
개 업로드되어 있었다. 고작 일주일 전에도 없던 자료였다. 나는

조심스럽게 방문을 잠그고 동영상을 다운로드 받았다. 120원의 포인트가 차감된다는 공지가 뜨고 불과 10분도 지나지 않아 '쏨포르노'가 내 하드 중 680MB를 차지했다. 나는 심호흡을 하며 동영상을 재생시켰다.

파란색 체육복 상하의를 걸친 소녀는 자신이 카메라에 찍히고 있단 사실을 감쪽같이 모르는 것 같았다. 조금 키가 클 뿐 키시를 꼭 닮은 그녀는 전신거울 앞에서 소녀시대의 〈훗〉을 흥얼거리며 건들건들 춤을 추었다. 소녀가 팔을 치켜들 때마다 체육복 상의가 딸려 올라가 희고 날씬한 허리가 드러났다. 그때 문득 모자이크로 처리된 누군가가 화면 속으로 난입했다. 소녀는 춤을 추다 말고 검정색 백팩을 열어 담배와 라이터를 꺼냈다. 그러고는 능숙한 솜씨로 담배에 불을 댕겨 모자이크에게 건넸다. 모자이크는 두루마리 휴지 한 토막을 끊어 침을 뱉곤 담배를 감싸 불씨를 껐다. 잠시후, 소녀가 알몸으로 등장해 모자이크와 뒤엉키기 시작했다. 모자이크의 팔꿈치에 침대 가장자리에 너부러져 있던 담배 싼 휴지가 바닥으로 떨어져 침대 밑으로 굴러 들어갔다. 이후의 상황은 보통의 몰래카메라 동영상들과 다를 바 없었다. 나는 두 눈을 질끈 감고 동영상을 정지시켰다. 인정하고 싶지 않지만 '쏨포르노'의 주인공은 소미가 분명했다. 그러나 더욱 놀라운 건, 동영상의 배경이 된 공간이 내 방이란 사실이었다. 가슴이 터질 듯 두근거렸다.

증거는 셀 수 없이 많았다. 헤어왁스가 튀어 눈발처럼 어룽거리는 전신거울, 반쯤 열린 연녹색 암막커튼, 모서리가 벗겨진 침대 헤드와 잔꽃무늬 커버, 그리고 조금 비뚤어지게 걸린 유치원 졸업 사진이 그것이었다. 하지만 하늘에 맹세코, 나는 이 방에 소미를 들인 적이 없다. 소미와 모자이크가 누웠던 침대에 다가가 냄새를 맡아보니 희미하지만 분명한 담배 냄새가 났다. 나는 바닥에 엎드려 침대 밑을 들여다봤다. 건초처럼 뒹구는 먼지와 머리카락, 그리고 누르스름하게 변색된 휴지가 눈에 띄었다. 나는 팔을 뻗어 휴지를 끄집어냈다. 손끝에 달려 나온 휴지 속엔 예상대로 반쯤 타다 남은 꽁초가 들어 있었다.

나는 꽁초를 휴지로 겹겹이 싸 쓰레기통에 던져 넣고 멍하니 휴대전화를 바라봤다. 소미에게 전화를 걸어 어떻게 된 일인지 캐묻고 싶었지만, 나는 그 애의 전화번호도 알지 못했다. 지금은 깨졌지만 가장 최근까지 소미를 만난 게 형석이니 어쩌면 모자이크의 주인공이 녀석일지 모른다는 생각이 들었다. 나는 자정이 다 되도록 휴대전화를 만지작거리다 결국 형석에게 전화를 걸었다. 녀석은 벨이 끊기기 직전에서야 전화를 받았다. 피시방인지 현란한 기계음이 통화에 섞여 들었다.

"너 쏨포르노 얘기 들었어?"

콧바람인지 한숨인지 거친 바람 소리가 서걱서걱, 귓전을 어지럽혔다.

"왜, 자랑하려고 전화했냐?"

형석이 말끝에 자그맣게 욕설을 덧붙였다.

"혹시 그거 너 아냐?"

"미쳤어? 내가 찌질하게 그런 걸 왜 찍어? 솔직히 첨엔 나도 찍끔했는데, 엄창 찍고 난 안 찍었어. 사실 나라고 해도 증거가 없잖아? 니 방인데, 안 그래?"

다다다다, 키보드 두드리는 소리가 들리더니 형석이 제멋대로 전화를 끊어버렸다. 나는 휴대전화를 내려놓고 혹시나 싶어 학교 홈페이지에 들어갔다. 역시나 게시판에는 콘텐츠공유사이트에 올라온 제목과 동일한 게시물이 있었다. 조회수도 벌써 2천을 넘어가고 있었다. 클릭을 하자 주요 장면을 캡처한 사진이 줄을 이었고, 그중엔 벽에 걸린 내 유치원 졸업사진을 확대해놓은 컷도 보였다. 다행이라면 유치원 시절엔 홑꺼풀이던 눈이 중학교에 들어가며 크게 감기를 앓고 쌍꺼풀로 바뀐 것이다. 하지만 동급생 중에는 분명 같은 유치원을 나온 아이들도 있을 것이다. 나는 덜덜 떨리는 손으로 컴퓨터를 끄고 이불 속으로 기어들어갔다. 등줄기로 선뜩한 한기가 들고 귀에선 매미 울음 같은 이명이 끊이지 않았다. 눈꺼풀은 무거웠지만, 잠은 오지 않았다.

엄마는 오늘도 아침 밥 대신 식탁에 만 원짜리 지폐 한 장을 올려놓고 일찍 출근했다. 나는 학교에 가야 하나 말아야 하나 고민을 하다 어디를 가든 돈이 필요하다는 걸 깨닫고, 만 원을 주머니에 집어넣었다. 습관처럼 버스정류장으로 향하던 나는 같은 교복을 입은 한 무리의 아이들을 발견하고는 재빨리 걸음을 돌렸다. 소문은 문자메시지와 메신저, 그리고 입에서 입으로 삽시간에 퍼져나갔을 것이다. 내가 아무리 결백을 주장해도 모든 증거는 나를 향해 있으니 지금으로선 혐의를 벗을 방법이 없었다. 이 모든 걸 해명해줄 사람은 오직 소미뿐이었다. 그 애가 진실을 말해준다면 모든 게 원상복구된다.

나는 가까운 피시방에 들어가 소미의 페이스북을 찾기로 했다. 방법은 쉬웠다. 형석의 페북 담벼락에 남아 있는 소미의 흔적을 따라가기만 하면 된다. 예상대로 형석의 페북 담벼락에는 소미가 남긴 크리스마스 메시지가 있었다. 나는 소미의 페북에 들어가 주소 끝에 붙어 있는 그녀의 아이디를 알아냈고, 그것으로 구글링을 시작했다. 그리고 채 10분도 지나지 않아 쇼핑몰 사이트에 소미가 남긴 배송정보를 찾아낼 수 있었다.

나는 휴대전화로 소미에게 전화를 걸었다. 벨이 세 번 정도 울리더니 고객의 사정으로 받지 못한다는 자동안내음성이 들렸다. 몇 번을 걸어도 결과는 마찬가지였다. 나는 노트 한 장을 찢어 배송정보에 남아 있는 소미의 집주소를 받아 적었다. 걸어가면 30분 거리지만, 택시를 타면 10분 내로 도착할 수 있는 위치였다. 나는 엄마가 남긴 돈을 헐어 피시방 요금 천 원을 지불하고 거리로 나왔다. 택시를 타고 소미가 사는 영구임대아파트 단지로 향했다. 유난히 많은 교차로와 횡단보도가 차 앞을 가로막았다. 결국 아파트 입구에 도착한 시간은 등교생이 잦아든 9시 무렵이었다. 걸어오는 것과 별반 차이가 나지 않는 시간이었다. 아깝지만 5천 원짜리를 내밀고 2백 원을 거슬러 받았다.

아파트는 담쟁이덩굴이 말라붙은 것처럼 여기저기 금이 가고, 색이 바래 있었다. 소미가 사는 102동 306호의 우편함에는 공과금 지로용지와 뜯어보기 전엔 정체를 알 수 없는 흰 봉투로 가득했다. 집으로 들어갈까 했지만, 소미가 있으리란 보장이 없었다. 눈먼 할머니 혼자 있다면 찾아온 이유를 설명하는 것도 막막했다. 주차장으로 나와 306호 베란다를 올려다봤다. 사람의 기척은 느껴지지 않았다. 나는 소미네 집 베란다가 마주 보이는 놀이터 그네에 앉아 모래 위로 피어오르는 아지랑이에 먼눈을 팔았다. 무작정 학교를 결석하고 소미를 찾기 전에 부모님이나 누나에게 지금의 사정을 알리는 게 더 현명했을 수도 있다는 생각이 들었다. 복잡한 생각이 들자 머릿밑이 따끔거렸다.

"너 누군데 이 시간에 여길 얼씬거리냐?"

철렁, 그네 줄이 흔들리며 걸걸한 목소리가 나를 겨냥했다. 경비원 복장의 노인이었다.

"누굴 좀 만나려고요. 저 나쁜 애 아니에요."

"이 시간에 학교 안 가는 놈이 뭐이가 할 말이 있어? 너도 302호 집 손녀딸 만나러 왔지?"

경비의 오른쪽 눈도 부옇게 흐려 있었다.

188

"아저씨, 소미 아세요?"

"너만 한 놈들이 만날 여기서 진을 치는데 걔를 모를까 봐? 어찌 됐든 소미 만나긴 텄으니까 어여 학교나 가. 302호 할머니 말이 걔 영화 찍으러 일본 갔다고 하드만 뭐. 만날 새벽까지 알바 다니더니 백내장 수술비 2백만 원 마련해놓고, 노인네 용돈하라고 50만 원 따로 내놓고 어제 떴대. 매니전가 뭔가 하는 늙수그레한 놈 따라서."

경비는 거리낌 없이 담배를 하나 피워 물고 내 귓불을 잡아당겨 그네에서 일으켜 세웠다.

"정신 차리고 공부해, 인마. 학교에 전화 넣기 전에."

경비의 말과 동시에 호주머니에서 전화벨이 울렸다. 나는 경비의 손을 떨쳐내고 아파트 단지를 빠져나오며 전화를 받았다. 누나였다.

"경호야, 누나 경찰서야. 안 바쁘면 이리로 좀 와줄래?"

누나는 '집에 오는 길에 새우깡 한 봉지 사 올래?' 하고 전화를 하듯 심상한 목소리로 나를 불렀다. 나는 남은 4200원만큼만 택시를 타고, 남은 거리는 전속력으로 달려 경찰서에 도착했다. 사이버 수사팀이란 팻말 아래서 누나가 내게 손을 흔들었다.

"쫄았구나? 괜찮아. 내 발로 직접 찾아온 거니까. 넌 참고인으로 불렀어."

누나는 돈이 필요했다. 제 또래 여대생들처럼 파마도 하고 하이

힐도 신고 싶었단다. 샤넬 아이섀도와 디올 립스틱, 랑콤 에센스도 탐이 났다. 그러다 작년 크리스마스이브에 우연히 편의점 앞에서 형석을 만났다. 녀석은 누나에게 만 원짜리 지폐를 내밀고는 그걸로 말보로 한 갑을 사다 달라고 청했다. 누나는 골치 아픈 건 딱 질색인 사람이다. 그래서 골치 아픈 수능시험에서 85점이라는 어이없는 점수를 받았다. 누나는 이틀에 한 번씩 형석과 편의점 앞에서 만나 담배를 사주고 심부름값으로 잔돈을 가지기로 했다. 한 달쯤 지났을 때, 형석은 누나에게 새로운 제안을 했다. 돈을 줄 테니 방과 후에 한 시간씩만 방을 빌려달라고 했다. 누나는 형석에게 생각할 시간이 필요하다고 대답했다. 그러고는 담배 한 대가 재로 변하기도 전에 그의 부탁을 수락했다. 대금은 무조건 선불, 방은 동생인 내 방을 이용하라는 것이 조건의 전부였다. 다시 말하지만 누나는 돈이 간절한 바보였다.

형석은 일주일에 한 번씩 소미와 함께 내 방에 드나들었다. 그런 날이면 누나는 여관 종업원처럼 그들의 체취가 남은 이불과 베개 커버를 빨고, 청소기를 돌렸다. 그래도 죄책감을 떨칠 수 없을 땐 내게 라면을 끓여주고 식탁에 만 원씩 용돈을 놓아두었다. 누나는 형사 앞에서 철철 울다 말고 핸드백에서 손거울을 꺼내 들여다보며 '뭐야, 워터프루프라더니 다 번졌네' 하고 화장품 회사를 비난했다.

비록 바보이긴 하지만 누나에겐 양심이 있었다. 누나는 인터넷에 급속도로 퍼지고 있는 '쏨포르노' 소식을 듣고는, 앞뒤 가리지 않고 경찰서로 달려온 것이다. 저녁 무렵 형석의 부모가 경찰서에 나타나 다짜고짜 누나의 뺨을 갈겼고, 뒤늦게 도착한 우리 부모님과 격한 몸싸움까지 벌였다. 형석의 부모는 누나를 무고죄로 고소하겠다며 길길이 날뛰었지만 결국 모자이크를 걷어낸 동영상에서 아들의 얼굴을 확인하고는 무너져 내렸다. 며칠 뒤 사이버수사팀은 '쏨포르노'를 찍고 직접 유포한 사람이 소미 자신이라는 사실을 밝혀냈다. 2백만 원을 주고 소미에게 동영상을 넘겨받았다는 콘텐츠공유사이트 업로더의 진술로 사건은 맥없이 종결되었다.

소미 사건과 내가 무관하다는 게 밝혀졌지만, 나는 모자이크맨이라는 별명을 얻었다. 매일 아침 식탁에 놓인 만 원을 들고 학교에 나와 소시지와 콜라를 사고, 매점 주인의 비웃음을 거슬러 받았다. 복도에서 마주치는 선생들은 두더지잡기게임을 하듯 하나같이 출석부로 내 머리를 후려치고 지나갔다. 굴욕적인 시간을 참아내고 집으로 돌아오면 소미가 기다리고 있었다. 이제 콘텐츠공유사이트엔 키시보다 소미의 새로운 동영상들이 더 많아졌다.

형석은 자퇴를 하고 필리핀으로 떠났다. 녀석의 페북 타임라인에는 'in manila'란 제목의 게시물이 하루 걸러 한 건씩 올라왔다. 그 안엔 아이돌 가수처럼 미끈하게 차려입은 형석이 한 손에는 산미구엘을 들고 다른 한 손으로는 금발 벽안의 소녀를 끌어안고 찍은 사진이 있었다. 그녀 역시 내 하드 속 어딘가에 고인 물처럼 썩어가고 있는 이름 모를 AV배우와 닮았으리라.

그녀의 이름은 소미다. 94년생이니 나와 동갑이다. 하지만 그애의 표정에는 세상의 비밀을 몽땅 알아버린 노파의 얼굴이 숨어있다. 소미가 춤을 춘다. 나의 유치원 졸업사진 밑에서, 그것도 아주 신나게. 손을 뻗으며 그 애에게 말을 건다.

"도테모 사비시이데스."

─너무 외로워요.

이상하고 아름다운

얼굴이 붉고 흰 수염이 가슴까지 늘어진 신선이 말했다.

"돌아가려면 나를 이기는 수밖에 없네."

숲은 융단처럼 포근해 보이는 안개가 짙게 깔려 있어 어디든 눅눅했다. 움직이지 않는 것들은 모조리 두터운 이끼로 덮였고 풀잎과 자갈, 날아가는 새의 깃털까지도 흠뻑 젖어 있었다. 으슬으슬한기가 돌았다.

"좋습니다. 그럼 시작하시죠."

나는 투지를 불태우기 위해 조그맣게 기합을 넣었다. 흰 수염의 신선이 테이블 아래에서 장기판을 꺼냈다.

"잠깐만요, 전 장기 둘 줄 몰라요. 다른 거 없어요? 지뢰찾기라든가, 오목 같은 거."

신선이 매끈하게 길이 잘 든 조약돌 몇 개를 장기판 위에 올려놓았다.

"걱정 마. 알까기 할 거니까."

나는 졌다. 인정하고 싶지 않지만 명백한 나의 패배였다. 김 대리는 의기양양한 얼굴로 내게 자신의 실적표를 내밀었다. 한 달 동안 그가 팔아치운 자동차는 무려 열아홉 대였다. 대당 판매 수당이 적게는 20만 원부터 많게는 백만 원까지니까 그의 이번 달 급여는 천만 원은 좋이 넘어설 터였다. 그에 반해 나의 실적은 고작 석 대다. 그중 한 대는 빌라를 담보 잡혀 대출 받은 돈으로 아버지께 사드린 경차였다.

패배자는 떠나야 했다. 나는 미리 준비해놓은 사표를 소장 책상 위에 올려놓았다. 소장은 초록색 녹말 이쑤시개로 어금니를 쑤시다 내가 내민 사표를 기다렸다는 듯 받아 들어 서랍에 집어넣었다.

꾸릴 짐이라고는 이 나간 머그컵 한 개뿐이었다. 머그컵을 들고 돌아서려는데 김 대리가 내게 무언가를 내밀었다. 일회용 라이터였다.

"저 담배 끊었습니다. 일전에 선배한테 빌린 건데 이제 쓸모가 없게 됐네요."

김 대리가 빙긋 웃고 자기 자리로 돌아가 누군가에게 전화를 걸었다. 라이터에는 '폭풍전야비디오방'이라는 상호가 찍혀 있었다.

아무리 떠올리려고 애써도 그런 비디오방에 드나든 일도, 김 대리에게 라이터를 빌려준 일도 떠오르지 않았다. 나는 라이터를 휴지통에 던져 버리고 동료들 사이를 걸어 나갔다. 그들 중 누구 하나 패배자를 돌아보지 않았다. 애써 버티던 불꽃 하나가 쓰레기통 안에서 사그라지는 느낌이었다.

나는 자동차 세일즈맨이다. 아니, 정확히는 자동차 세일즈맨이었다. 우리들의 실적은 월별로 상황판 그래프에 남았다. 직영사원에게는 매달 고정급여가 발생하지만 나 같은 딜러는 파는 대수만큼 수당을 가져갔다. 때문에 월급통장의 잔액은 늘 여섯 자리를 넘기지 못했다. 그러나 모두가 나 같은 무능력자는 아니었다. 외제차 딜러였던 김 대리의 판매 그래프는 입사 첫 달부터 고공행진을 했다. 첫 달에 무려 열다섯 대를 팔아치운 그는 단란주점을 빌려 회식을 마련했다. 자리를 잡자마자 김 대리는 맥주를 3분의 2쯤 따른 잔과 잔 사이에 양주를 채운 스트레이트 잔을 줄 세웠다. 그리고는 '아임 킹 오브 더 월드!'를 외치며 스트레이트 잔을 넘어뜨려 폭탄주를 만들었다. 황금빛 기포가 올라오는 맥주잔을 휴지로 덮어 휘돌린 김 대리가 젖은 휴지를 천장에 내던졌다. 그리고 그 휴지가 구석에서 말없이 우롱차를 홀짝이던 내 머리 위로 철퍽 떨어졌다. 휴지가 정수리에서 이마로 흘러내리는 동안 동료들은 드문드문 앉아 작은 접시에 마른오징어와 과일을 나누어 담는 호스티스를 주무르며 낄낄거릴 뿐 입사 9년 차의 무능하기 짝이 없는 최장수의 굴욕 따위엔 아무 관심도 주지 않았다. 젖은 휴지가 내 몫의 작은 접시 위로 곤두박질치며 제각각 뻐드러진 오징어 다리를 적셨다. 오징어 다리에선 아무도 찾지 않는 늙은 창녀의 음부 같은 냄새가 풍겼다.

김 대리의 주변에는 늘 사람이 끓었다. 그는 수당이 적은 영업용 차량이나 경차 매출 건수가 생기면 동료들에게 밀어주는 선심을 썼다. 괄괄한 성격이면서도 상사나 선배에게는 한결같이 깍듯한 모습이 그의 인기 비결이었다. 그의 탁상 다이어리에는 고객뿐 아니라 동료들의 생일이며 각종 기념일이 새카맣게 메모되어 있었고, 실제로 내 생일 전날에는 영화 예매권 두 장을 내밀기도 했다.

나는 우리 사무실에서 가장 나이 많고 실적도 나쁜, 게다가 소심하고 자격지심으로 똘똘 뭉친 따라지였다. 김 대리와 점심을 함께 먹으면 어느샌가 몰래 뛰어나가 계산을 했으므로 나는 그에게 점심을 얻어먹지 않으려 아내를 닦달해 도시락을 싸게 했다. 요즘은 애들도 급식을 하는 마당에 어쩌자고 밥값도 못해 마누라를 들볶느냐는 아내의 지청구가 매일 아침 출근길에 나를 배웅했다.

나는 빈 사무실에 남아 김치볶음과 콩자반뿐인 도시락을 먹으며 김 대리를 떠올렸다. 그는 한창 물이 오른 경주마처럼 반들반들 윤기 흐르는 찰진 몸으로 어디든 달려 나가지 못해 안달을 했다. 내 몇 달치 월급과 맞먹는 거금을 매달 판촉비로 쓰고 3백여

장의 명함을 돌리며 3천여 명의 기존 고객을 관리하는 그를 소장은 세일즈 히어로라고 부르며 추켜세웠다. 나는 바짝 말라 퀭한 얼굴을 책상 유리에 비춰 보았다. 거기엔 낯선 남자가 측은한 눈길로 나를 물끄러미 바라보고 있었다. 입술에는 밥풀을 붙이고 숱 없는 머리는 잔뜩 헝클어진, 기백 없는 마흔세 살의 사내였다.

　사건의 발단은 지난달 회식자리에서부터였다. 나는 왁자한 연탄 갈비 집에서 소주를 자작했다. 김 대리가 소장 몰래 소집한 회식인 터라 모두들 야박하고 능글맞은 소장 험담을 늘어놓느라 정신이 없었다. 유독 김 대리만이 고개를 주억거리거나 동료들의 빈 잔에 술을 채워주며 입을 다물고 있었다. 그는 도통 남을 헐뜯을 줄 몰랐다. 그런 이유로 고객들은 김 대리를 더욱 신뢰했고 동료들은 부담 없이 화장실에 다녀올 수 있었다. 나는 빈속에 안주도 없이 마신 술로 한껏 취해 있었다. 김 대리가 내 곁으로 자리를 옮겨 접시 위에 고기 몇 점을 올려놓았다. 나는 젓가락으로 고기 한 점을 집어 입속에 밀어 넣고 얼굴을 찌푸렸다. 고기는 오도독뼈투성이었다. 오래전 썩어 반쪽만 남은 어금니가 단단한 뼈를 이기지 못하고 조각나버린 것이다.

　"김 대리, 너 일부러 그랬지?"

　한창 목소리를 높이던 동료들이 놀란 눈으로 나를 바라보았다. 느닷없는 고함에 놀랐다기보다 언제 저 인간이 여기 있었지, 하는 눈빛이었다.

"왜요? 선배, 왜 그래요?"

김 대리가 친절한 미소를 띠며 내 옆자리로 다가앉았다.

"나한테 일부러 뼈 붙은 고기 준 거 아냐?"

"에이, 선배 그럴 리가 있어요? 고기야 다 똑같지, 그것만 골라 주는 것도 일이겠다."

나는 조각난 이를 손바닥에 뱉어냈다. 상추와 고깃점이 섞여 있어 작은 이 조각은 잘 보이지 않았다.

"이래도 아니라고 할 거야?"

김 대리가 헛웃음을 터뜨리며 내 어깨 위에 손을 올렸다.

"박 선배 취하셨나 보네. 제가 택시 잡아드릴까요?"

나는 최장희지 박장희가 아니다. 김 대리는 아직까지 내 이름조차 모르고 있었던 것이다. 그저 늙었으니 선배라 칭했을 뿐, 그에게 나는 낡아빠진 사무용 비품이나 다름없었다.

"선배, 취했으면 그냥 집에 가세요."

허여멀겋게 살찐 후배 하나가 겨드랑이 아래로 팔을 밀어 넣어 나를 일으켜 세웠다.

"내가 박장희냐? 내가 왜 박 선배야?"

나는 목청껏 고함을 질렀다. 화기애애하던 분위기가 일순 얼어붙고 자리를 함께한 동료들이 서로 알 수 없는 눈빛을 주고받았다.

"간다! 그래, 가. 가지 말래도 간다."

비틀거리며 신발장을 향해 걸어가는 나를 김 대리가 부축했다.

"다들 취해서 그래요. 제가 택시 잡아드릴게요. 그리고 이건 택시비."

김 대리가 지갑에서 2만 원을 꺼내 내 호주머니에 밀어 넣었다. 그의 손이 주머니에서 빠져나가며 종이 한 장이 바닥에 떨어졌다. 김 대리가 그 종이를 주웠다.

"대출 이자 체납 고지서네요?"

종이의 정체를 확인한 김 대리가 다시 지갑에서 3만 원을 더 꺼내 내 주머니에 찔러 넣었다. 화가 치밀어 올랐다. 새파랗게 어린 놈에게 이런 적선까지 받아야 하는 내 처지가 서러웠고, 주머니에 든 5만 원의 쓸모부터 떠올리는 약해빠진 내 정신 상태가 혐오스러웠다. 나는 화를 누르며 구두를 신었다. 김 대리가 고개를 꾸벅 숙여 인사를 하고는 기다리는 동료들에게 돌아갔다.

"자, 이 시대의 불우한 가장들을 위해 다 같이 건배합시다."

나는 구두를 신은 채로 마루에 뛰어올라 김 대리의 멱살을 움켜쥐었다.

"해보자는 거야? 붙어보자는 수작이야? 그래 좋아, 내가 얼마나 지독한 놈인지 똑똑히 보여주지. 다음 달 네가 실적으로 나를 이기면 그땐 내가 영업소를 떠나주마."

동료 하나가 김 대리의 멱살을 부여잡은 내 손을 억지로 떼어놓았다.

"큰일이네. 일부러 져드릴 수도 없고. 정 뜻이 그러시다면 수락

하겠습니다. 만약 제가 지면 선배의 1년치 대출 이자를 선납해드리겠습니다."

김 대리가 온화한 미소를 지으며 비뚤어진 넥타이를 고쳐 맸다. 나는 화를 이기지 못해 부들부들 떨다 택시 대신 버스 막차를 타고 집으로 돌아왔다. 안방에서 TV 소리가 들렸지만 아내는 밖을 내다보지 않았다. 나는 언제나 그랬듯 빨래 바구니에 양말을 던져 넣고 소파에 몸을 뉘었다. 천장이 빙글빙글 돌고 김 대리의 기름진 목소리가 귓가에 울렸다. 떨어져 나간 어금니 자리가 욱신거리고 속은 메스꺼웠다. 순간의 화를 참지 못해 터무니없는 제안을 한 나 자신도 원망스러웠지만 그걸 받아들인 김 대리의 오만함이 피곤에 지친 나를 각성시켰다. 사무실에서의 낮과 다를 바 없는 길고 지루한 밤이 나를 옥죄었다.

이튿날 나는 아무 일 없다는 듯 아내가 식탁 위에 싸놓은 도시락을 들고 출근을 했다. 어젯밤 일이 소장의 귀에 들어가기 전에 김 대리를 만나 일을 무마시켜야 했다. 사무실 앞에 도착해 시계를 보았다. 15분 지각이었다. 조회를 하던 소장이 마뜩잖은 눈길로 나를 흘겼다.

"우리 영업소는 김 대리 독무대야. 전국 꼴찌에서 전국 1등이 됐으니 개천에서 용 난 꼴이지. 여러분도 용이 될 수 있어요. 안 된다는 생각이 여러분을 진흙탕 속 지렁이로 만드는 겁니다. 발상을 전환하면 성공이 보입니다. 안 그렇습니까?"

지난밤, 과음을 했는데도 말끔한 얼굴의 김 대리가 소장의 말에 박수를 쳤다.

"그리고 어제 최장희 씨가 우리 김 대리한테 도전장을 내밀었다는 소문을 들었는데, 난 아주 고무적인 일이라고 봅니다. 이번 대결로 우리 영업소 분위기가 제발 좀 쇄신되었으면 좋겠어요. 낙오자는 탈락되는 게 자본주의 아닙니까? 전국 꼴찌가 전국 1등이 되는 기적까지 바라는 건 아니지만 자기 밥그릇만큼은 지켜야 하지 않겠어요?"

이미 소장은 어젯밤 일에 대해 알고 있었다. 소장에게 그 소식을 전하며 한껏 나를 조소했을 김 대리의 혀를 뽑아 문서 파쇄기에 넣고 싶었다. 나는 어떻게든 그를 이겨 내 밥그릇을 지키고 싶었다. 하지만 객관적으로든 주관적으로든 나는 김 대리를 이길 가능성이 없었다. 지난 1년간 내가 판 자동차는 모두 열두 대였다. 그 열두 대의 자동차를 팔기 위해 나는 새우등이 되도록 굽신거렸고 지문이 닳도록 명함을 돌려야 했다. 하지만 나는 김 대리처럼 부자 친구를 두지도, 명문 대학을 졸업하지도 못했다. 하지만 지고 싶지 않았다. 인간 최장희, 아직 살아 있노라 외치고 싶었다.

"자네 차례야."

신선이 긴 수염을 점잖게 쓰다듬었다. 나는 엄지와 검지를 맞붙여 검은색 조약돌을 튕겨냈다. 그러나 힘 조절에 실패한 탓에 애

꽃은 내 조약돌만 장기판 아래로 떨어져버렸다. 장기판 위에 살아남은 조약돌들은 두툼한 이끼 위로 추락한 동료를 아쉬워하는 기색이 없었다. 그저 자신의 차례가 언제 다가올지 긴장하며 적과 대치할 뿐이었다.

"김 대리보다 영악하지 못하군."

김 대리라는 말에 나는 흠칫 놀랐다. 신선이 김 대리를 어떻게 알고 있는 걸까?

"김 대리를 아십니까?"

"알지, 이 초코바도 김 대리가 주고 간걸."

신선은 복장과 어울리지 않게 통아몬드가 든 초코바를 한입 가득 베어 물었다.

"김 대리도 저처럼 알까기를 했나요?"

"했지."

"누가 이겼습니까?"

"그 녀석이 이겼으니 세상을 활보하고 있는 게 아닌가?"

신선은 벌써 내 조약돌 세 개를 가져갔다. 그런 그에게 김 대리는 어떻게 이길 수 있었던 걸까?

"세상은 정직하게 사는 것만이 능사가 아니야. 김 대리는 내게 말 세 개를 빼앗겼을 때 주머니에 든 초코바 세 개를 내게 내놓았지. 그러곤 세 수를 물러달라고 사정했어. 자넨 내게 줄 것이 없나?"

나는 황급히 주머니를 뒤졌지만 실보무라지와 거치적대는 작은 물건 정도밖에 잡히는 게 없었다. 문득 손목에 찬 시계가 생각나 재빨리 그걸 풀어 신선에게 내밀었다.

"이거라도 좋으시다면 받아주세요. 초코바보단 비싼 겁니다."

"내게 자네의 시간을 주겠다는 건가?"

신선은 시계를 가져가 자신의 팔목에 걸었다.

"세 수를 물러주는 것보다 자네에게 시간을 조금 되돌려줄까 하는데, 내 제안이 어때?"

시간을 되돌려준다, 라니. 현실적이지 못한 제안이었다. 하지만 숲속 한가운데서 신선과 알까기를 하는 것도 그리 현실적이진 않았다. 나는 고개를 끄덕였다.

"일단 게임부터 마치고 줌세. 내 차례지?"

어린아이처럼 천진한 얼굴로 신선이 자신의 하얀 조약돌을 가볍게 튕겼다. 여지없이 나의 검은 조약돌이 바닥으로 떨어져 내렸다. 이제 남은 건 여섯 개뿐이다.

김 대리를 꺾기 위해 나는 점심도 거르고 근처 사무실과 상가를 돌았다. 명함과 전단, 목캔디가 한 묶음인 비닐봉투가 유일한 내 판촉물이었다. 그걸 받아 든 사람들은 나와 눈이 마주치지 않기 위해 입체도형이 부유하는 화면보호기를 쳐다보거나 수화기를 집어 들었다. 그러고는 무신경한 표정으로 기다렸다 내가 돌아서기 무섭게 판촉물을 눈길이 닿지 않는 곳으로 던져버렸다. 마치 함부로 들였다간 동티가 나고야 마는 부정 탄 물건처럼.

아직 해가 중천이었지만 간밤의 숙취와 수면 부족으로 몸이 납덩이처럼 무거웠다. 에어컨이 나오는 사무실로 돌아가고 싶은 마음이 간절했다. 하지만 한 건의 상담도 이끌어내지 못한 상태로 김 대리와 마주치긴 싫었다. 나는 편의점에서 흰 우유와 카스텔라를 사 먹고 주차장을 돌며 낡은 자동차 와이퍼에 비닐봉투 끼워넣기를 쉬지 않았다. 그렇게 열흘 동안 열심히 뛰었지만 판매 그래프는 한 계단도 오르지 않았다. 내가 고전을 면치 못하는 사이 김 대리는 열한 대의 실적을 올렸다. 신기록이었다.

동료들이 업무일지를 쓰고 집으로 돌아갈 때까지 나는 명함첩을 뒤지며 여기저기 전화를 걸었다. 기존 고객의 전화번호였지만 상당수가 번호를 바꿨는지 허무한 결번 메시지가 이어졌다. 나를 제외하고 마지막까지 남아 있던 김 대리가 자리에서 일어나더니 기지개를 켰다. 그는 재킷을 걸치고 서류가방을 들었다. 그러고는 기분 좋게 휘파람을 불며 조명을 끄고 사무실을 나섰다. 컴퓨터 모니터에서 쏟아지는 푸르스름한 불빛만이 어두운 사무실을 밝혔다. 그의 눈엔 내가 보이지 않는 걸까? 조그맣게 저, 여기 있어요, 여기 사람 있어요, 소리쳐보았지만 누구도 대답하지 않는 외침이었다. 나는 전화를 받지 않는 대학 동창에게 문자메시지를 보내고 책상에 엎드렸다 까무룩 잠이 들었다. 밤새 내 휴대전화는 잠잠했다.

마지막 주 월요일, 7년 전 자동차를 구매했던 사람에게서 신차를 사겠다는 연락이 왔다. 나는 음료 세트를 사 들고 그의 사무실로 부리나케 달려갔다. 7년 사이 부쩍 살이 오른 고객 앞에서 나는 여러 장의 카탈로그를 꺼내놓고 견적을 내기 시작했다. 그는 기본 옵션으로 중형차 한 대를 계약했다. 사무실로 돌아와 내 실적 그래프에 새싹만 한 줄을 하나 그어놓고 관리팀에 계약 서류를 내밀었다. 싹싹하고 애교 많은 여직원이 함박웃음을 지었다.

"축하합니다."

그녀 앞에서 겨우 한 대뿐인 실적이었지만 이것이 앞으로 터질 무수한 계약의 시발일 거라며 나답지 않게 너스레를 떨었다.

"어머나!"

여직원이 손을 가져다 입을 가리며 놀란 눈을 치떴다.

"왜요?"

그녀의 손이 내 가슴을 가리켰다.

"지금 최장희 씨 뒤에 있는 벽시계를 언뜻 본 거 같거든요. 분명히 등으로 가려졌다고 생각했는데, 눈이 왜 이러지?"

여직원이 고개를 갸웃거리며 계약서를 복사했다.

"앞으로 뻥뻥 터지시길 바랍니다."

퇴근하는 길에 집 근처 제과점에 들러 아내가 좋아하는 도넛을 샀다. 부업으로 장갑 실밥을 뜯던 아내가 부스스한 눈으로 나를 맞았다.

"돈으로 갖다 줄 것이지."

재킷을 벗어 아내에게 건넸다.

"오늘 한 건 계약했어."

심드렁하던 아내의 얼굴에 미소가 번졌다. 그녀의 콧등을 짓누르는 돋보기를 보자 가슴이 아려왔다. 결혼 후 줄곧 아내는 부업을 했다. 한 달 내내 손끝이 닳도록 실밥을 뜯어내도 20만 원 남짓한 수입이지만 그마저도 하지 않으면 성적 미달인 딸의 학원비를 댈 수 없었다. 아내는 일찍 찾아온 노안 탓에 돋보기까지 쓰고 하루 열다섯 시간 쪽가위를 놀렸다.

나는 선풍기를 틀어놓고 와이셔츠와 러닝셔츠를 벗었다.

"이상하네."

아내가 핏발 선 눈을 비비며 혼잣말을 했다.

"뭐가?"

"당신이 가로막고 있는데 선풍기 바람이 나한테 불어와. 참 희한하네."

아내가 도넛을 손으로 뜯어 입에 넣으며 고개를 갸웃거렸다. 정말 내 등 뒤에 앉은 그녀의 머리칼이 선풍기 바람에 흩날렸다.

그날 나는 오랜만에 깊고 평온한 잠에 빠졌다. 꿈속에서 고객은 단순 변심을 이유로 계약을 깨겠다고 했다. 나는 그에게 무릎까지 꿇어가며 제발 마음을 돌려보라고 애원했다. 꿈인데도 바닥의 선뜩한 기운이 무릎으로 생생하게 전해졌다. 고객은 고개를 가로저으며 비대한 몸을 일으켜 사무실을 나섰다. 열린 문틈으로 김 대리의 얼굴이 잠시 스쳤다. 이어 부드럽고 고른 엔진 소리가 들리고, 나는 다시 홀로 남겨졌다.

꿈은 반대라고 했던가. 며칠 후 고객의 소개로 한 건의 계약이 더 성사되었다. 겉으론 담담한 척했지만 속으로는 기쁨의 환호성이 터졌다. 김 대리는 열여섯 대의 실적을 올렸지만 표정은 한결같았다. 기적이 일어나지 않는 한 추월할 수 없는 차이였지만 나는 아직 포기하긴 이르다고 생각했다. 평생 남에게 양보해왔던 소소한 삶의 기적을 이번에는 기필코 잡아채리라는 자신감이 생겼다.

신선과의 알까기에서도 나는 고전을 면치 못했다. 신선은 초코바를 씹으며 내 검은 조약돌을 툭툭 잘도 쳐냈고, 나의 손가락은 매번 힘 조절과 방향 설정에 실패했다. 어느덧 마지막 한 알의 조약돌만이 살아남았다.

"김 대리는 실패자였어."

신선이 신중한 눈길로 조약돌을 노려보았다.

"그는 승리자예요. 실적이 전국 최고라고요."

그가 각을 재며 남은 초코바를 몽땅 한입에 털어 넣었다.

"여기 왔을 땐 실패자였어. 거의 사라질 듯 애처로운 존재였지. 자네처럼."

신선이 측은한 눈길로 나를 바라보았다. 그의 눈동자 속에는 주인 없는 낡은 양복 한 벌이 들어앉아 있었다.

"전 이제 세상에 없는 건가요?"

나는 슬펐다. 아무것도 아닌 게 된다는 것이, 다섯 토막의 짧은 그래프로라도 남을 수 없게 되었다는 것이. 신선은 대답 없이 내가 준 손목시계를 어루만졌다. 손목시계는 내가 대학에 들어가던 봄, 어머니가 사 보내신 것이었다. 내 고향은 목포였고 대학을 다니는 내내 변두리 옥탑방에서 자취 생활을 했다. 그때 나는 가난한 부모가 어떻게 만들었는지 모를 등록금으로 대학에 다니며 아르바이트도 하지 않고 빈둥거렸다. 세이코, 당시 꽤 고가였던 이 시계는 몇 번이나 전당포와 술집에 맡겨졌지만 부메랑처럼 언제나 내 손목에 되돌아오던 소중한 재산 목록 1호였다. 나는 신선에게서 그것을 다시 빼앗고 싶었지만 이제 시계를 찰 손목이 없었다. 조약돌을 쳐낼 손가락도 없었다.

"김 대리는 내게 초코바를 주고 세 수를 물려 이겼다네. 그러고는 다시 몸을 되찾아 이 숲을 빠져나갔지. 하지만 자네는 나를 이기지 못할 것 같군. 그렇다고 너무 낙심하진 마. 난 거저먹는 노인네가 아니거든. 시계값으로 잠시 시간을 되돌려 외출 정도는 시켜줄 수 있어."

신선이 그윽한 눈길로 나를 바라보았다. 그의 눈에는 내가 보이는 걸까? 나는 순간 신선과 눈이 마주치는 느낌이 들었다. 습기를 머금은 시원한 바람 한 줄기가 불어왔다. 쏴쏴쏴쏴.

"엄마, 내 지우개 못 봤어요?"

나는 책상과 서랍을 뒤지며 지우개를 찾고 있었다. 여긴 어린 시절의 내 방이다. 정확히는 두 살 어린 남동생과 함께 쓰는 방이었고 메주와 붉은 고추가 계절을 바꿔가며 동숙하는 곳이기도 했다.

"또 잃어버리면 안 사준댔다."

엄마는 마루를 걸레질하며 내게 하얗게 눈을 흘겼다. 주사위만큼 닳아버린 나의 지우개는 어디에도 없었다. 나는 지우개 찾기를 그만두고 일기장을 펼쳤다. 맨 마지막 장의 날짜가 1983년 5월 11일이었다. 그렇다면 오늘은 12일. 시간이 없었다. 신선이 내게 얼마만큼의 시간을 되돌려준 것인지 알 수 없었지만 그 시간을 지우개 찾는 데 허비하고 싶지는 않았다. 무엇보다 반드시 해야 할 일이 있었다.

"어디 가냐?"

나는 문지방 앞에 놓인 삶은 감자 그릇을 들고 밑창이 악어 입처럼 벌어진 운동화를 신었다.

"놀러."

"다 저녁에 어딜?"

나는 대답 없이 마당을 가로질러 에움길을 달렸다. 용식이네 집은 마을 초입에 있었다. 우리 집보다 더 가난한, 며칠 걸러 한 번씩 감자밥을 먹는 도장부스럼쟁이 남용식.

"용식아!"

내일은 운동회가 있는 날이었다. 내 기억이 틀리지 않다면 용식이는 내일 죽는다. 그것도 나 때문에.

그때 나는 반장이었고, 그 누구보다 승부욕에 불타는 어린이였다. 반면 용식이는 지금의 나처럼 존재감이 없는 아이였다. 그 애가 우리 반이라는 사실은 가끔 출석을 부를 때나 깨닫는 일이었다. 하지만 운동회 날짜가 다가오자 나는 잘 먹지도 못한 주제에 덩치가 어른처럼 크고 힘이 센 용식이를 억지로 기마전에 출전시켰다.

다른 종목은 우승시 1점을 가산했지만 그날의 하이라이트인 기마전은 무려 5점이 가산되었다. 때문에 각 반의 반장들이 눈이 벌게져 덩치가 크고 손아귀 힘이 센 아이를 기마로 내세웠다. 아이들이 그토록 운동회 우승을 노리는 이유는 돌아오는 일요일에 목포시민회관에서 열리는 전국어린이발레경연대회 관람권 때문이었다. 우승한 반 전체를 초대한 이번 경연대회에 아이들이 열광하는 건 대회가 끝난 후 이어질 만찬 때문이었다. 모두들 흐드러진 과자와 케이크에 미리부터 군침을 흘렸지만 나는 달랐다. 내가 원하는 건 그날의 주인공 유나, 그 애의 고혹적인 자태를 숨지 않고 훔쳐볼 수 있는 유일한 기회였다.

유나는 시의원의 딸로 사시사철 무릎 해진 바지만 입고 다니며 사내아이들과 다를 바 없이 흙바닥을 구르는 또래의 소녀들과 사뭇 달랐다. 늘 무릎 아래를 살짝 덮는 레이스 원피스에 색깔을 맞춘 반스타킹을 신었고, 반짝이는 헤어밴드로 멋을 냈다. 그 애는 언제나 걸을 때 뒷짐을 지고 발꿈치를 세웠으며 풍금은 음악 선생님보다 잘 쳐 나쁜 아니라 전교 남학생의 마음을 뒤흔들었다. 유나는 일주일에 두 번 러시아 유학을 다녀왔다는 발레 선생을 집으로 불러 발레를 배운다고 여자아이들이 수군거리는 걸 엿들은 적이 있었다. 물론 그 애들은 유나가 경망스럽게 몸에 딱 달라붙는 타이즈를 입고 서양 춤을 춘다며 한껏 날을 세워 헐뜯었지만 나는 그 우아하고 아름다운 몸짓을 구경할 수만 있다면 영혼이라도 팔 수 있을 것 같았다.

모든 걸 어그러뜨린 건 내 욕심 탓이었다. 운동회 날 용식이는 내 바람대로 기마가 되어 선전을 했다. 거뭇하게 썩어 들어가는 앞니로 아랫입술을 깨물며 옆 반 창범이의 멱살을 휘어잡고 그 애 머리에 아슬아슬하게 매달린 모자를 벗겨내려 애썼다. 나 역시 용식이의 엉덩이를 어깨로 짊어지고 달려드는 손길을 밀쳐내느라 정신이 없었다. 다른 반은 이미 승패가 갈렸지만 창범이와 용식이의 대결은 좀체 끝이 나질 않았다. 머리 위에 땡볕이 쏟아지고 용식이의 굵은 땀방울이 내 이마로 툭툭, 떨어졌다. 한참을 뒤엉키던 용식이가 나를 향해 자그맣게 외쳤다.

"반장, 아무래도 안 되겠어. 나 어지러워."

조금만 더 지악스럽게 덤벼들면 우승이 코앞인데 용식이가 엄살을 부렸다. 나는 안 된다는 뜻으로 용식이의 엉덩이를 세게 한

번 꼬집었다. 용식이가 짧게 신음을 하며 몸을 비틀거렸다. 동시에 용식이를 받친 내 몸도 휘청거렸다.

"와아, 오창범 만세!"

창범이는 대형이 흐트러지는 그 짧은 순간을 놓치지 않았다. 창범이의 손에 용식이의 하얀 모자가 나풀거렸다. 저보다 주먹 하나는 작은 아이에게 모자를 빼앗긴 용식이가 힘없이 몸을 늘어뜨렸다. 나는 정수리가 따끔거리게 화가 나 용식이 다리 사이에서 어깨를 빼 경기장을 빠져나왔다. 용식이가 균형을 잃고 바닥으로 떨어지는 둔탁한 소리가 들렸지만 돌아보지 않았다. 분을 삭이기 위해 수돗가에서 세수를 하는데 누군가 내 어깨를 건드렸다. 돌아보니 유나가 서 있었다. 하얀 머리띠를 이마에 두른 유나에게서 옅은 복숭아 향이 났다.

"너 때문에 용식이가 다쳤는데 어쩜 나 몰라라 도망을 치니? 정말 너한테 실망했어. 선생님이 너 양호실로 오래."

그때까지만 해도 용식이가 다쳤다는 사실보다 내게 실망했다는 유나의 야멸친 목소리가 더 충격이었다. 나는 힘없이 고개를 떨어뜨리고 양호실로 찾아갔다.

"최장희! 어쩌자고 말이 도망을 가? 너 때문에 용식이 기절한 거 알아, 몰라?"

낮은 침대 위에 용식이가 식은땀을 흘리며 누워 있었다. 그 애의 새파란 입술이 제 엄마를 찾았다. 나는 꼴사나운 모습으로 나

자빠져 일을 그르친 용식이가 얄미워 깨어나기만 하면 뒤통수를
한 대 갈겨주리라 마음을 다졌다. 그러나 용식이는 해 기울 녘까
지 의식을 되찾지 못했다. 결국 구급차를 불러 도립병원으로 옮겼
지만 가난한 그의 부모 요청으로 용식이는 만 하루 만에 산소호흡
기를 떼어냈다. 그날 이후, 나는 줄곧 남을 밟고 일어서는 데는 젬
병인 샌님으로 살아왔다. 하지만 신선이 시간을 돌려주었으니 바
로잡을 기회가 생긴 것이다.

"장희구나?"

용식이가 무릎이 다 해진 추리닝 바람으로 나를 맞았다.

"미안하다."

나는 삶은 감자가 담긴 사발을 용식이네 마루에 내려놓았다.

"뭐가?"

용식이가 도장 부스럼 자리를 긁으며 감자 한 알을 집어 정신없
이 입에 욱여넣었다.

"내일 너 기마전 안 나가도 돼."

두번째 감자를 집어 든 용식이가 먹기를 멈추고 툭 불거진 눈으
로 나를 바라보았다.

"괜찮아. 나 내일까지만 학교 가고 모레부터는 공장 나가. 사실
기마전 나가는 거 엄청 좋아. 애들은 내 이름도 모르잖아. 꼭 투명인
간이 된 것 같았는데 네가 내 이름을 불러주니까 되게 신나더라."

"하지 말라면 하지 마! 내가 반장이잖아."

용식이 다시 감자 씹기를 멈췄다. 그 애의 콧구멍 속에 포슬포슬한 감자 몇 조각이 매달려 있었다. 어쩐지 용식이가 아주 조금 투명해졌다는 생각이 들었다. 운명이 바뀌어 그 애가 살아난다 하더라도 곧 나처럼 투명인간이 되어버릴지 모른다. 나는 화가 났다. 그리고 가난한데 덩치만 큰, 바보 같은 용식이를 걷어차기 시작했다. 용식이는 아프다는 엄살도 하지 않고 감자 사발을 끌어안은 채 내게 매를 맞았다. 나는 지게 작대기를 들어 용식이의 정강이를 몇 번이고 내리쳤다. 그제야 용식이가 아이고, 기어들어가는 비명을 터뜨렸다. 그 소리에 용식이의 엄마가 부엌에서 뛰어나와 내 뺨을 후려치고 도끼눈을 떴다.

　"너, 이 새끼 당장 느이 부모부터 데려와라. 깡패 새끼 낳은 부모 면상 좀 보자."

　고통에 겨워 몸을 바로 펴지 못하는 용식이를 바라보며, 적어도 내일 그 애가 어이없이 죽어나갈 일은 없겠다는 생각이 들었다. 그거면 됐다. 충분했다. 나는 조용히 눈을 감았다. 상그러운 풀 냄새와 바람 소리가 느껴졌다. 다시 숲이었다.

　나는 한 달 동안 두 건의 실적을 올리고 집을 담보로 대출 받아 아버지 명의의 경차 한 대를 구입했다. 열여섯 대를 더 계약해야 김 대리를 이길 수 있었지만 나를 응원해주는 사람 하나 없는 이곳에서 힘겨운 싸움은 무의미했다. 나는 졌다. 그리고 내 몸은 한

216

층 더 투명해졌다. 머그컵을 들고 사무실을 나섰을 때, 나는 홑겹 나일론 정도의 투명도로 겨우 존재할 뿐이었다.

거리의 사람들도 내게 눈을 맞추지 않았다. 터덜터덜 걸어 영업소 앞 공중전화 부스에 들어갔다. 전화기 위에 머그컵을 내려놓고 집으로 전화를 걸었다. 아내는 전화를 받지 않았다. 웬만하면 손에서 장갑을 내려놓지 않는 사람이니 특별히 기다리는 전화가 없을 때는 코드를 뽑아놓기도 했다. 나는 전화 부스를 빠져나와 목적지가 어디인지 확인도 하지 않고 버스에 올라탔다. 교통카드를 대지 않았음에도 기사는 나를 힐난하지 않았다.

넥타이를 헐겁게 풀고 맨 뒷자리에 앉았다. 저물어가는 햇살이 나를 투과하며 아주 옅은 회색의 그림자를 만들어내고 있었다. 나는 눈을 감았다. 그리고 잠깐 졸았던 것 같다. 규칙적으로 몸을 흔들던 엔진이 멎었다. 종점이었다. 종점에서 내린 손님은 나 혼자뿐이었다. 방향을 가늠할 수 없어 발길 닿는 대로 걷다 보니 어느덧 눈앞에 바위처럼 검고 커다란 숲이 펼쳐졌다. 나는 그림자처럼 시커먼 숲으로 걸어 들어갔다.

가로등도 없는 숲길은 한 치 앞도 내다보기 힘들었다. 더듬더듬 발을 떼며 목에 걸린 넥타이를 만져보았다. 튼튼한 나무를 발견하거든 거기에 이걸로 내 한 몸을 매달아볼까 하는 생각이었다. 나는 마음에 드는 나무를 찾기 위해 걷고 또 걸었다. 그때 어슴푸레 주변이 밝아오기 시작했다. 그것은 마치 새벽이 오는 것과 흡사했다. 걸음을 뗄수록 숲은 환해졌고, 10여 분가량을 걸어 들어가자 한낮이 되었다. 물기를 한껏 머금은 싱그러운 계절의 숲, 그 한가운데 흰 두루마기를 입은 꼿꼿한 노인이 그림처럼 서서 내게 손짓을 했다.

"어서 오게나."

그는 자신을 신선이라고 소개했다. 나는 어쩐지 그 말을 믿고 싶었다.

"제가 보이세요?"

신선은 인자하게 웃으며 고개를 끄덕였다.

"간신히."

나는 신선을 따라 숲을 산책했다. 새소리와 풀벌레 소리가 어지러웠지만 상쾌한 공기를 들이마시자 가슴이 트였다. 신선이 허리를 굽혀 무언가를 주웠다. 흰 조약돌처럼 보였다.

"간수를 잘 했어야지."

나는 손을 내밀어 그걸 받아 쥐었다. 주사위만 하게 닳은 지우개 조각이었다. 그런 물건을 잃어버린 기억이 없는데, 의아해하며 지우개를 호주머니에 집어넣었다. 신선은 다시 걸었다. 그리고 작은 연못 앞에서 걸음을 멈췄다. 어린 소년 하나가 물 위에 조각배를 띄우고 있었다.

"알아보겠어?"

나는 고개를 갸웃거렸다. 낯이 익긴 하지만 누구라고 딱히 꼬집어 말할 수 없는 얼굴이었다.

"죄송합니다. 누군지 잘……."

"저 애 이름은 남용식이라고 해. 착한 아이지."

30년 전 죽은 친구의 이름이었다. 죽은 그 애가 숲에 있을 리 없었다. 나는 동명이인일 거라고 추측하며 소년에게서 눈길을 거두었다. 그러고 보니 숲에는 별별 것이 다 있었다. 나뭇가지 위에는 팔이 떨어져 나간 마론인형이 걸려 있기도 했고, 낮은 언덕을 비쩍 마른 강아지나 고양이들이 뛰어다니기도 했다. 낡은 신발과 구식 양복이 뱀처럼 똬리를 틀고 있기도 했고, 의기소침해 보이는 어린아이들은 수풀 뒤에서 우리를 보자 움찔거리며 몸을 숨겼다. 그것들이 왜 이제야 보이는지 알 수 없었지만 나는 신선과 함께하는 산책이 흥미진진했다.

"자네, 나랑 게임 한판 안 하겠어?"

나무둥치로 만든 테이블이 나타나자 신선이 먼저 자리를 차지하고 앉았다.

낡은 기억에서 돌아온 나는 다시 신선과 마주하고 있었다. 그는 내게 손목시계를 내밀었다. 이제 손목도 없는 주제에 그건 받아서 무얼 하나 싶었지만 노인의 인정을 마다할 수 없어 손바닥을 펼쳤다. 영영 사라졌을 줄 알았던 손이 불쑥 튀어나왔다. 고개를 들어 신선을 바라보자 그의 눈동자 속에 놀란 표정의 내가 비쳤다.

"돌아가고 싶나?"

신선이 내게 물었다. 나는 손목시계를 주머니에 넣었다.

"네."

"그럼 어떻게든 나를 이겨봐."

검은 조약돌은 단 한 개뿐이었다. 그걸로 노인의 조약돌 열 개를 물리친다는 것은 김 대리와의 판매 대결만큼이나 정해진 승패였다.

"용식이는 다리가 부러졌지만 곧 회복되었어. 덕분에 공장 취직은 취소됐지만 말이야. 너희 아버지가 돼지를 팔아 용식이 치료비와 위로금을 댔지. 그걸로 용식인 공부를 계속할 수 있었어."

나는 신선이 얘기하고 있는 동안 나의 검은 조약돌로 신선의 흰 조약돌 하나를 낙하시켰다.

"잘됐군요. 생각해보니 아까 호숫가에서 만난 아이가 그 녀석일지 모른다는 생각을 했는데."

용식이가 살아 있다니 기쁜 일이었다. 하지만 지금 급한 건 알까기였다. 게임에 집중을 하느라 목소리가 드문드문 끊겼다.

"그 녀석이 용식이 맞아. 하지만 이제 그 앤 여기 없어. 자네가 잠시 과거로 돌아갔다 온 사이에 그 애도 제자리를 찾아갔지."

나는 일타에 신선의 조약돌 세 개를 물리쳤다. 그가 빙그레 웃으며 나의 선전을 지켜보았다. 신선이 새 초코바 한 개를 꺼내 베어 먹기 시작했다. 나는 식은땀을 흘리며 신선의 조약돌을 한 개씩 떨어뜨렸다. 어느새 신선과 나의 스코어는 1대 1로 동률을 이루고 있었다. 이런 페이스라면 승산이 있다는 생각이 들었다. 오랜만에 가슴이 두근거렸다. 몸을 일으켜 각을 잡고 신중하게 조약돌을 튕겨냈다. 제발, 제발!

"대단해, 정말 대단하군. 김 대리는 뇌물로 위기를 모면했지만 자넨 실력으로 나를 이겼으니 칭찬받아 마땅하네."

신선이 초코바를 씹으며 박수를 쳤다. 나는 자리에 털썩 주저앉아 땀에 젖은 머리카락을 손으로 쓸어 올렸다.

"자네 아까 주머니에 집어넣은 그것 좀 꺼내봐."

나는 호주머니를 뒤져 지우개 조각을 장기판 위에 올려놓았다. 지우개 위에는 까만 점이 찍혀 있어 진짜 주사위처럼 보였다.

"이제 그걸 던져보게."

나는 신선의 말에 홀리기라도 한 듯 주사위 모양의 지우개를 던졌다. 지우개가 장기판 위에 떨어져 몇 번 통통 튕기더니 멈춰 섰다.

"뭐가 나왔나 볼까?"

신선의 말에 나는 고개를 숙여 지우개를 내려다보았다. 거기엔 점이 아닌 글씨가 새겨져 있었다.

'여보.'

여보, 여보라고?

"여보, 한번 깨우면 좀 일어나. 응?"

아내가 야무지게 내 팔뚝을 꼬집었다. 눈을 떠보니 낯선 집이었다.

"빨리 출근 안 해?"

내가 눈을 뜬 걸 확인한 아내가 맨 등허리를 철썩 내리쳤다. 소리만 요란할 뿐 아프지는 않았다. 집도 집이지만 아내 역시 어딘가 달라 보였다. 돋보기를 쓰지도 않았고 부스스한 머리 위에 실밥이 얹혀 있지도 않았다. 아내가 내게 실크 잠옷 윗도리를 던져주곤 방을 나갔다. 잠옷은 마치 내 것인 것처럼 몸에 꼭 맞았다. 고개를 들어 방을 돌아보니 벽에 걸린 사진이 눈에 띄었다. 그건 우리의 결혼사진이었다. 스물다섯 살의 아내가 부케를 들고 수줍게 웃고 있었다. 대체 왜 낯선 집에 우리의 결혼사진이 걸려 있는지 알 수 없었다. 아내에게 묻기 위해 침대에서 일어서자 피아노 소리가 들려왔다. 나는 피아노 소리를 따라 대리석 바닥재와 고급 가구로 꾸며진 널찍한 거실로 나갔다. 아내가 거실 한편에서 그랜드 피아노 건반을 두드리고 있었다.

"정신 차리라고 연주해주는 거야. 어제 레슨 받은 건데 아직 불안하지?"

나는 어리둥절하기만 했다. 딸의 급식비도 밀리게 생겼다며 울상을 짓던 아내가 피아노 레슨이라니. 그때 전화벨이 울렸다. 아내가 피아노 치기를 멈추고 전화를 받으러 갔다.

"네, 지금 깼어요. 이제 아침 먹고 나가야죠."

아내는 전화를 끊고 밉지 않게 눈을 흘겼다.

"남용식 씨야."

"남용식? 도장부스럼쟁이 남용식?"

"그래, 우리 결혼할 때 사회 봐준 남용식 씨. 당신이랑 공동 오너이자 서로 좋아 죽고 못 사는 최장희의 소꿉친구."

나는 잠옷 주머니에 손을 걸치고 아내의 거짓말 같은 이야기에 넋을 놓았다. 손가락 끝에 무언가가 걸렸다. 꺼내보니 주사위 모양의 지우개였다. 지우개에는 아주 작고 삐뚤빼뚤한 글씨가 적혀 있었다. 어린 시절 내 필체였다.

'그리고 오래오래 행복했습니다.'

동화책 마지막 페이지 마지막 줄에 단골로 등장하는 문구였다. 아내가 앞치마를 걸치고 콧노래를 부르며 콩나물국을 떠 식탁에 올려놓았다. 나는 어정쩡하게 식탁 의자에 앉아 수저로 국을 떠먹었다. 콩나물국은 맛있었다. 육수를 흉내 내기 위해 온갖 화학첨가물이 배합된 조미료가 아닌 질 좋은 멸치를 푹 우려낸 그런 맛, 오래된 행복의 맛이었다.

허탕

남자의 나이는 스물일곱 살, 여자는 쉰두 살이다. 그러나 둘은 서로의 나이를 알지 못한다. 또 그걸 궁금해한 적조차 없다. 그건 마치 연인의 인중을 가로지르는 가느다란 흉터가 구순구개열 수술의 흔적인지를 묻지 않는 것처럼, 불경스럽고도 유치한 호기심이라고 남자와 여자는 생각한다.

　여자는 부엌과 연결된 미닫이문을 열고 귀퉁이가 떨어져 나간 암갈색 소반을 들이민다. 무나물과 씀바귀김치, 부추겉절이 그리고 바특하게 끓인 고추장찌개가 각기 다른 문양이 수놓인, 그러나 하나같이 이가 나간 접시와 뚝배기에 담겨 그의 발치로 다가선다.

　소반보다 여자가 늦는 건 아직 밥솥이 취사 기능을 마치지 못했기 때문이다. 항상 그랬다. 남자가 찾아오는 날이면 여자는 댓돌

위에 쪼그려 앉아 북어를 두들기다가도 부리나케 부엌으로 달려가 이남박 가득 쌀을 씻었다. 바구미가 슬기 시작한 묵은 쌀 대신 냉장고 야채보관함에서 꺼낸 5킬로그램짜리 햅쌀을 꺼내 찹쌀과 완두콩을 두어 밥을 지었다. 그러고는 손님상에 매양 내놓는 콩나물무침이나 단무지, 미역줄기볶음 대신 골목 뒤편 채마밭에 뛰어나가 부추나 풋고추, 가지 등속을 따다 그의 입에 맞춰 조금 짜다싶게 무치고 볶고 지져냈다. 배가 고프지 않다는 남자의 말도 여자에겐 통하지 않았다. 그가 갓 지어 윤기 잘잘 흐르는 밥과 참기름 내 진동하는 반찬 접시를 깨끗이 비울 때까지 여자는 입도 달싹하지 않았다.

여자의 밥솥에, 열 살도 넘은 그리하여 제조사의 상표마저 흔적 없이 사라진 본데없이 크기만 한 업소용 그것에 마지막 김 한 줄기가 출구를 찾아 피이잇, 솟아오르는 소리가 들린다. 곧이어 다시 미닫이문이 열리고 젖먹이 똥내와 닮은 밥 냄새가 밀려든다. 밥공기를 들고 여자가 무릎걸음으로 다가오자 남자는 마치 자신이 왕자라도 된 양 허리를 꼿꼿이 세우고 늦은 저녁식사를 시작한다.

남자는 전신에 때가 앉은 듯 새카만 피부와 툭눈금붕어처럼 미련스럽게 불거진 눈, 사납게 벌어진 개발코, 두텁고 검푸른 입술을 가진 추남이다. 비쩍 야윈 몸에 시르죽은 어깨, 여자라고 해도 작은 키, 개다리소반을 연상케 하는 짧은 O자형 다리. 그의 몸 어디에도 기품이나 귀태는 없다. 그럼에도 불구하고 남자의 별명은 왕자다. 그는 자신의 별명이 마치 폐위된 임금의 품속에 감춰진 옥새처럼 거추장스럽다고 여겼다. 이제는 쓸모없어진, 한때의 영예와 권력의 상징처럼 부담스럽게 따라붙는 왕자라는 별명이 남자는 징그러울 정도로 싫었다.

"이 새끼 자지 좀 봐! 뺑 안 까고 내 팔뚝만 해."

남자에게 왕자라는 별명을 지어준 중학교 동창생의 팔뚝은 그리 가늘지만도 않았다. 그는 누렇게 버캐 앉은 소변기 앞에서 자신의 팔뚝을 들어 올리며 겨우 손가락 세 마디를 넘어선 제 성기와 남자의 성기를 번갈아 쳐다봤다.

"와, 정말이네!"

곁에서 파리를 과녁 삼아 오줌을 누던 다른 아이들도 동급생의 어깨너머로 남자의 성기를 넘겨다보느라 소변 줄기가 친구의 교복 바지로 뻗치는 줄도 몰랐다. 남자는 아랫배에 힘을 주어 오줌 줄기를 다급히 거둬들이곤 화끈거리는 얼굴로 화장실을 빠져나왔다.

"성이문 자지는 대포래요, 야구 방망이래요, 홍두깨래요, 천하제일 말자지래요, 우주 최고 왕자지래요."

누군가 조롱 섞인 노래를 선창하자 다음 소절부터는 너 나 할 것 없이 목소리를 한데 모아 합창을 시작했다. 노랫소리에 쫓기듯 복도를 달리는 남자의 성기가 비좁은 팬티 아래서 맑은 오줌 방울을 맺은 채 병든 짐승처럼 어둡고 깊은 곳을 찾아 털럭거렸다.

그날 이후 남자의 별명은 왕자지가 되었다. 그러나 왕자지라는 별명은 짱구나 갈비씨처럼 아무 곳에서나 스스럼없이 부를 수 있는 것이 아니었으므로 얼마 지나지 않아 왕자라 줄여졌다. 남자가 중학교를 졸업한 후에도 그의 커다란 성기에 대한 소문은 수많은 이들의 입과 입을 거치며 더욱 크고 기괴한 모양으로 발기되어갔다. 종내에는 남자의 어머니가 그를 임신했을 때, 집에서 키우던 늙은 노새의 고기와 뼈를 고아 몸보신을 했는데 쓸모없이 크기만 한 노새의 자지까지 기세 좋게 뜯어 먹었다는 소문이 나돌았다. 물론 남자의 집에는 늙은 노새 따위도 없었고, 누린내 나는 것이라곤 한평생 입에 대지 않은 그의 어머니가 노새 고기로 몸보신을 했을 리도 없었다. 그러나 십 수 년이 지난 지금까지도 남자의 성기는 가뜩이나 큰 데다 황기와 녹용까지 보태진 뜨거운 국물에 퉁퉁 불어 마치 갓난아기 몸뚱이만 해진 크기로 모교 후배들의 혀 위에서 깨춤을 추고 있다.

남자는 뜨거운 밥을 숟가락에 소복이 올려 우악스럽게 먹어치운다. 밥그릇이 비는 속도에 맞추어 찬기와 뚝배기 속 내용물도 움푹움푹 줄어든다. 여자는 그런 남자를 본 체 않고 자신의 몫으로 담아 온 묵은 밥을 찬물에 말아 벌겋게 무친 무짠지와 먹어치운다. 대화가 없는 이들의 저녁식사는 채 10분을 넘기지 않는다.

상이 가뿐해지자 여자가 시원찮은 무릎을 원망하며 끄응, 신음하고 자리에서 일어난다. 그녀는 느릿한 동작으로 미닫이문을 열어 상을 내놓곤 방 안을 밝힌 전등 스위치를 내린다. 창문이 없는 여자의 방은 이내 물고기조차 들지 않는 심해의 험악한 구릉처럼 먹먹한 어둠에 휩싸인다. 그 속에서 남자가 낮게 트림을 하자 마치 그게 신호탄이라도 된 듯 둘은 각자의 몸을 죄던 옷들을 하나씩 벗는다.

단추와 호크를 푸는 손동작이 그리 다급하지 않다. 남자의 성기 또한 아직 잠잠하기만 하다. 알몸이 된 여자가 아랫목의 이불을 끌어다 펼치고 그 위에 몸을 눕힌다. 곧이어 남자의 무릎이 여자의 다리 사이를 헤치고 들어온다. 남자가 아직 무릎을 펴지 않았음에도 그의 굵고 긴 성기가 여자의 거웃에 스친다. 방 안은 입자가 거친 어둠으로 그득해 눈을 감으나 뜨나 마찬가지였지만 둘은 눈을 더욱 질끈 감는다.

여자의 늘어진 한쪽 유방과 움푹 파인 데다 고무줄로 친친 동여맨 것처럼 끝이 주름진 다른 한쪽 유방을 남자의 혀가 느리게 핥는다. 동시에 그의 대포 같은, 야구 방망이 같은, 홍두깨 같은 성기가 서서히 고개를 든다. 늘 그렇듯 남자는 자신의 손바닥에 침을 뱉어 여자의 빽빽하게 메마른 음부에 문지른다. 그러고는 꺾인 무릎의 각도를 넓혀 여자의 어둡고 깊은 몸속으로 다급히 피신하기 시작한다.

남자가 여자를 처음 만난 건 입대를 보름 앞둔 크리스마스이브였다. 그날 남자는 자신에게 왕자라는 별명을 붙여준 동창생 홍수와 함께 92년식 티코를 타고 시 경계를 넘고 있었다. 홍수의 말을 빌리면 이른바 '정육점 투어'를 떠난 거였다. 자동차는 백일해를 앓듯 백 미터 간격으로 툴툴대며 밭은기침을 했다. 시원찮은 히터 때문에 홍수와 남자는 점퍼의 지퍼를 턱 아래까지 끌어 올리고 라디오에서 흘러나오는 캐럴송을 무표정한 얼굴로 따라 불렀다.

"남자는 말이야, 스물다섯 살까지 동정을 지키면 마법을 쓸 수 있게 되지. 너 진짜 마법사 같은 게 되고 싶은 건 아니겠지?"

인터넷에서 유행하는 농담이었다. 전혀 우습지 않았지만 남자는 부러 설치류처럼 긴 앞니를 드러내고 킥킥 웃어 보였다.

"동정을 떼는 건 여자가 초경을 치르는 것만큼이나 성스러운 행사야. 네 꿈이 마법사거나 피터팬이 아니라면 지금부터 내가 하는 말 잘 들어."

목적지가 가까워지자 홍수는 자못 진지한 얼굴로 그날 밤 벌어질, 벌여야 할 일에 대해 상세히 짚어주기 시작했다.

"어차피 빨간 등 켜놓고 남의 살 파는 건 정육점이나 거기나 마찬가지야. 그러니까 고기 살 때처럼 네 입맛에 맞는 여자를 고르기만 하면 돼. 하지만 일단 고른 여자는 무를 수 없어. 괜히 헛짓했다가는 구정물도 한 방울 안 튄 주제에 삼촌들이라고 들이대는 놈들이 튀어나와 험한 꼴 당하기 십상이거든. 흥정하고 돈 내고 나면 여자가 나올 거야. 아마 샤워부터 하잘 테지. 좋다고 그때 싸버리면 곤란해. 내 말 무슨 뜻인지 알지?"

홍수는 막 쏟아지기 시작한 진눈깨비를 와이퍼로 걷어내며 다음에 벌어질 상황들을 이어갔다. 그의 말에 따르면 정육점에 진열된 아가씨들의 행동 패턴은 거의 일정해서 어느 점포에 들어가도 단골집인 양 기시감이 느껴질 정도라고 했다. 이후의 순서는 이랬다. 우선 여자는 몸을 다 씻은 손님을 침대에 엎드리게 한 다음 혀로 목, 가슴, 무릎, 허벅지, 마지막으로 성기와 항문을 애무한 뒤 몸을 돌려 미리 준비한 콘돔을 입으로 씌운다. 그러고는 손님의 몸에 기수처럼 올라타 약 5분쯤 헉헉대며 달린 후 백이면 백 '나 힘들다, 오빠가 위에서 해라' 하며 나자빠진다. 물론 나자빠지기 전에 사정을 해버리는 치들도 없지 않지만 그렇다고 해서 두 번 사정할 기회가 주어지는 건 아니다. 체위를 바꿔 여자의 몸 위에서 허우적대다 보면 젓가락으로 양은 냄비 긁듯 예리하고 인위적인 교성이 이어지고 곧 손님의 인내력과 체력에도 한계가 찾아온다. 그즈음 기다렸다는 듯 인터폰이 울린다. 물론 여자는 인터폰을 받지 않지만 그게 이 즐거운 매식의 대단원을 알리는 신호음이라는 걸 손님은 본능으로 알아차리게 마련이다.

"난 그 인터폰 소리만 들으면 쌀 것 같다가도 죽어버려. 경을 칠."

홍수가 진심에서 우러난 탄식을 터뜨렸다. 남자는 그의 조언에 고개를 끄덕이며 자동차 앞 유리에 바람이 메어꽂는 진눈깨비를 습벽한 눈길로 바라보았다. 남자는 와이퍼가 지나갈 때마다 하얀 결정체가 물이 되어 좌우로 쏠려가는 모양새를 보며 마치 그게 제 처지와 닮은 것 같아 친구가 눈치채지 못하게 한숨을 작게 내쉬었다. 지금껏 동정을 떼지 못한 이유가 볼품없는 외모 때문이기도 했지만 무엇보다 삼각팬티조차 입을 수 없을 만큼 커다란 성기를 가진 탓이 크다고 남자는 생각했다. 남자보다 앞서 입대한 친구들을 따라 '정육점 투어'를 나설 수도 있었지만 도무지 흉기 같은 성기를 낯선 여자 앞에 휘둘러 댈 용기가 나지 않았다.

이미 인터넷을 떠도는 포르노 동영상을 통해 여성의 생식기가 생각보다 꽤 신축성이 있다는 건 알고 있었지만 제아무리 날고 기는 매춘부라도 외형은 지푸라기 제웅처럼 작고 메마른 남자가 성기만은 샅을 넘어서 무릎 한 뼘 위에 덜렁거리는 꼴을 본다면 '나 힘들다, 오빠가 위에서 해라' 소리도 하지 못한 채 제풀에 나자빠질 터였다. 홍수는 그런 남자를 벌써 수개월 전부터 어르고 달래고 협박해 드디어 그날, 남자의 마지막 아르바이트 월급을 축내는 데 성공하고야 말았다.

홍수가 말한 정육점은 마치 길고 좁은 재래시장과 닮은꼴이었다. 차 한 대가 겨우 빠져나갈 만큼의 바듯한 공간을 제외하고 양옆으로 3백여 개는 좋이 넘을 법한 점포가 파리똥처럼 다닥다닥 달라붙어 있었다. 어느덧 자정에 가까운 시각이었지만 거리는 불야성이었고 홍수와 남자처럼 의기투합한 사내들이 조촘조촘 차를 몰고 골목을 헤쳐 갔다. 남자의 눈에는 그곳이 정육점이라기보다 창백한 마네킹이 줄지어 선 쇼윈도처럼 보였다. 그는 살풋 고개를 숙이고 곁눈질을 하며 살아 있는 마네킹이 손짓하는 쇼윈도를 훔쳐보았다. 마네킹들은 유연하게 손을 놀리며 젖가슴을 흔들어댔지만 바닥에 못질이 된 것처럼 쇼윈도를 벗어나지는 못했다.

"오빠, 잘해줄게. 똥꼬 빼고 다 줄 테니 이리 와라, 응?"

홍수는 눈이 마주치는 여자마다 권총을 쏘듯 검지를 튕겼지만 남자는 가뜩이나 구부정한 어깨를 더욱 움츠리고 귓불을 붉혔다.

"더 가봐야 거기서 거기겠다. 난 열번째 가게로 정했어. 저기 밍키한테 딱 꽂혔다."

홍수가 손가락으로 가리킨 곳에는 세일러복을 입고 핑크색 가발을 써 밍키로 분한 마네킹이 해실해실 웃고 있었다. 남자가 대답할 기회를 놓치고 머뭇거리는 사이 홍수는 정육점 끝 주차장에 차를 멈추고 점퍼의 옷깃을 세웠다. 얼결에 남자도 홍수를 따라 차에서 내렸다.

"난 이제 어쩌지?"

앙가조촘하는 남자를 홍수가 돌아보더니 한심하다는 듯 밤하늘을 올려다보며 '하!' 짧게 외쳤다.

"어쩌긴 뭘 어째? 지금부터 고기 사러 가얄 거 아냐. 너도 아까 봐둔 데 중에서 한 군데 골라 들어가, 인마. 자지는 대포만 한 놈이 샌님처럼 굴긴. 참, 이거 네가 쏘는 거 맞지?"

홍수는 제멋대로 남자의 주머니를 뒤적거려 지갑을 꺼내더니 7만 원을 꺼내 갔다.

"똥 씹은 표정 하고는. 인마, 아까 나는 기름도 2만 원이나 넣었잖아. 일껏 기름 넣고 운전해서 총각딱지 떼게 해주는 게 어딘데 눈을 부라리냐? 하긴 네 눈이 원래 좀 그렇지. 아무튼 난 간다. 한 시간 있다 여기서 보는 거야. 콜?"

남자가 뭐라 대답하기도 전에 홍수는 주머니에 손을 찔러 넣고 넓은 보폭으로 앞서 걸었다. 사내는 겨우 입술만 달싹여 '콜'이라 대답하고는 그의 뒤를 따라 마네킹이 그득한 골목으로 나섰다. 살아 있는 마네킹들은 하나같이 타조를 닮아 있었다. 길고 뻣뻣한 인조 속눈썹에 가느다란 다리가 드러난 슬립형 원피스 차림, 붉은 애벌레처럼 꿈틀대는 작은 혀와 꼬리깃같이 팔랑이는 손. 어디선가 미스코리아처럼 커다랗게 머리를 부풀린 살아 있는 마네킹 하나가 그에게 다가와 '자기, 동전 떨어졌네?' 하고 속삭였다. 마네킹은 오랜 경험상 남자가 동정을 떼기 위해 골목을 찾았다는 걸 눈치챈 것이다. 홍수는 이미 밍키를 찾아 떠난 터였고 남자 역시 어디론가 떠나고 싶었다.

남청색 아이섀도를 여러 번 덧칠해 해골처럼 시커멓게 꺼져 보이는 눈을 가진 마네킹의 손에 이끌려 남자는 하얀 새시 문을 열고 점포 안으로 빨려들 듯 들어섰다. 계단처럼 높은 하이힐을 신은 여자는 남자보다 머리 하나만큼 키가 커서 언뜻 보기에 둘은 마치 모자지간 같았다. 남자는 낙제점을 받은 소년처럼 고개를 수그리고 마네킹을 따라 황토색 나무문들이 고시원처럼 줄지어 선 복도 첫 번째 방으로 들어갔다. 튤립 형태의 붉은 조명으로 밝힌 실내는 싱글 침대 하나와 작은 테이블, 미니 냉장고, 오디오 세트가 세간의 전부였다. 잠시 후, 긴 파마머리에 두루뭉술한 몸매를 가진 중년 여자가 방문을 열고 들어와 남자에게 건성으로 인사를 건넸다.

"30분에 현금은 7, 카드는 8. 한 시간은 15예요. 아가씨는 결정하신 거죠?"

마네킹이 살갑게 남자의 팔짱을 꼈다. 그는 짧게 고개를 끄덕이고 지갑에서 7만 원을 꺼내 중년 여자에게 내밀었다. 그녀는 정신없이 수놓인 꽃무늬 티셔츠에 누비솜바지를 입은 전형적인 아줌마였지만 호락호락하지 않은 눈매가 오래전 이 골목에서 그녀 역시 살아 있는 마네킹으로 생활했음을 짐작하게 했다. 중년 여자가 화대를 챙겨 방을 나가자 마네킹은 테이블 위에 놓인 일회용 칫솔에 치약을 짜주며 남자를 욕실로 이끌었다. 다음은 홍수가 일러준 그대로였다. 남자가 셔츠만 벗고 양치질을 하는 동안 마네킹은 알몸이 되어 샤워폼을 풀더니 목욕타월에 거품을 냈다.

"우리 오빠 범생이구나? 내가 바지 벗겨줄까?"

마네킹이 목욕타월을 내려놓고 남자의 바지 호크를 풀었다. 순간 남자의 잇속에서 뭉게뭉게 몸피를 늘려가던 흰 거품 한 덩이가 마네킹의 파르스름한 젖꼭지 위에 떨어졌다.

"오빠, 이거 왜 이래?"

남자가 재빨리 몸을 뒤로 뺐지만 이미 그의 청바지는 무릎에 걸려 있었다.

"빤스 아래 덜렁거리는 이거 뭐냐니까?"

수없이 빨고 삶아 나울나울한 트렁크 팬티 아래로 코끼리 코 같은 성기가 덜렁거렸다.

"긴 말 할 거 없이 나가요."

마네킹이 욕실 문을 박차고 나가 슬립형 원피스를 도로 꿰입었다.

"안 된다는 겁니까?"

남자가 바다 포말처럼 하얀 거품을 입에 물고 목소리를 쥐어 짰다.

"냄비가 밑천인데 누구 쪽박 차는 꼴 보고 싶어? 삼촌, 나 은하. 나 이 손님 감당 안 돼. 내보낼 테니까 환불해줘. 진짜 대가리가 주먹만 하다니까. 구라면 엄창."

마네킹이 인터폰을 들고 누군가에게 상황을 설명했다. 그녀의 싸늘한 시선에도 불구하고 남자는 자신의 성기가 점점 성이 나 배꼽 위까지 기어 올라온 걸 느꼈다.

"이제 전 어쩌죠?"

인터폰을 내려놓은 마네킹이 침대에 걸터앉아 가느다란 담배에 불을 붙였다.

"이 골목에서 오빠 같은 대물 받아줄 아가씬 없어요. 그러니 단념하고 집에 가서 딸딸이나 치셔. 아, 그렇지. 허탕북엇국 집 홍례 아줌마라면 또 모르겠네."

마네킹이 연기를 뿜어내며 말끝에 가벼운 웃음을 섞었다. 문밖에서 묵직한 발소리가 들리는가 싶더니 누군가 노크를 했다. 남자는 입을 헹구지도 못한 채 물방울이 튀어 눅눅해진 청바지를 추켜올렸다. 그사이 노크 소리는 점점 밭아졌다.

"허탕 치고 가는 사람이 허탕에 들러 북엇국도 먹고 회포도 풀면 일석이조네. 근데 아직도 홍례 아줌마가 냄비를 팔려나?"

마네킹이 치약 거품처럼 깔깔거리며 웃음을 부풀리는 동안 남자는 허둥지둥 나무문을 밀치고 나왔다. 문밖에는 얼굴 여기저기에 흠집이 난 땅딸한 키의 젊은 사내가 험악한 얼굴로 남자의 다리 사이를 노려보았다. 남자는 사내가 던지다시피 한 돈다발을 주머니에 구겨 넣고 발기한 성기를 옥죄는 청바지 때문에 어기적거리는 걸음으로 내쫓겼다.

그가 다시 골목을 발밤발밤 걷는 사이 새로운 마네킹들이 남자의 옷깃을 잡아끌었다. 대담한 마네킹은 그의 귓불을 매만지며 '어머, 따뜻하네? 어디서 놀다 왔구나? 다음엔 우리 가게 와라. 잘해줄게. 응?' 하며 교태를 부렸다.

이 모든 게 불과 10여 분 사이에 벌어진 일이었다. 남자는 담배 연기처럼 허연 입김을 허공에 뿜어내며 티코가 주차되어 있는 주차장 방향으로 찌뻑찌뻑 걸었다. 그러다 문득 여느 점포들과 어딘가 달라 보이는 골목 맨 끝 집 앞에서 발길을 멈췄다. 그 점포에는 담비처럼 날씬한 마네킹 대신 연탄 화로 위에 그을음을 뒤집어쓴 양은 냄비가 짝이 맞지 않는 뚜껑을 타당타당, 퉁겨내고 있었다. 안에 든 게 무엇인지 알 수 없지만 구수하고 비릿한 냄새가 진동하는 걸로 보아 술국인 듯싶었다. 간판은 없지만 마네킹이 말한 허탕북엇국 집이 아닐까, 하는 데 생각이 미치자 남자는 참을 수 없는 허기를 느끼고 당황했다.

어차피 홍수가 볼일을 마치고 약속 장소로 돌아오려면 30분 이상이 남았으므로 남자는 북엇국 집에서 몸을 녹이고 허기를 달랠 요량으로 뿌옇게 김 서린 유리 미닫이문을 열었다. 점포 안에는 세 개의 테이블과 등받이가 없는 의자 여럿이 띄엄띄엄 놓여 있었는데 그중 한 테이블에는 삼십대 중반으로 보이는 양복 차림의 사내 둘이 맑은 북엇국과 깍두기, 콩나물무침, 단무지를 안주 삼아 소주잔을 기울이고 있었다. 주인이 보이지 않기에 남자는 잠시 머뭇거렸지만, 진눈깨비가 함박눈이 된 거리를 홀로 방황하고 싶지 않은 마음에 빈 의자에 엉덩이를 반쯤 걸치고 테이블을 차지했다.

"이 집 이름이 왜 허탕인 줄 알아?"

말할 때마다 강아지풀처럼 숱 많은 눈썹이 굼틀대는 사내가 북엇국을 탕기째 들이마시고는 동석한 작자에게 물었다.

"이런 가게에 이름도 있었어?"

"있다마다지. 나도 아가씨한테 들은 얘긴데, 이 집 주인이 소싯적엔 김지미도 울고 갈 대단한 미모였다는군."

남자는 마네킹에게서 들은 홍례라는 이름 두 글자를 떠올리며 사내들의 대화를 엿들었다.

"그게 허탕이랑 무슨 상관이야?"

"그땐 이 집 주인도 난봉꾼들한테 북엇국이나 끓여대며 구정물에 손 담그는 처지가 아니었다는 거지. 골목에서 제일가는 미녀 창부였으니 서울이 아니라 제주도까지 소문이 짜했다는군."

사내는 마지막 남은 소주를 자신의 잔에 따라 홀짝 삼키곤 말을 이어갔다.

30년 전, 주인 여자는 토사물이 넘쳐나고 드잡이가 오가는 이 골목의 공주이자 여신이었다. 마치 관광명소처럼 여자가 일하는 점포 앞은 늘 문전성시를 이루었다. 그러나 안타깝게도 그녀는 창녀로서 치명적인 결함이 있었다. 유리로 빚은 장미 같은 그녀를 웃돈까지 주며 품은 사내들은 하나같이 목석처럼 차가운 몸에 당혹감을 감추지 못했다. 사내의 표현대로라면 '헐거운 냄비 탓에 허공에 삽질'을 한 손님들은 다시는 이 정숙한 창녀를 찾지 않았다.

"솔깃한 마음에 찾아오는 사내마다 별 볼 일 없는 아랫도리 맛에 실망을 했다는군. 그러니 허구한 날 허탕 친 사내들과 포주가 한 덩어리가 돼서 쌈이 붙을 수밖에. 결국 제 발로 가게를 걸어 나가 버려진 연탄 광을 개비해 북엇국 집을 차린 게 이 집이래. 허탕 계집이 차린 북엇국 집, 허탕북엇국."

말이 끝나기 무섭게 점포 안쪽의 쪽문이 열리며 보풀투성이의 갈색 카디건을 걸친 중년 여자가 김이 오르는 물컵을 들고 남자 곁으로 다가왔다. 어색한 표정으로 입을 꾹 다문 사내들은 북엇국을 다 비웠는지 서둘러 자리에서 일어나 연녹색 지폐 두 장을 내밀었다.

남자는 고개를 들어 메뉴판을 보았다. 메뉴랄 것도 없이 '북엇국 만 원'이란 서툰 글씨가 보고 그린 듯 어색하게 쓰여 있었다. 사내들이 셈을 치르고 어깨를 옹송그리며 눈보라 속을 헤쳐 가는 걸 무심히 바라보다 남자의 눈이 주인 여자와 마주쳤다. 애당초 메뉴는 하나였기 때문에 여자는 따로 주문을 받지 않았다. 그녀는 쟁반에 토렴한 탕기를 받쳐 들고 유리문 밖으로 나가 설설 끓는 북엇국을 퍼 담아 왔다. 남자는 기어들어가는 목소리로 여자에게 소주를 주문했다. 그의 형편없는 주량으로는 고작 두어 잔 정도로도 흙바닥을 길게 뻗했지만 이런 곳에서라면 먼저 일어선 사내들처럼 호기롭게 술잔을 기울여보고 싶은 객쩍은 혈기가 뻗쳤다. 남자는 반찬으로 나온 깍두기를 우물거리다 곧이어 나온 차디찬 소주를 숨도 쉬지 않고 들이켰다.

화장기 없는 얼굴에 파마머리의 여자는 뜯어볼수록 단정하고 고아한 이목구비였다. 여자에게선 마치 수천 년 전, 절대 권력자의 단 한 마디에 세상을 홀깍 뒤집어 티 없는 옥돌만을 골라 견고하게 쌓아올린 성곽 같은 기품이 흘렀다. 이제는 닳고 깎여 신산한 모양새지만 부정할 수 없는 고귀한 자태가 요요하게 흐르는 그녀를 남자는 곁눈질로 훔쳐보며 북엇국에 숟가락을 담갔다. 남자는 입맛이 좀 짠 편이었으므로 북엇국을 심심하다 느꼈지만 소금을 따로 청하지는 않았다. 망조하였으나 한때 이 골목의 공주였던 그녀를 함부로 부리는 일이 어쩐지 무엄하게 느껴졌기 때문이다.

여자는 쪽문 앞에 놓인 댓돌에 걸터앉아 홍두깨로 마른 북어를 두들겼다. 탕, 탕, 탕. 총성처럼 울려 퍼지는 장단에 맞춰 고개를 끄덕이던 남자가 네번째 잔을 비웠다. 그사이 손님은 오지 않고, 남자의 심심한 북엇국은 차게 식어버렸다. 남자는 자꾸만 초점을 놓치는 눈동자를 바로 뜨려 애썼지만 장마철 묵은 솜이불처럼 늘어진 몸이 점점 모로 기울어지는가 싶더니, 결국 북엇국 탕기 위로 그의 이마가 내리꽂히고야 말았다.

남자는 꿈처럼 그날 밤을 기억한다. 몸을 가누지 못하는 그를 여자는 자신의 방으로 이끌었다. 남자는 연자주색 이불 위에 멀건 국물을 웩웩 토해내고, 여자는 아무 말 없이 토사물에 젖은 이불을 곱게 아무려 방문 밖에 내놓았다. 남자가 그런 여자의 치맛자락을 그러잡자, 여자가 펄쩍 놀라 몸을 뺐다. 그러고는 부엌에서 설탕물 한 그릇을 타 와 남자의 입에 흘려 넣어주었다. 남자는 곁눈질로 여자의 살품을 훔쳐보았다. 함몰된 한쪽 유방이 남자의 눈에 아련하게 박혔다. 그가 설탕물 그릇을 밀어내고 여자의 유방이 있던 자리에 얼굴을 묻었다. 그러고는 싸구려 나일론 티셔츠를 걷어 올리고 바늘 자국이 선명한 유방을 천천히 핥았다. 처음에는 몸을 뒤틀던 여자도 남자의 정성스러운 애무에 몸을 허물어뜨렸다. 둘은 서로가 눈치채지 못하게 어둠 속에서 눈시울을 적셨다.

소문처럼 여자는 섹스에 수동적이다. 마치 가부좌를 틀고 명상을 하듯 겨드랑이 사이로 바람이 훑고 지나가느냐, 정수리 한가운데로 낙뢰가 내리치느냐, 무념무상한 태도로 일관한다. 흔한 신음소리 한 점 흘리지 않고 남자의 움직임에 생명 없는 돌처럼 몸을 맡기는 여자를 헤집으며 남자는 그것이야말로 쇠락한 왕국의 공주가 마지막까지 놓아버리지 않는 자존심 같은 것이라 생각하며 황송해한다. 쉬이 절정에 오르지 못하고 여자의 몸 위에서 겉돌던 남자가 움직임을 멈춘다. 살 틈을 호비다 빠져나온 남자의 성기는 축축하게 젖은 채 이미 반쯤 허물어져 있다.

여자는 7년 전 유방암 수술을 받았다. 의사는 유방 재건 수술을 권했지만 그녀는 고개를 가로저었다. 자신의 몸에 유방이란 게 있다는 것조차도 여자는 생경했다. 젖을 먹이는 용도로도 쾌락을 얻는 용도로도 사용한 지 오랜 그것에 더 이상 미련이 남아 있지 않은 터였다. 그러나 남자가 허탕북엇국 집을 드나들기 시작한 겨울부터는 목욕을 할 때마다 움푹 잘려 나간 자신의 왼쪽 유방을 어루만지는 날이 잦아졌다. 남자의 어머니 역시 4년 전 유방암 수술을 받았다. 그는 휑하게 빈 여자의 왼쪽 가슴을 매만질 때마다 어머니를 떠올렸다.

이불 위에 벌렁 드러누워 한때 여자에게도 건강하고 봉긋했던 유방에 매미처럼 매달려 젖을 빨았을 아이가 있지 않았을까, 남자의 뭉툭한 손이 여자의 뱃가죽을 부드럽게 쓴다. 그의 손끝에 부챗살처럼 튼 자리가 도도록 느껴진다. 그러자 여자가 황급히 어둠을 더듬어 속옷을 꿰입는다. 남자 역시 머리맡에 놓아둔 팬티를 입고 셔츠에 머리를 끼워 넣는다.

처음 여자와 긴 밤을 보낸 날, 희부옇게 밝은 새벽빛에 이불 위에 발겨진 그녀의 달창난 팬티를 보고 그는 코끝이 매웠다. 여자는 다급히 팬티를 뭉쳐 이불 속으로 가져갔지만 그날 이후 둘은 암흑 속에서만 서로의 몸을 내주었다. 그저 소리에 의존해 상대가 옷을 벗고 몸을 뉘이고 받아들일 준비를 한다는 걸 어림짐작했지만 4년의 세월이 흐른 지금, 남자는 그 어둠이 삼각팬티처럼 갑갑하다고 느꼈다. 평소 같으면 지금쯤 여자는 부엌으로 나가 그릇을 부시고 남자는 기울은 TV 받침에 망치질을 하거나 바람이 불 때마다 휘파람 소리를 내는 창틀에 문풍지를 발랐을 것이다. 그러나 남자는 여자를 더듬어 앉히곤 그녀의 무릎에 고개를 넌다. 손길 대신 여자의 날숨이 그의 머리카락을 파고들어 부드럽게 간질인다. 아직 초저녁인데 남자는 졸음에 겹다.

여자는 자신의 무릎에 기대 잠든 남자를 어쩌지 못하고 간혹 마른 코만 훌쩍인다. 그러다 잠자리를 잡듯 조심스런 손길로 남자의 가마 근처를 쓰다듬으며 마치 잠꼬대처럼 혼잣말을 시작한다. '그러니까, 그게 저……' 얕은 잠에 빠진 남자는 여자의 목소리를 들으며 연속극 예고편 같은 꿈을 꾼다.

그의 꿈속에서 여자는 뽀얀 분을 뒤집어쓴 곱디고운 열아홉 살이다. 서울역에 내린 여자가 주위를 두리번거리다 아기작거리는 걸음으로 시계탑 앞에 다가선다. 삭풍에 옷깃을 여며보지만 여자의 얇은 코트 자락이 자꾸만 벌어져 그 아래 갓 볼록하게 부풀기 시작한 배가 드러난다. 제 갈 길 바쁜 사람들은 다섯 시간째 한자리에 못 박혀 언 손을 비벼대는 배고픈 여자에게 우동이나 김밥을 권하는 일이 없다. 시계 속 짧은 바늘이 한 바퀴를 꼬박 돌고서야 여자는 자신이 농촌봉사활동 나왔던 말쑥한 대학생에게 속았다는 걸 깨닫는다. 그러나 이미 늦었다. 여자의 전 재산은 단돈 5천 원뿐이고, 다시 여섯 시간이나 기차를 타고 고향에 돌아가기에 아기를 담은 배 속의 모래집물은 이미 두 됫박을 넘어섰다.

여자의 아비가 그 사실을 알았다가는 그녀의 어미도 오라비도 살아남지 못할 터였다. 어미와 오라비의 목숨을 구하기 위해서라도 여자는 서울 땅 어디선가 짐승처럼 끽 소리 없이 해산을 한 뒤, 평생 아비의 눈을 피해 살아야겠다고 마음먹는다. 그때 그녀의 꽁꽁 언 손 위에 누군가 가죽장갑을 벗어 내민다. 반백의 중노인이다. 그는 시계탑 건너 우동가게에서 몇 시간째 그녀를 주시하고 있다.

여자는 중노인의 인자한 얼굴을 올려다보며 고향집 사랑방에서 7년째 중풍으로 똥칠갑을 하고 있는 할아비를 떠올리고 경계를 푼다. 노인은 맵시 나게 손을 뻗어 택시를 세우고 여자를 태운다. 노인이 기사에게 나직이 지명을 이야기하자 택시는 실핏줄 같은 도로를 돌고 돌아 도심의 주택가로 접어든다. 이층집이다. 여자는 비루먹은 강아지처럼 노인의 눈치를 살피며 그 위용이 천왕문 같은 현관으로 들어선다. 그리고 철컹, 다시는 열릴 것 같지 않은 그것이 저절로 닫혀버린다.

이튿날 노인은 왕진 가방 든 사내를 데려온다. 그는 땟국 흐르는 가운을 걸치고 여자의 가느다란 팔뚝에 링거를 꽂는다. 무슨 약인지 여자가 물어볼 틈도 없이 배가 뒤틀리고 의식이 흐려진다. 다시 정신이 맑아졌을 때, 여자의 배는 휑하니 비어 있다. 그녀가 이불깃을 물어뜯으며 오열하는 동안 가운을 벗은 사내와 노인이 위스키 잔을 챙, 부딪힌다. 그러나 계절이 채 열 번 바뀌기도 전에 노인은 여자의 할아비처럼 중풍을 맞는다. 노인과 그의 친구들에게 들볶이며 돌계집이 된 여자는 처음 상경했을 때와 같은 차림으로 갈 곳을 찾아 밤거리를 허청거린다.

남자는 이 꿈의 결말이 궁금하지만 여자는 긴 하품을 끝으로 이야기를 멈춘다. 하품 때문인지 여자의 눈초리가 축축하다. 골목 어디선가 우렁찬 목소리의 사내 서넛이 취기에 불러젖히는 군가가 들려온다. 여자도 도로롱, 추임새처럼 가볍게 코를 곤다.

4년 전, 허탕북엇국 집에서 돌아온 날로부터 14일 뒤, 남자는 머리를 박박 깎고 입대했다. 그 무렵 남자의 어머니는 서울의 대학병원에서 유방암 진단을 받고 수술을 기다리고 있었다. 그 탓에 남자를 배웅하는 건 동창생 홍수뿐이었다. 둘은 신병교육대 앞에서 어색하게 등을 맞대고 담배를 피웠다.

"무슨 돈으로 긴 밤을 끊었냐?"

정육점 투어에서 홀로 돌아왔던 홍수가 팔꿈치로 남자의 옆구리를 쿡 찔렀다. 그들 옆으로 아들 혹은 애인을 떠나보내는 사람들이 팥죽 같은 눈물을 흘리며 코를 훌쩍이고 있었다. 홍수는 눈물기 없이 말간 얼굴로 다시 한 번 남자의 옆구리를 찔렀다.

"그런 거 아냐."

"안이지 그럼 바깥이냐? 잡소리 집어치우고, 대체 몇 번이나 한 거야? 세 번? 아니지, 다섯 번? 왕자니까 일곱 번?"

뭉친 담뱃잎이 불꽃을 매달고 총알처럼 바닥으로 곤두박질쳤다.

"저기, 부탁이 있는데."

남자가 따듬따듬 입을 뗐다.

"네 어머니라면 걱정 마라. 잉어가 좋다는데, 퇴원하시면 네가 준 돈으로 한 마리 푹 고아드릴게."

"그게 아니라……."

아버지나 다른 형제가 없던 남자는 오는 길에 홍수에게 50만 원을 쥐어주며 어머니를 부탁했었다.

"아니면?"

"내가 신세 진 사람이 있어. 그분께 전해줬음 하고. 주소를 몰라서."

남자가 홍수에게 건넨 건 한지로 포장된 면 팬티 세트였다.

"주소를 모르는데 어떻게 전해주란 소리야?"

성가신 일에 휘말렸다는 듯 홍수가 신경질적으로 귀를 후비며 바닥에 총알 빠진 담배를 내던졌다.

"그때 그 골목 끝에 북엇국 집이 있어. 그 집 주인 아주머니한테……."

"이 새끼, 이거?"

홍수가 한쪽 입아귀를 들어 올리며 히죽 웃었다. 친구에게 인사도 하지 않은 채 남자는 귀를 틀어막고 다른 까까머리들과 섞여 신병훈련소 안으로 뛰어 들어갔다. 남자는 홍수가 그 골목을 다시 찾을 건 불 보듯 뻔한 일이지만 허탕북엇국 집을 찾아가 자신이 건넨 선물을 전하리란 확신은 없었다. 자대 배치를 받자마자 갈강갈강한 모습의 어머니가 면회를 왔다. 하지만 잉어탕이나 홍수에 대한 소식은 듣지 못했다. 어쩐 일인지 어머니가 싸 온 김밥보다 심심하기 짝이 없는 북엇국이 그리운 사내였다.

첫 휴가를 나왔을 때, 골목은 성매매특별법 때문에 셔터를 내린 채 한산했다. 다행히 허탕북엇국 집 대문은 잠겨 있지 않았다. 비그덕 열어젖힌 문 안에서 여자는 마치 생령이라도 마주하는 듯 바짝 얼어붙은 채로 그를 맞이했다. 남자가 지그덕대는 보일러에 물을 보충하고 겨울 난 이불을 탈탈 털어 뒤란에 너는 동안 여자는 어디선가 준치를 구해 와 석쇠에 구웠다. 준치의 잔가시를 발라내느라 여자의 입에는 밥풀 한 점 들어가지 못했지만 남자가 밥그릇을 비우자 얼른 부엌으로 상을 내갔다. 숭늉으로 입을 가신 남자가 한참을 주밋거리다 밤송이 같은 머리에 군모를 눌러쓰자, 역시 궁싯거리던 여자가 퍼뜩 놀란 표정으로 먼저 자리에서 일어섰다.

"나 까막눈이에요. 여기 금일 휴업이라고 좀."

여자는 남자에게 유성 매직펜과 달력 종이 한 장을 내밀었다. 어차피 골목에 손님이 끊겨 허탕북엇국도 개점 휴업 상태나 마찬가지인 상황이었다. 문득 남자는 허탕북엇국 집이 문을 닫지 않는 이유가 유일한 손님인 자신을 기다리는 건 아닐까, 하고 생각했다. 남자의 눈길이, 여자의 손길이 간단없이 흔들렸다.

남자가 잠에서 깼을 때, 그의 머리는 여전히 여자의 무릎에 얹혀 있다. 어둡던 방 안이 부옇게 밝아진 걸로 보아 이른 새벽일 거라고 남자는 짐작한다. 그에게 무릎을 내준 여자는 벽에 등을 기대고 잠들어 있다. 남자는 자리에서 일어나 아랫목에 구겨놓은 이불자락을 끌어다 여자에게 덮어준다.

수없이 여자의 집을 드나들었지만 첫날을 제외하곤 자정을 넘기 전에 집으로 돌아갔던 남자였다. 지금쯤 그의 어머니는 새벽밥을 지으려다 말고 현관에 아들의 신이 없는 걸 깨닫고 노심초사할 터였다. 그때 여자가 잠짓을 한다. 어린애처럼 입술을 배쭉거리고 미간을 찌푸린다. 우는 것도, 웃는 것도 같은 표정이다. 그런 여자를 홀로 남겨두고 떠나기가 아쉬워 남자는 잠시 머뭇거린다. 못에 걸어놓은 외투 주머니 속 휴대전화가 드르륵, 드르륵 매미의 날갯짓처럼 운다. 그 소리에 여자가 깰까 싶어 남자는 외투를 낚아채 발끝을 들고 미닫이문을 연다. 조심한다고 애썼지만 간밤, 문밖에 내놓은 암갈색 소반이 발길에 챈다.

"저기, 택시 타고 가요."

어느 결에 잠에서 깬 여자가 남자의 등 뒤에 섰다. 그러고는 남자의 바지 주머니에 막무가내로 3만 원을 구겨 넣는다.

"이러지 마세요. 월급 타서 돈 있어요."

남자가 손사래를 치며 주머니에 꽂힌 돈을 꺼냈지만 여자가 그보다 먼저 미닫이문을 닫는다.

"테레비 다이는 다음에 고쳐드릴게요. 그리고 이따가 문갑 두번째 서랍 열어보세요."

구두 뒤축이 구겨지는 줄도 모르고 남자가 뺑소니를 친다.

그는 지난 주말, 첫 월급으로 보온메리 두 벌을 샀다. 그중 한 벌을 어머니 방문 안에 디밀었다. 다시 남은 한 벌마저 보태 올려놓았다. 여자의 문갑 두번째 서랍 안에 든 것은 그의 회사 동료가 하루 몇 번씩 핸드백에서 꺼내 자랑스럽게 바르는 샤넬 립스틱이다.

큰길로 나서자 인스턴트커피를 홀짝이며 장거리 손님을 찾아 서성거리던 택시기사 한 명이 남자에게 다가와 흥정을 한다.

"고양 2만 원, 서울 인천 부천 3만 원."

남자가 고개를 끄덕이자 택시기사는 남은 커피를 풀숲에 뿌려버리고 택시 뒷문을 열어준다. 남자는 마치 임금으로 갓 책봉된 젊은 왕자가 어연(輦御)에 오르듯 눈에 힘을 주고 서울행 택시에 올라탄다. 그는 그렇게 잠시, 허탕북엇국 집을 떠난다.

얼마 후, 그러니까 여자가 세월로 어룽진 거울 앞에서 창백한 입술에 진홍색 립스틱을 바르던 그때, 남자가 북어 비린내 풍기는 지폐 석 장을 택시비로 내밀던 바로 그때, 둘은 동시에 같은 결심을 한다. 다음에 남자가 허탕북엇국 집을 찾을 땐 둘 사이의 어둠을 걷어내리라. 그리고 환한 전등 아래서 서로의 몸을 희롱하며 흉포하기 그지없는 성기를 스스럼없이 내보이고 바라보리라. 그러면 여자는 능숙한 창녀처럼 교태롭게 웃으며 오래전 사놓고 감춰두었던 윤활제를 꺼내고, 남자는 천하의 난봉꾼처럼 꾸역꾸역 힘겹게 자신을 집어삼키는 여자의 홍옥빛 성문을 두 눈 동그랗게 뜨고 지켜볼 것이다.

이제 그들에게 허탕은 없다.

있던 자리

임신테스터에 두 개의 붉은 선이 고양잇과 동물의 동공처럼 가늘고 날카롭게 곤두서 있었다. 월경은 두 달째 소식이 없었고 젖가슴도 단단하게 부풀어 올랐다. 의심할 여지없는 임신이었다. 나는 변기 커버를 내리고 그 위에 걸터앉아 아무 일 없다는 듯 오르내리는 아랫배를 주먹으로 내리쳤다. 그러나 발긋한 손자국만 남을 뿐, 아랫배는 내 살이 아닌 것처럼 통증조차 미미했다.

　요즘 낙태 비용이 얼마나 드는지 알 수 없지만 지금 형편으로는 다만 몇 만 원이라 해도 쉽게 마련하기 힘든 거금이다. 언젠가 여덟 남매를 낳고 다섯 남매를 스스로 낙태했다는 외할머니의 모진 경험담이 생각났다.

　"우리 땐 부인과도 없었지만, 있다손 쳐도 비싼 돈 들여가며 새끼 흘려보낼 형편들이 안 됐지. 다들 빈 옥수수자루 하나 입에 물고 골방에 기어들어가 직접들 해결했어. 어떻게 했냐고? 데데하지 뭘. 베개 두 개에 다리 한 짝씩 걸치고 누워서 옷걸이로 헤집는 거야. 거기에 대가리가 톡 걸리길 바라면서. 왜 안 아프겠어, 사람인데. 천지가 홀깍 뒤집어지고 웬 구멍으로 불에 달군 부지깽이가 드나드는 거 같지. 그래도 자식 낳아 굶기는 거보단 낫겠다 싶으니까 죽기 아니면 까무러치기로 덤볐지."

임신테스터를 휴지로 돌돌 말아 휴지통 깊숙이 밀어 넣고 화장실을 나왔다. 벽거울 앞에 걸린 옷걸이가 눈에 들어왔다. 어차피 그걸로 아기집을 헤집을 용기도 없으면서 자꾸만 옷걸이에 눈이 가 봉수의 스웨터 한 장을 꺼내 걸어놓았다. 9년 전 친구의 소개로 봉수를 처음 만난 날 그가 입었던 스웨터였다.

봉수는 전자밥솥을 전문으로 생산하는 가전회사의 AS기사였다. 그는 간혹 내가 건 전화조차 '약속이 생명입니다. 서비스센터 이봉숩니다'라고 받곤 해 웃음을 선사했다. 우리는 만난 지 석 달 만에 두 개이던 옥탑방을 하나의 지하방으로 줄였다. 그리고 그해 겨울, 봉수는 중고 부품을 뒷거래하다 해고당했다. 임신 2개월 무렵이었다. 해고당한 날, 그는 잔뜩 술에 취해 딸기 한 상자를 사 들고 집으로 돌아와 무릎을 꿇었다.

"성희야, 우리 이쁜 성희야. 내가 무능해서 네가 고생이 많다. 하지만 어쩌겠냐? 이게 다 운명인걸. 내가 반드시 성공해서 너 호강

시켜줄게. 그러니까 우리 그 애, 그냥 지우자. 응?"

한때 자나 깨나 약속이 생명이던 봉수는 태명까지 지어놓은 아기를 낙태시키자고 울먹였다. 임신 때문에 눈가에 새카만 기미가 내려앉은 스물세 살의 나는 시든 딸기를 주워 먹으며 흐느꼈다. 그리고 날이 밝자마자 변두리 산부인과에 찾아가 8주 3일 된 나의 첫 아기, 행복이를 의료폐기물로 흘려보냈다.

9년 동안 내가 두 차례나 더 변두리 산부인과를 찾는 동안 봉수는 스무 개도 넘는 새로운 직함을 얻고 잃어갔다. 처음에는 봉수가 빼돌린 밥솥 중고 부품을 매입하던 공구상가의 사장과 뜻을 합쳐 부사장 직함을 얻어냈고, 이듬해엔 공구상가 사장의 처남이란 중국 무역상과 어울리며 이사 직함을 가져왔다. 그리고는 본부장, 기획실장, 홍보팀장, 전략처장 따위의 직함이 새겨진 명함을 차례로 내게 내밀었지만 그들 중 어느 곳 하나 변변한 월급을 주는 회사는 없었다.

"이번엔 낳자. 아들이면 혜성, 딸이면 혜주."

생각해보면 봉수가 유일하게 지킨 약속이 혜주의 이름이었다. 어쩐 일인지 봉수는 세번째 임신 소식을 듣고 반색을 했다. 아직 부르지도 않은 배를 쓰다듬으며 태어나지도 않은 아이의 이름을 지어 불렀다.

"낳기만 하면 다야? 내가 일 안 나가면 당장 굶게 생긴 마당에 무슨 배짱으로 애를 낳자는 건데?"

봉수는 늘 들고 다니던 서류가방에서 얇은 책 한 권 두께의 서류 뭉치를 꺼내 내밀었다.

"기막힌 사업 아이템이야."

그의 입에서 풍기는 옅은 생선 비린내에 속이 메스꺼웠다. 나는 치우라는 뜻으로 손을 휘저으며 봉수를 밀쳐냈다.

"이번엔 정말 확실하다니까."

혜주를 낳기로 결심한 그날처럼 봉수가 '정말'과 '확실'에 힘을 주어 말했다. 이제 혜주는 여섯 살이 되었다. 그사이 봉수는 아홉 개의 직함을 갈아치우고 이번엔 부회장 명함을 들고 나타났다.

"언제 확실하지 않은 적 있어?"

새로운 사업을 시작할 때마다 봉수는 정말과 확실을 누차 강조했다.

"돌아가신 장인어른도 용서하실 거야. 생전 애지중지하던 고명 딸이 고생고생하다가 드디어 떵떵거리며 살 기회가 찾아왔는데, 그깟 돈 3천만 원 때문에 길바닥에 나앉는 꼴을 보고 싶으시겠어?"

냉장실을 열어 덜그럭거리던 봉수가 마지막 하나 남은 계란을 깨뜨려 프라이팬에 지졌다. 식용유가 떨어진 지 오래여서 코팅이 벗겨진 테프론 프라이팬이 단백질 타는 냄새와 시커먼 연기를 뿜었다. 탄내를 맡자 멀미하듯 속이 뒤틀렸다.

"같이 축배 들자."

둘이 마주 앉기에도 비좁은 부엌에 연기가 꽉 들어차자 봉수는 손바닥만 한 창문을 열고 손부채질을 했다. 가뜩이나 난방을 줄여 머리가 쭈뼛 서게 추운 집 안으로 칼바람이 스몄다.

"막내 오빠가 당신 먹부터 딴다고 달려올 거야. 흰소리 집어치워."

라이터 꽁무니로 맥주 병뚜껑을 따고 부러 신이 난 척 설레발치던 봉수가 접시에 계란 프라이를 담아 내가 앉은 식탁으로 옮겨왔다. 그가 계란 프라이 한 점을 젓가락으로 집어 턱 밑에 들이댔다. 나는 치솟는 욕지기를 안간힘을 다해 혀뿌리로 누르며 어떻게든 낙태 비용을 마련해야겠다는 결심을 굳혔다.

"아들만 자식인가? 장인어른 돌아가실 때 삼형제 사이좋게 재산 분배해주시고 당신한테는 꼴 난 현금 3천만 원 쥐어주셨잖아. 손바닥만 한 부동산 한 뙈기 팔아 못사는 동생 보태주는 게 먹 딸 일이야? 그러지 말고 자기야."

봉수는 늘 이런 식이었다. 아버지가 살아 계실 때는 그 알량한 퇴직금을 알겨내느라 어디서 구해 왔는지 모를 구형 에쿠스로 아버지를 태우고 강원도 일대를 쏘다녔다. 아버지와 봉수는 대단지 테마파크가 들어선다는 사북 일대를 이 잡듯 뒤지고 닷새 만에야 오징어 한 축과 함께 희떠운 몰골로 돌아왔다. 만성 신부전증으로 일주일에 두 번 투석을 받아야 했던 아버지는 눈도 제대로 뜰 수 없을 만큼 전신이 퉁퉁 부어 있었다.

구급차 안에서 봉수는 '더도 덜도 말고 딱 열 배만 튀겨드릴 테니 당장 골프부터 배우세요' 너스레를 떨며 아버지의 손을 끌어다 부동산매매계약서에 인감을 눌러 찍었다. 그러나 봉수의 호언장담에도 불구하고 대단지 테마파크 개발 예정지는 아버지가 사들인 땅과 2백 킬로미터나 떨어진 곳에 있었다. 개발예정지구의 땅값은 하루아침에 천정부지로 치솟았지만 개발권에서 밀려난 변두리 지역 일부는 그린벨트로 묶인다는 소문이 나돌았다.

뒤늦게 소식을 전해 들은 아버지는 부동산매매계약서를 들고 에쿠스가 아닌 고장 난 스텔라를 어르고 달래 강원도로 달려갔다. 더 손해를 보기 전에 땅을 팔아치울 셈이었다. 불과 반년 사이에 사북 시내는 원주민이며 토박이를 내세운 부동산 간판들이 개척교회 숫자보다 불어나 있었다. 아버지는 수많은 부동산중계소 중 가장 간판이 크고 글씨가 고딕체로 간사스럽지 않아 뵈는 네 곳을 골라 들어갔다.

아버지 말에 따르면 네 곳 모두 꼭 끼는 양복을 차려입은 총냥이 같은 젊은 사내들이 문 앞에 대기하고 있었는데, 그들은 하나같이 젊으나 늙으나 구분 없이 손님을 사장님이라 부르며 내실의 푹신한 소파로 안내했다고 한다. 아버지는 그들에게 얕보이지 않기 위해 전직 초등학교 교사였다는 점을 강조하며 부동산매매계약서를 내밀었고, 총냥이 같은 젊은 사내들은 마치 한 공장에서 찍혀 나온 녹음테이프처럼 벽에 붙은 사북 지도를 가리키며 아버지의 땅이 자동차가 없으면 접근하기조차 쉽지 않은 돌산이라며 평당 2천 원씩 쳐주겠다고 대꾸했다.

그때까지만 해도 아버지는 머리에 쇠똥도 벗겨지지 않은 새파란 청년에게 속고 있다고 믿었다. 봉수와 함께 둘러본 땅은 분명 완만한 구릉과 작은 시냇물을 낀 너른 옥수수밭이었기 때문이다. 화가 난 아버지는 푹신한 의자를 박차고 일어나 근처 편의점으로 달려가 지도책 한 권을 샀다. 코끝에 돋보기를 걸친 아버지는 털실처럼 고불고불한 지도책 속 굽이 길을 손끝으로 따라가며 비포장도로를 두 시간이나 달려 부동산매매계약서에 적힌 산 346-19번지에 도착했다. 거긴 반년 전 봉수에게 이끌려 찾아갔던 너른 옥수수밭이 아니었다. 아버지를 가로막은 건 마치 공상과학영화 속에서 보았던 화성의 지표면 같은 화강암 천지의 돌산이었다. 아버지는 다시 식은땀을 쭉 빼며 처녑 같은 길을 빠져나와 여비로 챙겨간 20만 원을 1원도 남김없이 대단지 테마파크에 처박고 훗날 새로운 고질병인 고혈압을 얻어 돌아왔다.

"오빠들이 어디 그 땅 팔아서 자기네 배만 채웠니? 당신이 청와대에서 나온 정보다, 조달청 기밀이다 솔깃한 소리로 똥구멍을 살살 긁어대니까 거기 쏟아부었지. 둘째 오빠 이혼한 게 누구 때문인지 몰라서 이래?"

어차피 지울 아이였다. 나는 봉수의 젓가락 끝에 매달린 계란프라이를 뿌리치고 얼음처럼 차가운 맥주를 들이켰다. 찬 것이 훑고 지나간 목구멍이 아플 정도로 시렸다.

"이번엔 다르다니까. N시에 열병합발전소가 들어선대. 전처럼 땅을 사는 게 아냐. 이 회장이 독일이나 미국에서 개발된 기계값의 3분의 1 가격에 두 배의 효율을 낼 수 있는 기막힌 기계를 일본에서 들여오기로 했어. 지난주에 오사카로 날아가서 조인식 맺고 이제 원천기술만 받아오면 된대. 딱 3천만 원만 투자하면 나한테 지분의 3프로를 주겠다잖아. 당신이 몰라서 그렇지 3프로면 어마어마한 거야. 매달 로또에 당첨되는 거랑 맞먹는 거지. 이번엔 확실하다니까."

남은 맥주를 단번에 털어 마시고 계란프라이를 우물거리던 봉수가 아쉽다는 듯 쓴 입맛을 다셨다.

"엄마, 어린이집 원장님이 오늘은 꼭 전화 좀 해달래."

작아져 팔이 깡뚱한 파카를 걸친 혜주가 생활정보지 위에 색연필로 낙서를 하다 기어들어가는 목소리로 말했다.

"그래, 오늘은 너무 늦었으니까 내일 하자. 내일."

어린이집에 가는 혜주를 마지막으로 배웅한 게 보름 전이었다. 급식비가 밀리며 보육교사와 대면하는 게 겸연쩍어 아이를 혼자 내보내고 있었다. 일주일째, 혜주의 알림장에는 두 달치 급식비인 7만 원을 청구하는 안내문이 따라붙었다. 한창 크느라 얼굴이 조막만 해진 혜주가 부루퉁한 표정으로 내 무릎에 제 머리를 가져다 댔다.

"오늘 꼭 하랬는데. 꼭 오늘 해야 한댔는데."

집 전화와 휴대전화가 끊긴 지는 오래였다. 꼭 필요한 전화는 이웃에 가서 빌려 쓰거나 공중전화를 이용할 수도 있지만 혜주의 급식비 7만 원을 마련하지 못했으니 전화를 걸 면목이 없었다.

"혜주야, 우리 곧 이사 갈 거야. 강남으로. 너 지난번에 네 방 갖고 싶댔지? 아빠가 공주님처럼 예쁜 방 꾸며줄게."

혜주는 대답이 없다. 배달 우유가 끊긴 지난달 어느 아침에도 봉수는 같은 말로 혜주를 달랬다. 거짓말은 항생제와 같았다. 처음 한두 번은 기막히게 잘 듣지만 곧 내성이 생겨 바이러스를 더욱 성나게 한다.

"내일 엄마가 어린이집으로 데리러 갈게. 가서 원장님 만나 얘기할 테니 걱정 마."

불린 쌀에 물을 붓고 간장과 다시다를 섞어 죽을 쑤었다. 입가에 마른버짐이 앉은 혜주가 뜨거운 죽을 홀홀 불어가며 조금 먹더니 곧 숟가락을 내려놓았다.

"내일 꼭 데리러 와야 해."

나와 봉수의 볼에 각각 입을 맞춘 혜주가 눈을 비비며 안방으로 들어갔다. 혜주가 누울 자리에 요를 펴주고 곁에 누워 팔베개를 해주었다. 젖을 일찍 뗀 탓일까. 혜주는 잠이 들기 위해선 꼭 엄지손가락을 빨았다. 외풍 때문에 파카를 벗지 못하고 몸을 옹송그린 혜주가 아무리 빨아도 제 침만 도로 빨릴 뿐인 엄지손가락을 마디 끝까지 입속에 밀어 넣었다.

아침부터 밭은기침을 한 게 마음에 걸려 이마를 짚어보니 제법 따끔했다. 혜주가 잠들기를 기다렸다 수건을 찬물에 적셔 이마에 대주자 한기에 아이가 진저리를 쳤다. 내일까지 열이 내리지 않으면 보건소에 데려가야겠다는 생각을 하며 돌아섰을 때, 어느 결에 다가온 봉수가 나를 끌어안았다. 스웨터를 들춰 올리고 겨드랑이 아래를 유연하게 빠져나간 봉수의 손이 브래지어 호크를 풀었다.

"저리 가."

"왜 이렇게 까칠해?"

머릿속에서 폭약이 터지는 것처럼 눈앞이 아득했다.

"너 짐승이야? 냉골에 처자식 재우면서 그 생각이 나?"

봉수의 손을 뿌리치고 돌아서 화장대 서랍에 모아놓은 갖은 독촉장과 체납 통지서 뭉치를 봉수의 가슴팍에 집어 던졌다.

"내일이면 가스도 끊겨, 또 다음 주면 전기도 끊기고, 그다음엔 수도, 그다음엔 집을 비워줘야겠지. 혜주 급식비도 내야 하고 병원도 데려가야 해. 독감일지도 모른단 말이야!"

봉수의 쌍꺼풀 진 크고 깊은 눈에 물기가 맺혔다. 이부자리에 털썩 주저앉은 봉수가 고개를 숙이고 한참이나 말을 잇지 못했다.

"당신하고 혜주한테 나는 죽일 놈이지. 알아. 하지만 이번이 정말 마지막 기회라고 생각해. 이번 일만 잘되면 우리도 혜주 동생 낳고 집 장만해서 제대로 사는 거야."

아직 태동을 느끼기엔 턱없이 모자란 시기였지만 아랫배가 꿈틀하는 것만 같았다. 봉수가 내 손을 끌어다 제 뜨거운 눈물을 닦아냈다. 눈물은 곧 한데나 마찬가지인 집 안 공기에 차게 식어버렸다. 나는 스웨터에 손등을 닦아내고 혜주 곁에 몸을 뉘었다.

 "이젠 네 눈물에 다시는 안 속을 거야. 그러니 단념하고 불 꺼."

 그랬다. 나는 봉수의 눈물에 이미 수없이 속아왔다.

 변압기 내의 염화폐비닐처리기 폐기소를 만든다며 큰오빠의 보증으로 돈을 빌려낸 게 불과 1년 전 일이었다. 물론 오빠는 3개월 만에 융자 납입이 거의 끝나가던 일산의 서른두 평짜리 아파트를 빚구럭에 던져 넣어야 했다. 그때도 봉수는 저렇게 울었다. 하지만 그 눈물이 채 마르기도 전, 봉수는 작은오빠의 집과 3톤 트럭을 담보로 8천만 원을 빌려갔다. 미국의 유명 핫도그 체인 라이센스바라던 그 돈은 얼마 지나지 않아 피에로처럼 배가 부른 회장입네 하는 사내와 함께 미국으로 날아갔고, 곧 사기꾼인 그자의 정체가 아홉시 뉴스로 드러났다. 물론 그때도 봉수는 큰 눈을 끔뻑이며 울었다.

 엄마는 처음부터 봉수를 탐탁지 않아 했다. 봉수와 결혼을 결심했을 때, 엄마는 도력 깊기로 소문난 어느 스님을 찾아가 그의 사주를 내밀었다.

 "상극도 이런 상극은 없다는구나. 전생에 아주 철천의 원수여서 그 앙갚음을 하느라 환생을 해서 너를 꼬여냈다지 뭐니."

 엄마의 말에 따르면 봉수와 나는 전생에도 부부지간이었다고 했다. 전생에 서방이었던 나는 평생을 주색잡기로 허송세월하다

말년에 돈이 떨어지자 처자식까지 팔아치워 계집과 술을 샀단다. 그 탓에 화병을 얻은 봉수는 늙은 몸을 끌고 내 앞에 나타나 피를 뿜으며 숨을 거뒀는데, 그 피가 내 등허리에 튀어 현생인 지금까지도 붉은 반점으로 남아 지독한 한(恨)을 증명한다고 했다. 물론 나는 콧방귀도 뀌지 않았다. 전생이나 유령 따위보다 지고지순한 사랑을 믿던 시절이었다.

부모가 반대하는 결혼을 감행한 결과는 이처럼 참담하다. 큰오빠와 작은오빠는 남은 집과 가게와 차를 팔아 빚을 갚고 우리와 의절을 했다. 나는 막내 오빠에게 남은 마지막 선산을 처분해 그 지긋지긋한 대박 아이템에 처넣겠다는 봉수에게 이가 갈렸지만 언제나 그렇듯, 혜주가 꼭 닮은 그 큰 눈에서 처연하게 흘러내리는 눈물을 외면하지 못했다.

"우리 콘돔 없지?"

"그냥 해. 안전한 때야."

거짓말이 아니었다. 두 아이가 각각 시간 터울을 두고 한 배 속에 들어설 리는 없으니까. 가슴 한복판에 묽은 쌀죽이 말라붙은 스웨터를 말아 올리자 찬바람 한 줄기가 나와 봉수의 틈으로 미끄러지듯 새어들었다. 봉수가 추위 때문인지, 성감이 자극된 때문인지 작은 신음을 내며 내 속으로 천천히 밀려들어왔다.

잠결에 초인종 소리를 듣고 바지를 주워 입었다. 모자를 비뚜름하게 쓴 젊은 남자는 가스를 막아야 한다는 통보를 남기며 손에 든 멍키스패너를 흔들었다. 봉수도 그 소리에 잠에서 깼는지 가스 배관에 매달린 젊은 남자를 배꼽 내다보곤 욕실로 들어가 양치질을 했다. 그러고는 어젯밤 함부로 벗어두었던 양복을 말끔하게 다려 몸에 걸친 뒤 내게 손을 흔들며 집을 나섰다.

"언제든 입금만 하시면 제가 금방 달려와서 풀어드릴게요. 자녀도 있으실 텐데 추워서 어쩌신데요?"

작업을 마친 젊은 남자가 내게 납입해야 할 금액이 적힌 종이를 건넸다. 198200원 어치의 온기가 남자의 손에 든 멍키스패너로 단단히 틀어막혔다. 남자가 돌아가고 나자 혜주도 이불을 몸에 돌돌 말고 일어나 앉았다. 나는 휴대용 버너에 어제 먹던 죽을 데워 아이의 입에 몇 숟가락 떠 넣어주고 물수건으로 얼굴을 닦였다. 머리도 감기고 싶었지만 더 이상 따뜻한 물을 쓸 수 없었기 때문에 나는 혜주의 머리에 분무기로 물을 뿌리고 양 갈래로 쫑쫑 땋아 내렸다.

"입에서 연기가 나. 꼭 담배 피우는 거 같지?"

유치원복을 걸친 혜주가 입을 동그랗게 모아 하얀 입김을 뿜어 보였다.

"그런 말 하면 못써. 그리고 연기가 아니라 입김이라고 하는 거야."

나는 바지 한 벌과 팬티 한 장을 위생비닐에 담아 여벌로 어린이집 가방에 챙겨 넣고 혜주의 야윈 어깨에 걸쳐주었다.

"이따 올 거지, 엄마?"

현관에서 배웅하는 나를 향해 혜주가 힘없이 손을 흔들었다.

"엄만 약속 잘 지키는 착한 어른이잖아."

내 말에 혜주가 환하게 웃으며 경쾌한 걸음으로 계단을 내려갔다. 약속을 잘 지켜야만 착한 어른이라면 봉수는 분명 나쁜 어른일 터였다. 겨울방학 동안 부모님과 함께한 나들이 사진을 찍어오라는 어린이집 숙제를 봉수 때문에 해가지 못한 게 내내 마음에 걸렸다. 방학 마지막 날 혜주와 내가 하다못해 공원이라도 나가자고 졸랐지만, 그는 새벽녘이 돼서야 집에 돌아와 내년 여름엔 꼭 크루즈 여행을 떠나자는 달콤한 거짓말로 우리 입을 봉해버렸다. 혜주는 크루즈 여행을 가려면 비행기를 타야겠네? 환호성을 지르며 강중강중 뛰었지만 나쁜 어른인 봉수가 그 약속을 지킬 확률은 제로에 가까웠다.

헤어밴드에 본드로 리본을 붙이는 부업이 끝나자 2시 반이었다. 나는 완성된 헤어밴드 5백 개를 공장에 가져다주고 주임을 찾아갔다.

"오늘치에다 4만 원만 더 가불해주시면 안 될까요?"

주임은 머리에 실밥을 걸치고 앉아 리본에 구슬을 이었다.

"혜주 엄마도 참 딱하다. 돈도 못 버는 신랑 뭐가 좋다고 끌어안고 살아?"

일장 연설을 늘어놓을 셈인지 주임이 구슬을 꿴 실타래를 작업

268

바구니 안에 내려놓으며 미간을 찌푸렸다. 주임은 몇 해 전 사업에 실패한 남편과 위장이혼을 했다. 남편과 갈라서기 전에는 누가 이혼 소리만 꺼내도 땅이 꺼지고 하늘이 무너질 것처럼 겁이 났는데 막상 전략적으로나마 이혼을 하고 나자 영영 살림을 합칠 마음이 사라지고 말았다고 했다. 남편의 빚 때문에 차압당했던 월급이 차곡차곡 통장에 쌓여가자 먹지 않아도 배가 불렀고, 빚쟁이들 때문에 꽁꽁 숨겨두었던 유리그릇을 꺼내놓고 보니 그걸로 맹물만 마셔도 가슴이 뻥 뚫리는 것 같다고 했다.

"원래 가불은 안 되지만 내가 혜주네 사정 모르는 것도 아니고 어쩌겠어. 그러고 보면 혜주 엄마도 참 허릅숭이야."

주임이 말끝에 혀를 차며 어디론가 사라졌다 반으로 접은 돈 7만 원을 내게 내밀었다. 낙태 비용이 얼마나 될지 알 수 없었지만 그것까지 요구하기엔 양심이 곱아들었다. 돈을 받아 드는 내 꼭뒤로 공장 사람들의 시선이 따갑게 꽂히는 것만 같았다. 아쉬운 소리하기 좋은 사람이 세상에 어디 있을까 싶지만, 당장 급식비를 장만하지 못하면 다음 달부터는 어린이집도 끊어야 할지 몰랐다. 나는 주머니에 7만 원을 구겨 넣고 혜주의 어린이집으로 걸어갔다. 마침 어린이집 정문 앞에 경차 한 대가 섰다. 짙게 선팅된 자동차 조수석 문이 천천히 내려가더니 운전석에 앉은 여자가 내 쪽으로 몸을 기울여 인사를 건넸다.

"혜주 어머니시죠?"

혜주를 아는 걸 보면 같은 어린이집에 아이를 맡긴 학부형인지 몰랐다. 딱 한 번 자모회에 참석한 적이 있었지만 여자의 얼굴은 낯설었다. 나는 앞섶에 본드 자국이 선명한 조끼를 손바닥으로 가리며 여자에게 맞인사를 했다.

"혜주 아버님께 말씀 많이 들었어요."

뜻밖에도 여자는 봉수를 알고 있는 듯했다.

"우리 그이를 아세요?"

여자가 운전석 문을 열고 나와 길고 풍성한 파마머리를 흩날렸다. 머스크 계열의 향수 냄새가 바람결에 묻어왔다.

"그럼요, 단골이신데요. 어린이집 홈페이지 보면 부모님 잡(job) 올라가 있잖아요. 그거 보시고 찾아오셨다기에 특별히 신경 써 드리고 있어요."

집에 컴퓨터가 없으니 어린이집 홈페이지도 들어가본 적이 없었다. 여자가 어떤 일을 하는지 궁금했지만 직접 묻기도 멋쩍은 데다 외모만으로는 딱히 추측할 만한 실마리가 없었다.

"마사지 풀코스가 원래 12회인데 혜주 아버님은 3회 더 추가해 드렸어요. 언제 혜주 어머니도 꼭 한 번 오세요. 사거리 농협 건물 이층 예나스킨케어예요."

여자가 명함첩을 열어 분홍색 명함 한 장을 건넸다. 소녀처럼 팽팽한 여자의 뺨 위로 햇살 한 줌이 부서졌다. 명함을 주머니에 집어넣고 나자, 오예나라는 명찰을 단 여자아이가 그녀에게 달려

들어 답삭 안겼다.

"라자냐 먹고 싶어. 오렌지에이드랑."

예나를 안은 여자가 내게 목례를 하고 싱그럽게 웃으며 자동차에 올라탔다. 나는 자동차가 남긴 부윰한 흙먼지를 뒤집어쓰고 서서 주머니 속 명함을 손톱으로 흠집 냈다. 그녀의 보드랍고 유연한 손가락에 얼굴이며 목덜미를 내맡겼을 봉수를 떠올리자 얼굴이 화끈 달아오르고 입안이 바짝 말랐다. 정말 주임의 충고대로 제 살길을 찾아 쿨하게 헤어지는 것도 나쁘지 않다는 생각이 들었다. 하지만 내겐 혜주가 있었다. 가난한 것도 모자라 한쪽 보호자란까지 휑하게 빈 초등학교 입학서류를 작성하고 싶지 않았다. 나는 마치 큰 다짐을 한 양 이를 악물고 왕겨처럼 사박사박 발길에 밀리는 마사토 운동장을 지나 건물 앞에 다다랐다. 마침 건물 입구에서 원생들의 하원을 돕던 원장이 한겨울에도 스웨터와 조끼 차림의 나를 안쓰럽다는 듯 애처로운 눈길로 바라보며 원장실 문을 열었다.

"혜주 어머님, 무슨 일 때문에 전화 면담 요청한지는 잘 아시죠? 그간 혜주네 사정을 잘 몰랐는데 급식비가 자꾸 밀리는 걸 보니 상황이 여의치 않으신 것 같아요. 그래서 말인데 동사무소에 가서서 도움을 구해보세요. 요즘 그런 집이 한둘이 아니라 부끄러울 것도 없으세요."

물론 알아보지 않은 건 아니었다. 영세민 혜택을 받으려면 몇 가지 조건이 충족되어야 했는데 그중 하나가 직계가족의 재산 규모였다. 나의 두 오빠들과 같은 이유로 봉수와 인연을 끊은 시부모는 천안에서 벼농사를 지었다. 겨우 두 마지기뿐인 재산이긴 하지만 그게 버티고 있는 한 우리는 국가로부터 어떤 혜택도 받을 수 없었다. 봉수를 달래 시부모와 화해를 시도해봤지만, 서로 얼굴 마주하기 무섭게 봉수가 보증서류를 내밀어 모든 게 허사로 돌아갔다.

"그리고 또 하나 말씀드릴 게 있어요. 요즘 혜주가 자꾸 소변을 실수해요. 매일 옷을 적셔서 보내주신 바지로 갈아입혀 보내는 날이 많으니 잘 아실 테죠. 애들이 다 그렇긴 하지만 혜주는 또래에 비해 빈도가 너무 잦아요. 이대로 두면 안 되겠다 싶어요. 만 5세인데 그런 실수를 한다는 건 정서적인 문제가 있다는 거예요. 힘드시더라도 어머니가 신경을 써주세요."

그랬다. 나는 힘들었다. 혜주를 어린이집에 보내고 오전에는 가죽공장에 나가 하루 종일 젖은 돼지가죽을 염색제 통에 담갔다 빼기를 반복했다. 그리고 집에 돌아오면 혜주를 재워놓고 헤어밴드에 본드칠을 했다. 그러다 요새 들어 점점 어깨가 빠질 듯 아프고 팔을 들지 못할 지경이 되어 지난달 엑스레이를 찍어보았다. 어깨는 정말 빠져 있었다. 습관성 탈구였다. 가죽공장에서는 툭하면 성치 못한 어깨로 공정에 차질을 빚는 직원은 원치 않았다. 대신 공장에서 쏟아져 나오는 가죽 벨트를 집에서 받아다 간이 프레스로 버클을 심는 부업을 시작하게 됐다. 버클 한 개당 70원, 하루 종일

3백 개를 달고 나면 내게 돌아오는 건 2천 원 남짓이었다. 좀더 고되지 않은 돈벌이를 고민하다 봉수 몰래 노래방 도우미라도 되어볼까 하는 마음이 없었던 것도 아니었다. 하지만 그때마다 세상에서 가장 무서운 것이 자식 눈이라던 엄마의 목소리가 떠올라 불경스런 마음을 허겁지겁 거둬들인 게 한두 번이 아니었다.

"고맙습니다. 하지만 혜주 아빠 사업이 잘되고 있어요. 이거 두 달치 급식비예요. 혜주도 곧 좋아지겠죠."

원장이 뜨악한 얼굴로 나를 바라보았다. 일부러 어깨를 펴고 등을 곧추세운 뒤 원장에게 가볍게 목례를 하고 원장실을 빠져나왔다. 부뚜막에서 고기 훔쳐 먹고 나오는 개처럼 꼬리가 있다면 가랑이 사이로 숨기고 싶은 심정이었다. 어린이집 입구에서 혜주가 아이들 틈에서 빨간 소스가 뚝뚝 떨어지는 떡꼬치를 들고 내게 팔을 벌렸다. 나는 부러 기분 좋은 듯 혜주를 번쩍 들어 안아 한 바퀴 빙그르 돌린 뒤 가슴에 꼭 끌어안았다.

"엄마랑 막내 삼촌네 놀러 갈까?"

기분이 좋아진 혜주가 같은 반 아이들을 향해 빨간 혀를 날름거렸다.

"난 막내 삼촌네 놀러 간다. 부럽지? 우리 삼촌은 영어도 디게 잘한다. 미국사람 친구도 있어."

어린이집 가방을 둘러멘 혜주가 초롱꾼처럼 앞서 걸으며 고개를 좌우로 흔들었다.

"오늘은 바지에 쉬 안 했다. 그리고 엄마한테는 말 안 했는데 11월 생일인 애들 오늘 파티했어. 선생님이 선물 사 오라고 했는데 우린 돈이 없잖아. 그래서 그냥 갔는데 선생님이 아무 말도 안 했다."

발목에서 한참 올라가 조리개가 늘어난 유치원복이 눈에 박혔다. 안쓰러운 마음에 혜주를 등에 업고 막내 오빠가 사는 D시행 버스를 탔다. 버스는 따뜻했고 혜주는 금세 잠이 들었다. 나는 이마에 송골송골 땀을 맺고 잠이 든 혜주의 따끈한 이마를 몇 번이고 쓰다듬으며 어둑해져가는 거리를 바라보았다. 혜주 또래 아이 하나가 펭귄 캐릭터 인형을 끌어안고 딸기우유를 마시며 제 엄마인 듯한 여자 곁에서 새실거리며 걷고 있었다. 혜주가 깨어 있었더라면 와아, 뽀로로다 하며 손가락질을 했을 게 틀림없었다. 사위어가는 햇살이 스며든 혜주의 눈가를 손바닥으로 가려주었다. 아이의 눈초리가 가볍게 꿈틀댔다.

퇴근 시간이 임박한 도로는 뚫릴 줄을 몰랐다. 한 시간 남짓한 시간이면 도착할 거리가 두 시간이 훌쩍 넘어서야 버스는 목적지인 D시에 우리를 내려놓았다. 나는 몇 번이고 망설이다 노점에서 귤 2천 원어치를 사 들고 막내 오빠네 아파트로 들어섰다. 귤이 든 비닐주머니가 흔들릴 때마다 혀뿌리가 새큰거리며 묽은 침이 고였다. 신 과일이라면 진저리부터 치고 보는 입맛이 임신으로 바뀐 모양이었다. 지금쯤 아기는 작은 심장을 콩닥거리며 금실처럼 가늘고 반짝이는 머리카락이 자라고 있을 터였다. 어쩌면 봉수가 그토록 바랐던 아들일지도 몰랐다. 이번에 3천만 원을 종잣돈 삼아 봉수가 재기를 한다면 낳아볼 욕심이 없는 것도 아니었다. 지금껏 운이 나빠 혈육들에게 구정물만 튀겨온 인생이었지만 이 아이가 태어나면 그 궁짜 든 운도 한 번쯤은 시원하게 트일지 모를 일이다. 입안에 고인 침을 꿀꺽 삼키며 아파트 입구에 서서 심호흡을 했다.

오줌 지린내도, 건초처럼 밀려다니는 검은 먼지도 없는 깨끗한 아파트였다. 엘리베이터에서 내리자 등에 업은 혜주가 잠에서 깨 내려달라고 졸랐다. 혜주의 옷을 털고 입가에 번진 침 얼룩과 마른버짐을 몇 번이고 문질러 닦은 후 벨을 눌렀다. 한참을 기다려도 현관문은 열리지 않았다. 몇 번이나 벨을 눌렀지만 여전히 아무 기척도 느껴지지 않았다.

"막내 삼촌 집에 없어? 막내 외숙모는? 현택이 오빠랑 현아 언니도?"

혜주가 불안한 눈길로 내 소맷자락을 그러잡았다.

"외출하셨나 보다. 곧 오시겠지. 여기서 잠깐 기다리자."

나는 조끼를 벗어 계단참에 깔고 혜주를 앉혔다.

"엄마, 배고파."

나 역시 허기가 느껴졌다. 여기저기 종종거리고 다닌 탓에 아침에 남은 죽 반 그릇을 먹은 게 오늘 끼니의 전부였다.

"우리 한 개만 먹을까?"

검은 비닐에 든 귤 열 개 중 한 개를 꺼내 두 쪽은 내가 먹고 나머지를 하나씩 떼어 혜주 입에 넣어주었다.

"나 아기 때, 아빠가 귤 사 온 적 있었는데. 엄마 기억나?"

봉수는 사업이 실패하거나 사기를 당하면 몇 달이고 집에 들어오지 않았다. 처음에는 그를 찾기 위해 휴대전화 위치추적도 해보고, 실종신고도 해봤지만 그의 행방불명이 거듭될수록 조바심이나 걱정도 느슨해졌다. 한 달, 혹은 두 달 만에 집으로 돌아오는 봉수는 부옇게 살이 올라 있었다.

"전라도 깡촌에서 도 좀 닦고 왔어. 손바닥만 한 암자에서 공양주 노릇도 하고 마당쇠 노릇도 하면서 새로운 사업 아이템을 구상했지. 거기서 만난 박 형이라는 친구가 있는데 아주 물건이야."

귤 봉지를 내려놓으며 혜주를 끌어안는 봉수의 손마디가 아이처럼 고왔다.

"우아, 오늘 무슨 날인데 불고기를 다 했어? 잡채도 있네."

혜주의 입에 귤을 까 넣으며 헤죽대던 봉수가 막 차려낸 저녁상에 달려들 태세였다.

"한입도 먹지 마. 이거 혜주 세 돌 상이야."

시계가 없었지만 거리가 완전히 어두워진 걸로 보아 저녁 8시가 훌쩍 넘은 것 같았다. 혜주는 곱아드는 손을 호호 불어가며 봉지 속 귤을 흘끔거렸다.

"막내 삼촌 만나면 먹자. 그럴 수 있지?"

혜주가 고개를 끄덕이다, 울상을 지었다.

"추워서 그래? 엄마가 안아줄까?"

"엄마, 혜주 잘못했어요."

혜주는 실수를 하면 존댓말을 썼다. 혜주가 다리 사이에 손을 모아놓고 눈물을 뚝뚝 흘렸다. 봉수를 닮아 송아지처럼 크고 깊은 눈에서 샘물처럼 맑은 눈물이 쏟아졌다. 아이의 다리 사이를 더듬어보니 노란색 유치원복 바지가 흠뻑 젖어 있었다. 그 사이로 지린내 풍기는 하얀 김이 무럭무럭 올라왔다.

"괜찮아. 울지 마. 유치원 가방 안에 여벌로 넣어놓은 바지가 있을 거야. 그걸로 갈아입자."

혜주의 등에 매달린 가방에 손을 가져다 댔을 때 혜주가 벌떡 일어나 으앙, 더 큰 소리로 울기 시작했다.

"잘못했어요, 엄마. 사실은 오늘 어린이집에서 또 오줌을 쌌는데, 엄마가 속상할까 봐 거짓말을 했어요."

두 손을 모아 비는 시늉을 하는 혜주의 턱이 복숭아씨처럼 쪼글거렸다. 아이를 다그칠 여력이 없었다. 차갑게 식어가는 배설물을 깔고 앉아 손바닥을 맞비비는 아이가 가여울 뿐이었다.

"혜주야, 거짓말하는 건 나쁜 거야. 너도 알지? 그래, 알 거야. 울지 말고 여기 잠깐 있어. 엄마가 삼촌한테 전화 좀 하고 금방 올게."

어린 이파리처럼 어깨를 파르르 떨던 혜주가 겨우 고개를 끄덕이며 진정하기 시작했다.

"엄마 올 동안, 귤 먹고 있어. 딱 두 개만 먹는 거야."

더 이상 아이를 떨게 할 수는 없었다. 나는 자리에서 일어나 혜주에게 귤이 든 비닐주머니를 내밀었다. 턱을 들썩이며 울던 혜주가 비닐주머니를 받아 쥐고 고개를 끄덕였다.

막내 오빠가 근무하는 영어학원에 전화를 걸기 위해 아파트 앞 공중전화 부스를 찾아 나섰다. 휴대전화가 늘어나며 공중전화를 찾는 일이 쉽지 않아졌다. 나는 두 개의 큰길을 건너 간이시장을 지나서야 겨우 두 칸짜리 전화 부스를 찾아냈다. 조끼를 아이에게 벗어준 탓에 한겨울 추위가 온몸으로 고스란히 몰아닥쳤다. 지갑에는 겨우 돌아갈 차비뿐이었지만 막내 오빠를 만나면 택시비라도 꿀 셈으로 잔돈을 헐어 공중전화에 넣었다. 벨이 서너 번 울리자 귀에 익은 목소리가 들렸다.

"오빠, 성희야. 잘 있었어?"

"성희야, 너 정말 성희니?"

막내 오빠의 목소리 뒤로 요란한 잡음이 섞여 들렸다.

"응, 나 성희야. 지금 오빠네 집 앞인데 언니 외출했나 봐. 언제 집에 와?"

"너 그게 무슨 소리야? 우리 지금 다 G병원이야."

마치 죽어 혼령으로 돌아온 동생을 마주하기라도 하듯 오빠의 목소리가 간단없이 흔들렸다.

"아이고, 성희야! 네가 안 죽고 살아 있구나. 이게 무슨 조화라니. 아침에 이 서방 그 호랑말코 같은 놈이 니가 교통사고로 다 죽어간다면서 G병원으로 오라고 전화를 했단다."

불쑥 물기 어린 엄마의 목소리가 끼어들었다. 오빠 옆에 있다 전화를 가로챈 듯했다. 엄마는 자꾸 해야 할 말을 잊고 '아이고, 어머니'를 연발했다.

"내가 교통사고가 났다고? 무슨 말인지 자세히 좀 이야기해봐."

"G병원에 뛰어갔더니 1층 로비에서 이 서방이 울고 있지 뭐냐. 보자마자 웬 이름 석 자를 대면서 그 교수인지 의사인지가 아니면 니가 죽게 생겼다면서 3천만 원부터 가져오라는 거야. 내가 정신이 나갔지. 전생에 철천지원수였던 놈 말을 곧이곧대로 믿고 있는 돈 없는 돈 톡 털어 그 아가리에 디밀었으니."

뚜우 뚜우 뚜우, 공중전화기가 새 동전을 요구했다. 나는 떨리는 손으로 남은 동전을 모두 밀어 넣었다.

"허구한 날 사기만 당하던 놈이, 남한테 등치는 것만 배워서 지 마누라를 팔아 돈을 뜯어내? 아이고, 어머니!"

엄마가 쉰 목소리로 꺽꺽 울어댔다.

"엄마, 미안해. 다시 전화할게. 나도 뭐가 뭔지 알아야 할 거 아냐!"

남은 동전이 떨어지기 전에 재발신 버튼을 눌렀다. 그리고 봉수의 휴대전화로 전화를 걸었다.

"고객의 요청에 따라 착신이 정지된 번호입니다. 다시 확인하시고……."

봉수는 전화의 착신을 정지시켜놓았다. 수화기를 내려놓아도 거슬러지지 않을 액수의 돈이 남아 깜빡였다. 나는 올가미에 목을 걸 듯 힘겹게 수화기를 내려놓고 어둑하게 사원 거리를 걸었다. 저녁과 함께한 반주로 흠뻑 취한 사내 둘이 목청껏 노래를 부르며 밤거리를 휘청거렸다. 그들과 함께 막내 오빠의 아파트로 향하는 교차로에 선 나도 술에 취한 것처럼 땅이 꺼지고 속이 불쾌하게 울렁거렸다.

이제 내게 남은 건 혜주뿐이었다. 혜주, 귤 두개를 아껴 먹으며 기다리고 있을 혜주에게 가야 했다. 불안하면 오줌을 싸는 아이가 차가운 시멘트 계단에 앉아 더 젖을 것도 없는 바지를 적시며 울고 있는 건 아닐까 두려웠다. 어디선가 새된 아이 울음소리가 들리는 것 같았다. 가야 했다. 빨리 가야 했다. 봉수를 닮아 커다랗고 까만 눈망울에서 눈물이 쏟아지는 걸 내버려둘 수 없었다. 혜주를 등에 업고 입김이 담배 연기처럼 뿜어지는 집으로 돌아가 몇 달이고 봉수가 돌아올 날만 기다릴 것이다. 그러다 부옇게 살이 오른 봉수가 3천만 원을 털어먹고 다시 돈 구멍을 호비러 돌아오면 주임이 그랬던 것처럼 쿨하게 이혼서류를 내밀고 그를 잘라낼 거였다.

"어어, 아줌마! 아줌마!"

횡단보도를 건너는 내 등 뒤로 술 취한 사내의 다급한 목소리가 들려왔다. 순간, 해일처럼 거대한 트럭 한 대가 지푸라기 같은 내 몸을 으깨고 지나갔다. 그리고 길고 영원할 것만 같은 정적이 나를 찾아들었다. 나는 추위도 배고픔도 느끼지 못했다. 늘 따라다니던 어깨의 통증도 씻은 듯 사라졌다. 사람들이 내 주위로 모여들고 어디선가 구급 사이렌이 들렸다. 술에 취해 비틀거리던 두 사내가 도로변에 퍼질러 앉아 얼빠진 표정으로 내 쪽을 물끄러미 바라보았다. 누군가 비명을 질렀고 또 누군가는 구토를 하는지 웩웩거렸다. 그 자리에서 유일하게 태연한 사람은 오직 나 혼자뿐인 것 같았다.

주황색 옷차림의 젊은 사내가 내 눈꺼풀을 강제로 벌리곤 손전등을 들이댔다. 눈앞이 부유스름하더니 곧 캄캄하게 암전됐다. 소란스럽던 거리의 소음이 일순 뚝 끊겼다. 그러고는 마치 오랫동안 안고 살던 체기가 단번에 뻥 뚫린 것처럼 몸이 가뿐해지는 게 느껴졌다.

나는 배 한가운데가 납작해져 있었다. 트럭 바퀴가 아랫배를 정확히 짓밟고 지나간 거였다. 쏟아진 면발처럼 배 속을 빠져나온 창자들 사이로 정구공만 한 자궁이 보였다. 한때 내 것이었던 발그스름한 살덩이를 바라보며 나는 그다지 슬퍼하지 않는 자신에 조금 놀랐다. 다만 안타까운 게 있다면 혜주에게 나 역시 약속을 지키지 않는 나쁜 어른이 되었다는 것뿐이다. 하지만 미안해할 필요는 없다. 사랑받기 위해 거짓 웃음을 짓고, 또 사랑을 거절하기 위해 거짓 울음을 흘릴 나이가 되면 혜주도 나와 봉수를 이해하게 될 것이다. 그 애 역시 언젠가는 제 부모를 닮아 나쁜 어른이 되고 또 제 아이를 착한 아이로 기르려 애쓰다 늙어 죽을 게 뻔하다. 이렇게 될 줄 알았다면, 나쁜 어른도 그리 나쁜 것만은 아니란 걸 일러줄 걸 그랬다. 그걸 깨닫고 나면 제 아비처럼 세상살이가 한결 쉬워질지 모르니까.

나는 로드킬당한 동물처럼 너덜거리는 몸을 벗어나 사람들의 머리를 헤치고 하늘로 솟아올랐다. 주황색 옷차림의 젊은 사내가 들것을 내려 두 동강 나다시피 한 내 몸을 그 위에 실었다.

나는 혜주가 기다리는 아파트로 비행기도 타지 않고 가볍게 날아갔다. 팔을 휘젓거나 발을 풍덩거려 추진할 필요도 없었다. 단지 마음이 가는 곳으로 의식도 따라가고 있을 뿐이었다. 나는 두 개의 큰길을 지나, 귤을 파는 노점을 지나, 잠든 경비원의 초소를 지났다. 엘리베이터를 기다릴 필요도 없었다. 이미 내 몸은 켜켜이 쌓인 콘크리트 계단을 스치듯 훑고 올라가 혜주가 기다리는 13층에 다다랐다. 혜주는 흥건하게 젖은 바지를 무릎 아래로 내리고 앉아 제 주먹보다 작은 귤을 입술 사이에 넣어 쪽쪽 빨고 있었다.

"아빠, 힘내세요. 혜주가 있잖아요. 엄마, 힘내세요. 혜주가 있어요."

달싹이는 입술이 형광분홍색 조화 같았다. 혜주의 손에는 아직 까지 않은 귤이 남아 있었다. 나는 혜주의 머리 위를 빙빙 돌며 있는 힘껏 소리쳤다.

'혜주야, 아가, 우리 귀여운 아가. 엄마는 이제 배가 안 고파. 그

러니까 남은 귤도 네가 먹으렴. 남기지 말고 모두 먹으렴. 아가, 아가, 착한 내 아가.'

혜주의 귀밑머리가 조금, 아주 조금 흔들리다 말았다.

강지영이라는 고유명

박인성(문학평론가)

이야기꾼의 자질

강지영 작가의 첫번째 단편집『굿바이 파라다이스』(2009, 씨네21)
가 나온 지 벌써 꽤 많은 시간이 흘렀다. 그 이후로 강지영 작가
는 여러 장편소설을 다작하며 폭넓은 이야기 세계를 구축해왔으
며, 여러 장르를 넘나드는 이야기꾼의 자질을 보여주었다. 단편소
설에 있어서도 강지영 작가 특유의 이야기성이 단편미학의 제한
적인 테두리에 갇히지는 않은 것 같다. 장편소설들에서도 다채로
운 소재와 설정을 활용해 다양한 이야기를 선보였지만, 단편소설
에 있어서의 특징은 다소 다른 방식으로 발휘되기 때문이다. 그러
한 특징을 짚어보는 것은 강지영 작가가 지닌 이야기꾼으로서의

개성 가운데 일부를 더욱 정확하게 확인하기 위한 과정이 될 것이다. 그리고 이는 강지영 작가를 일반문학과 장르문학 어느 쪽에 의식적으로 배치하기보다는 여러 이야기 문법과 관습에 능숙한 이야기꾼으로서의 면모를 부각하게 된다.

우선 이 글은 한국문학의 지형에서 강지영 작가를 어떠한 좌표에 위치시키기 위한 글은 아님을 밝힌다. 물론 강지영 작가는 거시적으로 보자면 한국문학의 지형에서는 좌표가 확실치 않은 작가 중 한 명이다. 그러나 이는 결코 부정적인 평가가 아니며, 오히려 문학장의 좌표와는 무관하게 자기 영역을 구축하고 있는 작가임을 강조해야 할 필요가 있다. 무엇보다도 요즘 같은 시기에 강지영 작가가 지닌 이야기꾼으로서의 자질은 소중한 것이다. 한국문학이 점차적으로 상실해왔던 이야기에의 몰입과 플롯에 대한 향수를 일깨워주기 때문이다. 언제부터인가 한국 단편소설은 대단한 경향의 차이를 보이지 않고 있는 것이 사실이다. 작가들의 소설적 기획은 개인의 내면만을 과도하게 전경화하거나, 특정한 사건 없는 세계를 그저 브리콜라주적인 방식으로 그려냄으로써 플롯으로부터 손쉽게 이탈해버리곤 한다. 이것은 마치 몰입 없는 이야기야말로 문학적인 수법인 것처럼 착각하는 편견 때문이기도 하다. 그러나 최근 드라마나 영화가 점유하고 있는 이야기 자체에 대한 몰입의 욕구가 언제나 존재하듯, 플롯에 대한 노스탤지어는 어느 때이고 강력하게 살아남는다.

상대적으로 그동안 강지영의 이야기적 문법은 포용력 있는 작품세계를 구성해왔다고 할 수 있다. 주제와 소재의 다양성에만 그치지 않고 이야기의 본질적인 구성과 독자를 향한 선명한 전달은 분명히 지금 시대에 필요한 미덕이다. 더욱이 플롯에 대한 향수를 포기하지 않는다면, 순문학과 대중적 이야기 사이에 위치하는 중간문학의 가치와 가능성은 앞으로 더욱 중요해질 것이다. 이러한 지점에서 강지영의 텍스트가 가지는 장점은 이야기의 선명함과 그에 따른 가독성이다. 가독성이라는 말은 흔히 만능의 어휘처럼 활용되곤 한다. 문장 단위의 차원에서 쉬운 문장을 구사한다는 말처럼 들리지만, 실제로 소설에서 가독성이 있다는 말은 정확하게 어떤 의미일까를 고민해보는 것은 중요한 일이다. 이미지의 시인성(是認性)과는 달리, 텍스트의 가독성이란 문장 단위에서만 결정되지 않기 때문이다. 오히려 이야기에 있어서 가독성이란 독자를 어떻게 이야기의 문법으로 보다 더 잘 몰입시킬 수 있는가의 문제이며, 엄밀하게는 문장의 문제가 아니라 플롯의 문제다.

  강지영의 강점은 여러 이야기 문법과 플롯을 활용한 이야기의 구성과 전달에 익숙하다는 점이며, 가독성 있는 주제를 선명하게 전달한다는 점이다. 이번 작품집 『개들이 식사할 시간』은 우선 넓은 스펙트럼과 이야기적 상상력의 다양성을 잘 보여준다. 그러나 이것은 강지영의 소설적 세계에 있어 응집력이 부족하다는 이야기는 아니다. 오히려 각각의 소설들은 저마다의 방식으로 응집된 이야기의 밀도를 보여주며, 이야기 자체가 전달해야 하는 주제를 매개로 하여 간명하게 전달되는 것이다. 언제부터인가 한국문학에서 금과옥조처럼 생각되는 '이야기의 장편'과 '미학의 단편' 사이의 해묵은 구분을 사용하지 않고서도 이야기의 플롯과 구성이야말로 가장 본질적인 소설의 미학임을 충실하게 드러내는 것이다. 강지영은 이 소설집에 포함된 여러 이야기들 속에 구술적인 대화 상태를 염두에 두고 있으며, 이야기의 요점을 전달함과 동시에 그에 대한 반향을 유도하고 있다. 좋은 이야기는 반드시 독자에게 특정한 반응을 이끌어낸다. 그것은 단순히 이야기가 우리에게 주는 감흥의 문제가 아니라, 이야기에 대하여 독자의 거부감 혹은 참여를 이끌어내는 것이기도 하다. 그리고 강지영 작가는 단편소설의 형식에 있어서도 이야기의 주제를 어떻게 더 명확하게 전달할 수 있을지를 고민하는 드문 작가들 가운데 한 명임에 분명하다.

주제는 나의 힘

흔한 편견과 달리 주제(theme)는 단순히 작가가 전달하고자 하는 메시지나 의도가 아니다. 오히려 주제란 작가와 독자 그리고 텍스트가 교차하며 잠정적으로나마 동거하는 임시적인 장소다.

작가가 이러한 장소를 마련함으로써 이야기의 내용적인 구심점만이 아니라, 가상적이나마 독자와의 대화적 장소를 구성한다. 주제는 이야기를 일차적인 메시지로 환원한다는 혐의를 받음으로써 진지한 문학이론의 영역에서 과도할 정도로 추방되어온 대상이지만, 실제로는 언제고 비평적 입장들이 가장 먼저 의식해야만 하는 대상이다. 주제는 무시한다고 해서 배제되는 대상이 아니라 어떤 식으로든 '이미' 경유하고 있는 텍스트의 독서 행위 자체이기 때문이다. 따라서 주제는 텍스트의 문장들을 일종의 나열이 아니라, 더 나은 이야기적 구성으로 제공하는 연결고리 혹은 응집력 좋은 접착제가 되어주는 것이다.

강지영이 선명한 주제의식을 활용할 줄 아는 작가라는 사실은 이번 소설집의 여러 이야기를 통해 거듭 확인되지만, 그중에서 표제작인 「개들이 식사할 시간」은 강한 흡입력으로 독자를 끌어당기는 섬뜩한 이야기라는 점에서 가장 선명하게 주제를 전달한다. 무엇보다도 이 이야기의 주된 화두는 '죄'와 '망각'에 초점이 맞추어져 있다. 소설의 주인공이자 화자인 이강형은 한동안 연락도 주고받지 않았던 어머니의 갑작스러운 부고에 석연치 않음을 느끼고 고향땅을 방문하게 된다. 그곳에서 과거 '장갑 아저씨'라는 이름으로 기억하는 이창갑을 만나게 되는데, 그의 이야기를 들으며 자신이 한동안 잊고 있었던 과거의 이야기를 상기하게 된다. 문제는 단순히 과거의 상기만이 아니라, 자신이 모르고 있었던 이면의 사실들 혹은 실은 알면서도 짐짓 모르는 척했을 뿐인 사실들을 복기하게 되는 것이다.

　실제로 이강형의 어린 시절 도둑질과 그에 이어진 거짓말들은 이창갑을 철저하게 마을 내부의 범죄자, 타자, 불가촉천민으로 만드는 계기를 제공했으며, 그의 부모들 역시 그러한 이창갑의 몰락에 강력하게 개입되어 있었던 것이 사실이다. 그럼에도 불구하고 이강형은 고향을 떠난 이후로 이창갑의 존재 자체를 잊고 있었으며, 그가 아버지의 사후 오랫동안 어머니의 동거인이라는 사실조차 모르고 있었다. 이러한 연유가 어머니의 부고를 통해 이강형이 이창갑의 존재를 환기하게 되며, 자기 자신의 삶과 죄를 반추하게 되는 계기다. "개가 개같이 굴어야지 정승처럼 굴면 그것도 참 숭해요"(40쪽)라는 이창갑의 말은 강형과 강형의 가족 전체, 더 나아가서는 마을 집단까지를 겨냥하는 것이며 인간의 본성에 대하여 되묻는 주제적 의식의 표현이기도 하다. 그러나 사실 이 주제는 두 겹으로 이루어진 것인데, 이미 저지른 죄보다도 망각이야말로 진정한 의미의 죄이며, 뒤늦게 과거를 회상하고 진실을 아는 것만으로는 결말에 있어 늘 부족하다는 점이다.

　따라서 이야기는 결말에서 다시 처음으로 돌아온다. 작가는 의식적으로 이야기의 서두를 결말로 먼저 제공했던 것이다. 「개들이 식사할 시간」은 서두에서부터 이미 도사견에 의해 물어뜯긴 이후 몽롱해져가는 이강형의 의식을 통해 서술되고 있다. 그 와중에도 그는 창갑이 건네는 개고기 먹기를 거부하는데, 그럼에도 불구하고 강형은 개고기보다 역겨운 자기 기억을 억지로 삼키게 되는 셈이다. 따라서 이야기는 일종의 주마등이지만, 삶을 종합해주고 이해시켜주는 것이라기보다는 자기 자신의 삶이야말로 최종적인 죽음의 순간에도 얼마나 받아들이기 힘든 부정적인 것인지를 적대적으로 상기시켜줄 따름이다. 그럼에도 불구하고 삶 자체는 파편적이거나 해체적인 것이 아니라 명료한 주제의식을 향해 구성되는 것이며, 왜 이강형이 이창갑에 의해 그처럼 모욕받아야 하는가를 기억을 되돌려 보여주어야 하는 것이다.

이처럼 강지영의 소설의 주제는 텍스트의 플롯을 통해 우회하는 과정 중에 본래의 메시지보다 파괴적인 것이 되며, 단순히 텍스트 내부의 인물을 겨냥하는 것이 아니라 독자를 향한 포괄적인 질문이 된다. 물론 인간 전체에 대한 냉소적 시선에도 불구하고, 이 이야기가 창갑의 복수나 범죄를 단순히 용인하거나 정당화하는 것은 아니다. 오히려 창갑과 강형, 그리고 강형의 어머니에 대한 이해의 언저리에서 이야기가 독자에게 말을 건네며, 독자는 그것을 적극적으로 곱씹을 수 있게 된다. 이를 위해서 전체 이야기는 철저하게 강형의 입장과 목소리를 통해서 서술되고 있으며, 그 자신이 과거를 반성하지 않는다는 점이 은연중에 강조된다. 죽음을 앞둔 상황임에도 어떤 식의 깨달음도 강형에게는 주어지지 않으며 그것을 애써 주워섬겨야 하는 것은 독자이기 때문이다.

다른 이야기 「거짓말」에서도 마찬가지다. 이혼한 두 남녀의 시선을 교차하며 서술하는 이 이야기에서 진정으로 독자가 제대로 감정을 이입할 수 있는 인물은 없어 보인다. 빚을 감당하지 못하고 이혼까지 했음에도 여자는 여전히 빚 독촉을 감당하지 못해 수금업자를 음독하려 했다가, 끝내는 전혀 무관한 낯선 남자에게 살해당하고 만다. 남편 역시 그런 여자를 도우러 왔지만 의도와는 다르게 꼬여버린 사건들 덕분에 뒤늦게야 그녀의 사체를 수습할 따름이다. 이 엇나가는 각자의 이야기들은 양쪽의 사연에 온전히 공감하게 해주기보다는, 독자로 하여금 더 큰 의문과 당황스러움을 제공해줄 따름이다. 물론 이야기의 말미에 이르러 '그녀의 거짓말'이 무엇인지는 드러난다. 여자가 사실 트랜스젠더이며, 고액의 수술비를 감당하지 못해 막대한 빚을 지게 되었던 것이다. 그리고 남자는 그런 아내에 대한 것들을 사후에야 알게 된다.

「거짓말」에서의 주제는 결혼까지 했던 연인이 끝내 서로를 제대로 마주 보기는커녕 자기 자신조차 제대로 보지 못한다는 근본적인 몰이해에 있다. 따라서 스스로를 제대로 볼 수 있게 되는 것 역시 본질적으로는 오직 죽음 이후에야 가능하다는 엄혹한 사실만이 남겨지는 것이다. 이는 여자의 죽음 직후의 서술에서 강조된다. "질식사한 내 얼굴은 어떨지 궁금하다. 시퍼럴까? 아니면 시뻘걸까? 어느 쪽이더라도 예쁘지는 않을 것이다."(99쪽) 이 발화는 흥미로운데, 죽음 직후에는 곧장 '유령 시점'으로 비약하는 것이 아니라 여전히 죽어서도 사체에 묶여서 자기 자신조차 볼 수 없는 상황으로부터 시작한다. 그러다가 다시 "내 몸은 내가 느꼈던 것보다 작고 보잘것없다. 마른 갈대 한 묶음처럼 건드리면 와작와작 소리를 내며 바스라질 것 같다"(99쪽)와 같은 표현이 나올 즈음에는 완전히 의식과 시선이 사체로부터 떨어져 나왔음이 드러난다. 죽음을 매개로 해서만 시선의 분리가 발생하며 자기 자신을 객관적으로 볼 수 있게 된다는 점에서 늘 자기 이해는 뒤늦은 것이다. 그럼에도 그 대가는 언제나 치명적인 것이며, 아무리 결혼한 사이에도 결코 대신 감당할 수 없는 부채가 되어 삶을 짓누르는 셈이다.

이 이야기의 결말은 남편이 죽은 아내의 사체를 처리하지 못하는 시체애호증으로 끝을 맺는데, 이것은 죽었음에도 불구하고 죽지 않는 삶의 치명적인 영역을 환기시켜준다. 바로 자기 자신과 타인에 대한 근본적인 몰이해는 어떤 방식으로도 완전히 복구될 수도, 애도될 수도 없다는 점이며 죽음 이후에도 묘비처럼 강력하게 살아남는다는 점이다. 「개들이 식사할 시간」에서 이창갑의 복수와 마찬가지로 이러한 결말은 늘 주제 이상의 과잉을 발생시키는 지점이 있다. 다소 섬뜩한 이 이야기에서 주제는 단순히 남편이 이혼과 아내의 죽음 이후에야 내밀한 진실을 알아가게 된다는 '뒤늦음'에만 있지 않다. 화자가 교체됨에 따라서 아내의 입장에 따라서 결말은 늘 이해를 달성하거나 죄를 속죄하거나, 비밀이 드러나는 것만으로 끝맺을 수가 없다. 거기에는 항상 극복되지 않는

삶 자체의 결여가 있으며, 그 반대급부로 수행되는 결말의 '과잉'
이 존재한다. 바로 결말 자체의 과도한 전달 방식이다. 그것은 독
자에게 전달되는 '충격'과 '놀라움'이라는 효과와 관련되어 있다.

충격과 놀라움

강한 주제는 단순히 하나의 메시지가 아니라 이야기를 위한 장
소를 만들며, 이 장소는 더 나아가 확장된 이야기 세계를 환기시
켜준다. 문제는 어떻게 그 세계에 몸피와 핍진함을 부여하느냐이
다. 이야기의 분위기 혹은 인상을 결정지어주는 핵심적인 지점은
기존의 익숙한 이야기 관습들에 대한 반복과 변주에 있다. 독자가
이야기를 읽기 시작하면서 자연스럽게 환기하는 일련의 관습들
이야말로 이야기에 대한 최초의 인상을 결정한다. 그러나 모든 것
이 관습에 대한 기대만을 충실하게 만족시킨다면, 그러한 이야기
를 계속 읽고 싶지는 않을 것이다. '몰입'을 결정하는 것은 그러한
관습을 매개로 이야기 과정 중에 기존의 기대치를 조정해나가는
것이다. 따라서 완전히 신선한 소재와 설정이 곧장 매력적인 것이
아니라, 오히려 익숙한 것들이 변형되는 방식이야말로 독자를 몰
입시키는 힘이다. 어떠한 이야기의 골격을 활용하고 있는지, 그리
고 그것을 변주하느냐의 문제는 이야기 행위 자체를 강하게 의식

하고 있는 작가들의 공통된 과제이기도 하다.

『개들이 식사할 시간』에서 공통적으로 드러나는 강지영 작가의 이야기 골격은 그렇게 낯선 것이 아니다. 일종의 우화나 환상적 기법을 사용하는 방식으로 현실을 조금씩 낯설게 보여주는 이러한 수법은 2000년대 이후로 다양한 작가들에 의해 활용된 것이며, 장르문학의 문법에 있어서도 그렇게 새롭지 않다. 그럼에도 일련의 소설들에서 드러나는 이야기의 힘은 그러한 수법을 비틀어 보다 강한 놀라움을 주는 방식에 있다. 이야기의 전개에 있어서 '비밀'을 깔아두고 서스펜스를 유발하는 데 충실한 것처럼 보이지만, 결말에 이르러서는 기대 이상의 전개를 통해 놀라움을 주는 것이다. 따라서 다소 비극적인 결말처럼 보임에도 불구하고 그것만으로 그치지 않는다는 점이 중요하다. 무정한 인간에의 발견, 세상에 대한 암울한 인식을 수동적으로 반복하는 것이 아니라, '끝맺음'을 넘어서는 돌발성을 통해 독자를 동요시키며 그저 결말에 찬동할 수 없게 하는 것이다.

결말이 제공할 수 있는 슬픔과 비애보다도 이러한 충격과 놀라움이 우선한다는 점은 흥미로운 점이다. 작가는 다소 연민을 불러일으킬 만큼 엄혹한 현실에 처한 주인공 인물을 다소 담담하게 그려내면서 최종적으로 닥쳐올 비극적 결말까지도 독자가 어느 정도 수긍할 수 있는 전개를 구성해온 것이다. 그럼에도 불구하고 최종적인 결말을 그저 받아들이기란 쉽지 않다. 그것은 이야기 전체의 주제에 대한 독자의 몰이해 때문이 아니라, 애초에 이야기의 주제가 이해를 바탕으로 한 공감 혹은 동감을 의도적으로 뒤흔드는 방식으로 작동하고 있었기 때문이다. 이는 작가가 이야기 과정 중에 발생하는 몰입의 효과로서 서스펜스와 놀라움을 조절하는 데 있어 능숙하다는 이야기이기도 하다. 장편소설들과 달리 일련의 단편소설에서 강지영 작가는 보다 놀라움을 적극적으로 활용하는 방식으로 이야기의 전개와 속도를 결정하고 있으며,「눈물」과「스틸레토」는 대표적으로 그러한 이야기 문법으로 쓰인 작품들이다.

　우선「눈물」의 이야기는 일종의 성장서사의 골격이 잔혹동화로 변형된 케이스라 할 만하다. 주인공인 '소녀'는 기이한 출생과 그로 인한 특수한 능력 때문에 태어나면서부터 고난의 삶을 살아가게 된다. 소녀의 세번째 눈에서 나오는 눈물이 순도 높은 보석으로 취급받아 팔리면서 마을 사람들의 생계를 책임지게 되었기 때문이다. 덕분에 소녀를 감금하면서 고통마저 착취하며 마을 사람들 전체의 생활이 성립되었으며, 어머니인 향순은 물론이고 마을 전체 사람들은 이러한 착취에 동참해왔다. 공동체 내부에서 철저하게 괴물로 취급받으며 착취받은 소녀의 삶은 일종의 수난사라고 할 만하다. 문제는 이에 대하여 마을 외부 기자의 출현을 통해 기대되는 상황의 타개, 즉 마을을 탈출하여 도시로 향하는 결말이 독자의 일반적인 기대를 배반할 뿐만 아니라 그에 대하여 소녀는 더욱 극적인 행동을 취한다는 점이다. 기자마저 결국 자신을 속이기 위해 도시에 데려왔을 뿐이라는 사실을 알게 되면서, 소녀가 스스로 자신의 세번째 눈을 뽑아버리는 결말은 단순한 연민 이상의 감정을 유발한다. 그것은 독자가 감당할 수 없는 '독서의 대가'를 환기시킬 뿐만 아니라, 이야기를 듣는다는 것이 결코 불편부당할 수도 결백할 수도 없는 행위임을 상기시킨다. 한번 이야기를 끝까지 들어버린 이상 이야기에 대하여 외부인일 수 없다는 사실이야말로 주제에 대하여 가장 선명한 독자의 대결적 의식이 발현하는 순간이기 때문이다. 이제 독자는 어떤 형식으로든 이야기에 대하여 응답하지 않으면 안 되는 셈이다.

「스틸레토」 역시 이러한 충격적인 결말의 형식을 공유하고 있다. 「눈물」과 마찬가지로 다소 비현실적인 설정을 통해 이야기의 서스펜스를 돋우는 방식 또한 공통적이다. 「눈물」이 세번째 눈을 가진 소녀의 이야기였다면 「스틸레토」는 인간의 외양을 가지고 있음에도 불구하고 해파리처럼 숙주를 통해 영원히 살아가는 이종의 생명체를 다루고 있다. "영원히 죽지 않는 해파리한테 가장 소중한 건 뭐라고 생각해? 먹이나 애인? 동료나 가족? 어쩌면 필요할 때 달라붙을 수 있는 바위가 아닐까."(123쪽) 서술자 '나'는 혜림이라고 하는 이종의 생명체에게 선택된 바위의 입장에 있으며, 아버지가 그러했듯이 죽음이 임박함에 따라 혜림을 다시 다음 바위에게 상속하고자 한다. 그러나 혜림이 원하는 양수인인 아들 규석이 아니라 다른 양수인을 구하고자 한 '나'의 노력에 의해 혜림은 뜻밖의 인물인 준영에게 상속되며, 준영은 자기 자신이 처참하게 살해한 혜림이 다시 살아나는 순간을 목도하며 동시에 그녀를 상속받는 것이다. 이 과정은 불필요하게 잔인하며 다소 충격적인 방식으로 결말을 형성하고 있다.

　이 놀라움을 안겨주는 방식의 과도함과 의식적인 잔혹함은 사실 혜림의 존재와 무관하게 존재하는 인간의 생식 혹은 생리 자체를 가리키는 것처럼 보인다. 어디까지나 혜림의 존재는 바위를 숙주 삼아 기생하는 대신, 바위가 되는 사람들을 유력자로 만들어주는 초월적인 능력과 관련되어 있다. 그것은 혜림의 생존 수단임과 동시에, 마치 인간을 세속화하는 욕망 자체의 은유와 같다. 따라서 그러한 속박으로부터 벗어나는 방법은 근본적으로는 바위가 되는 숙주의 죽음뿐이다. 그러나 혜림은 다시 다른 숙주를 찾을 뿐이며, 그 과정은 죽음에 필적하는 강력한 폭력에 의해 구성된다. 실제로 인간이 아닌 존재로서 혜림에게서 드러나는 비인간적인 성격들을 다루고 있음에도 불구하고, 강지영 작가는 철저하게 이 모든 것을 인간적 시선과 감수성의 영역에서 다루고 있다. 그저 인간을 숙주 취급할 뿐인 혜림은 스스로가 놀랄 만큼 무감각하다고 이야기하지만, 실제로 「스틸레토」의 이야기가 겨냥하는 무감각의 주체는 어디까지나 인간인 셈이다. 따라서 예민한 독자라면 이야기를 읽어나가는 와중에 스스로의 무감각 혹은 세속적인 삶의 감수성 자체를 의문시하게 될 것이다.

　이야기 내부에서도 어디까지나 잔혹함을 수행하는 것은 '나'이며, 아들 규석에게 혜림을 떠넘기지 않기 위해 타인을 이용하는 것 역시 '나'이다. 따라서 결말에서 혜림이 한차례의 죽음 이후에 준영에게 상속되는 순간, 아들 규석이 '나'에게 손자의 탄생을 알리기 위해 전화를 하는 것은 상징적이다. 생명의 굴레이며 인간적인 것의 상속이란 역설적으로 비인간적인 속성을 지니며 과도할 만큼 잔인한 것이기도 하다는 사실 말이다. 이처럼 결말이 주는 충격과 놀라움은 강지영 작가의 이야기들을 한층 깊은 곳으로 끌고 내려가는 것 같다. 인간적 감수성이 좀처럼 들여다보고 싶지 않은 인간성의 심연 말이다. 그것은 손쉽게 재현할 수 없는 대상이므로, 오히려 감당하기 힘든 폭력 자체를 통해서만 우회적으로 암시되거나 명멸한다. 그럼에도 불구하고 이야기라는 몸피를 통해 보다 강렬하게 전달되는 무엇인가는 분명하게 실재한다. 강지영 작가의 관심은 난해한 것보다는 아무래도 '전달 가능한 것'이며, 인간적인 것들에 있다. 따라서 이야기의 서스펜스를 유지하는 중간 과정에서는 비인간성이나 환상성을 경유하는 것이며, 이는 이야기의 전개에 탄력을 더해주는 것이다.

이야기의 프리즘

이 글은 강지영 작가의 단편소설들이 지닌 특징 일부를 살펴보았을 따름이다. 중요한 것은 강지영 작가가 그러한 특징으로 단순하게 정의 가능한 작가가 아니라는 점이다. 오히려 비평이나 해설이 확보하고자 하는 작가에 대한 단일한 이해로부터도 다소 비껴있기에 강지영 작가에 대한 추가적인 관심과 주목을 요하는 것이기도 하다. 프리즘처럼 여러 빛깔로 뻗어 나가는 이야기성이라는 표현은 반드시 상찬만은 아닐 것이다. 그 빛들 모두가 고유하게 의미를 갖기 위해서는 아직 강지영 작가가 보여주어야 할 이야기들이 더 많이 남아 있기 때문이다. 그럼에도 이번 작품집은 그러한 가능성의 한 단면이 되기에 충분하다. 강지영 작가의 기존 장편소설들에서 드러나는 몰입 강한 이야기성을 바탕으로, 그러한 몰입의 효과로부터 비롯되는 충격과 놀라움이 단편소설 나름대로의 효과를 거두고 있기 때문이다.

다른 한편으로 강지영 작가는 일반문학과 장르문학을 나누는 방식의 기계화된 구분으로부터도 자유로운 작가이기도 하다. 일반문학과 장르문학은 작가가 텍스트에 붙이는 꼬리표에 의해서 구분되는 것이 아니라, 작품이 활용하고 있는 관습과 그러한 관습으로부터의 이탈에 의해서만 구분되는 것이다. 강지영 작가는 양쪽의 관습에 익숙한 작가이며, 따라서 어떠한 분명한 입장이나 범주에 스스로를 매어두지 않고도 이야기 행위만으로 스스로를 증명할 수 있는 작가이기도 하다. 중요한 것은 주제와 그것에 전달에만 집중한다고 할지라도, 그 이야기에 어떠한 이야기 문법이 더 적합하며 더 정확하게 적용될 수 있는지는 언제나 달라진다는 사실이다. 그만큼 이야기 자체의 요구에 충실하고자 한다면 스스로의 입장과 도구에 미리 제한을 가할 필요는 없으며, 따라서 문학장 내부의 소설가이기보다는 더 넓은 장을 누비는 이야기꾼이 될 수밖에 없다는 점이다. 이는 여전히 온전하게 정의된 바 없는 '중간문학'의 가능성과 논의의 지평을 확보해주기에도 유용하다. 중요한 것은 우리에게 있어 아직도 더 많은 이야기가 필요하다는 사실이며, 강지영 작가는 그에 부합하는 재주를 가진 작가라는 사실이다.

첫 작품집 『굿바이 파라다이스』 이후 8년 만이다.

당시 작가 후기에 할머니 이야기를 했던 기억이 난다. 내게 수 많은 영감을 던져주고 입심과 인내, 우울과 유머를 고스란히 물려 준 나의 할머니, 94세 김갑순 여사. 8년 만에 다시 할머니 이야기 를 해야 할 것 같다.

20여 년 전, 할아버지가 돌아가시자 할머니는 인공관절 수술을 받고 신나게 국내외 여행을 다녔다. 운전면허를 따놓지 않은 걸 후회하며 관광버스와 기차, 비행기에 몸을 싣고 세상을 누비는 통 에 할머니를 만나는 일은 좀처럼 쉽지 않았다. 종종 아버지를 통 해 할머니가 노인대학에 다니며 글씨를 배우고, 사물놀이패에 끼 어 북을 친다는 이야기를 전해 들었다.

할머니는 짬짬이 산나물을 캐러 다니고 풋다래와 개복숭아를 설탕에 절여 효소를 만들기도 했다. 신작 영화가 개봉하면 지팡이를 짚고 극장에 갔고, 자손들의 생일마다 봉투를 들고 불쑥 찾아왔다. 할머니는 부지런하고 야무지게 삶을 소비하느라 바빴고 가족 모두를 통틀어 가장 잔병치레 없이 단단했다.

　그런 할머니가 치매에 걸렸다. 감기로 입원 중인 6인실에서 밤이면 이불을 둘둘 말아 끌어안고 전쟁이 났으니 피난을 가야 한다며 옆 침상 아주머니들을 깨운다. 나는 오늘에야 깨달았다. 할머니에게 가장 두려운 건 언제든 손부터 올라가던 감때사나운 남편도, 명절마다 술김에 싸우고 그길로 떠나가는 자식들도, 조만간 찾아올 저승사자도 아니란걸.

　내 고향 파주는 격전지였다. 할머니는 폭격을 피해 어린 자식들을 안고 업고 피난길에 올랐다고 했다. 그러는 동안 할아버지는 가산을 지키기 위해 안방을 뜯어 방공호를 파고 2년을 어둠 속에 숨어 지냈다. 고작 지게 작대기만 한 여자가 눈동자 새까만 자식들을 한 명도 잃지 않고 살아 돌아오기까지의 여정은 지난했다. 죽더라도 늙어서 죽겠다는 결기로 할머니는 자신의 전쟁에서 승리하고야 말았다. 그러나 치매가 찾아오며 할머니도 잊은 줄 알았던 전쟁의 상흔이 덧나기 시작했다. 그녀는 오늘 밤도 벌판으로 쏟아지는 폭격 소리를 들으며 어린 자식들을 들깨우는 망상에 시달릴지도 모른다. 내가 살아야 너희도 산다며 몇 개 없는 이를 꾹 깨물고 이불을 등에 업고.

어제 만난 할머니는 정신이 맑았다. 점심을 먹고 왔다는 내게 부득부득 음료수를 먹이고, 노인네가 아파서 손녀딸 밥벌이도 못하고 돈이나 쓰게 한다며 미안해했다. 나는 머쓱하게 웃으며 아니라 대답했다. 기실 내 소설 밑천은 언제나 할머니였다. 전업 작가로 10년을 버텨낸 건 오로지 할머니의 기억과 어휘를 야금야금 파먹으며 시치미 뚝 떼고 원고지에 무탈하게 옮겨낸 덕이었다.

아마도 작가 후기에 할머니에 대한 글을 쓰는 건 이번이 마지막일 거란 생각이 든다. 그러나 독자들에게만 마지막일 뿐, 나는 그녀의 삶이 끝날 때까지 곁에 붙어 앉아 열심히 주워듣고 집어삼키며 내 이야기의 밑천을 보존할 터이다. 그리하여 나도 내 글을 읽는 당신의 든든한 밑천이 되어주고 싶다.

나의 영혼, 심연, 뼈와 살과 피의 원천, 할머니. 그리고 사랑하는 상권, 지호, 아이들, 벗 미리, 김양호 교수님과 토요회, 마지막으로 물심양면 응원해준 수림문화재단과 김정은 편집자님에게 감사의 마음을 전한다.

2017년 여름 늦은 밤, 강지영

개들이
식사할
시간

© 강지영, 2017

초판 1쇄 발행일   2017년 7월 15일
초판 2쇄 발행일   2018년 9월 20일

지은이   강지영
펴낸이   정은영
책임편집   김정은

펴낸곳   (주)자음과모음
출판등록   2001년 11월 28일 제2001-000259호
주소   04047 서울시 마포구 양화로6길 49
전화   편집부 (02)324-2347, 경영지원부 (02)325-6047
팩스   편집부 (02)324-2348, 경영지원부 (02)2648-1311
이메일   munhak@jamobook.com

ISBN 978-89-544-3784-4 (03810)

이 도서의 국립중앙도서관 출판시도서목록(CIP)은 서지정보유통지원시스템 홈페이지
(http://seoji.nl.go.kr)와 국가자료공동목록시스템(http://www.nl.go.kr/kolisnet)에서
이용하실 수 있습니다.(CIP제어번호: CIP2017015255)